KB271775

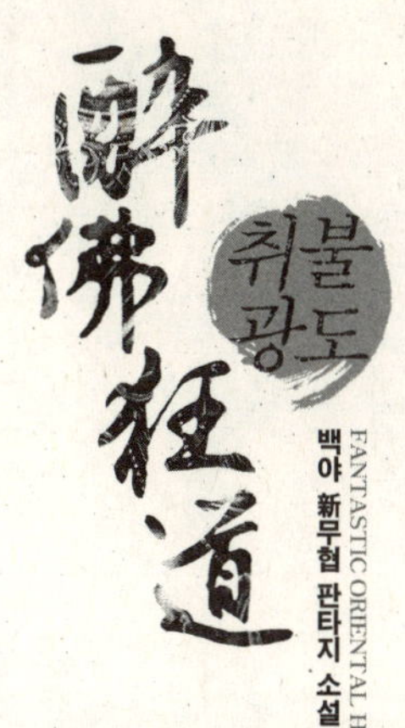
醉佛狂道
취광
불도
백야 新무협 판타지 소설
FANTASTIC ORIENTAL HEROES

취불광도 1

백야 新무협 판타지 소설

초판 1쇄 찍은 날 § 2010년 12월 21일
초판 1쇄 펴낸 날 § 2010년 12월 28일

지은이 § 백야
펴낸이 § 서경석

편집팀장 § 서지현
편집책임 § 박우진
편집 § 주소영

펴낸곳 § 도서출판 청어람
등록번호 § 제1081-1-89호
등록일자 § 1999. 5. 31
어람번호 § 제2-2025호

주소 § 경기도 부천시 원미구 심곡2동 163-2 서경B/D 3F (우) 420-822
전화 § 032-656-4452팩스 § 032-656-4453
http://www.chungeoram.com
E-mail § chungeoram@chungeoram.com

ⓒ 백야, 2010

ISBN 978-89-251-2393-6 04810
ISBN 978-89-251-2392-9 (세트)

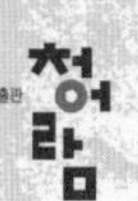

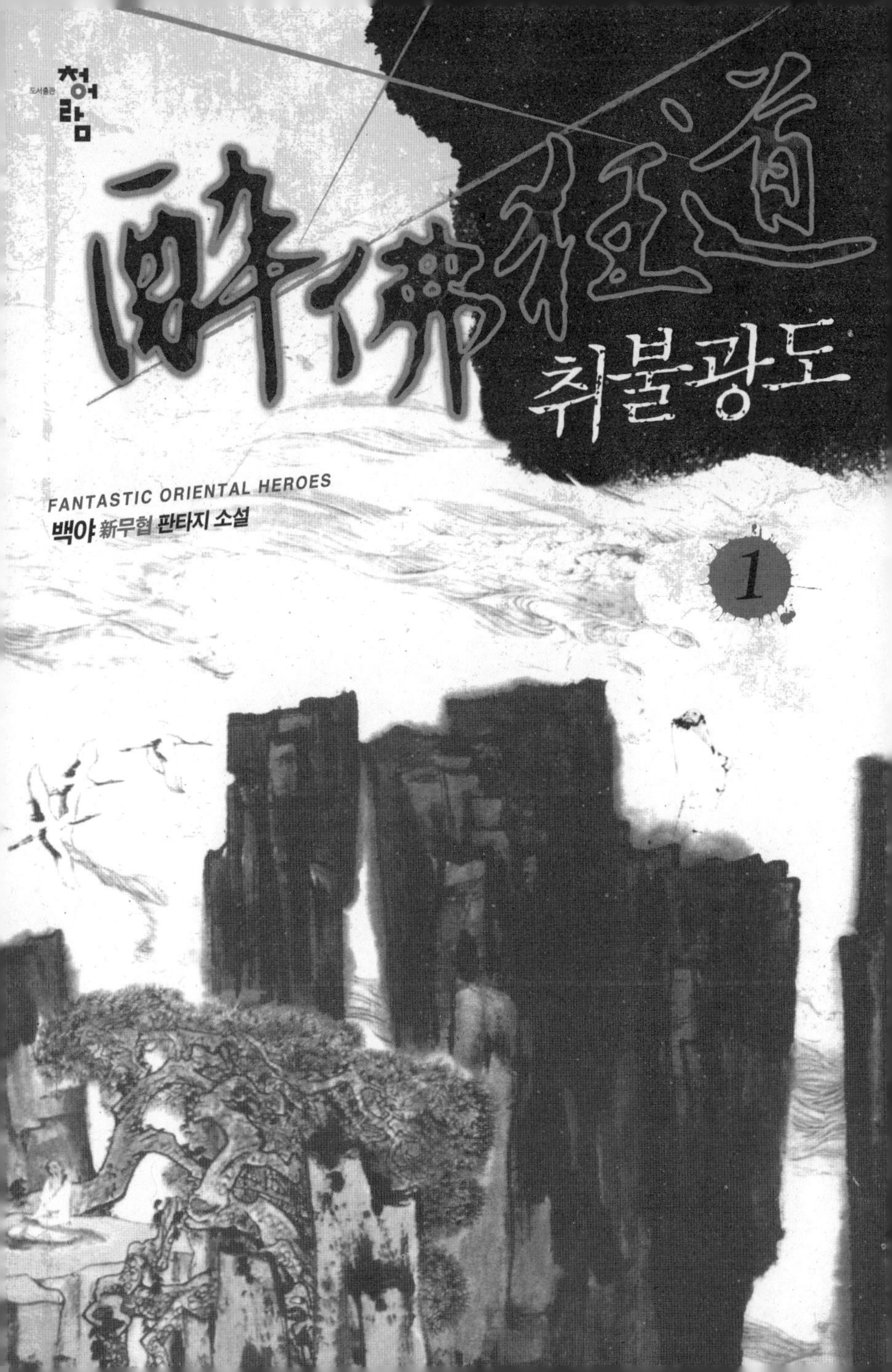
도서출판 청어람
醉佛狂道
취불광도
FANTASTIC ORIENTAL HEROES
백야 新무협 판타지 소설
1

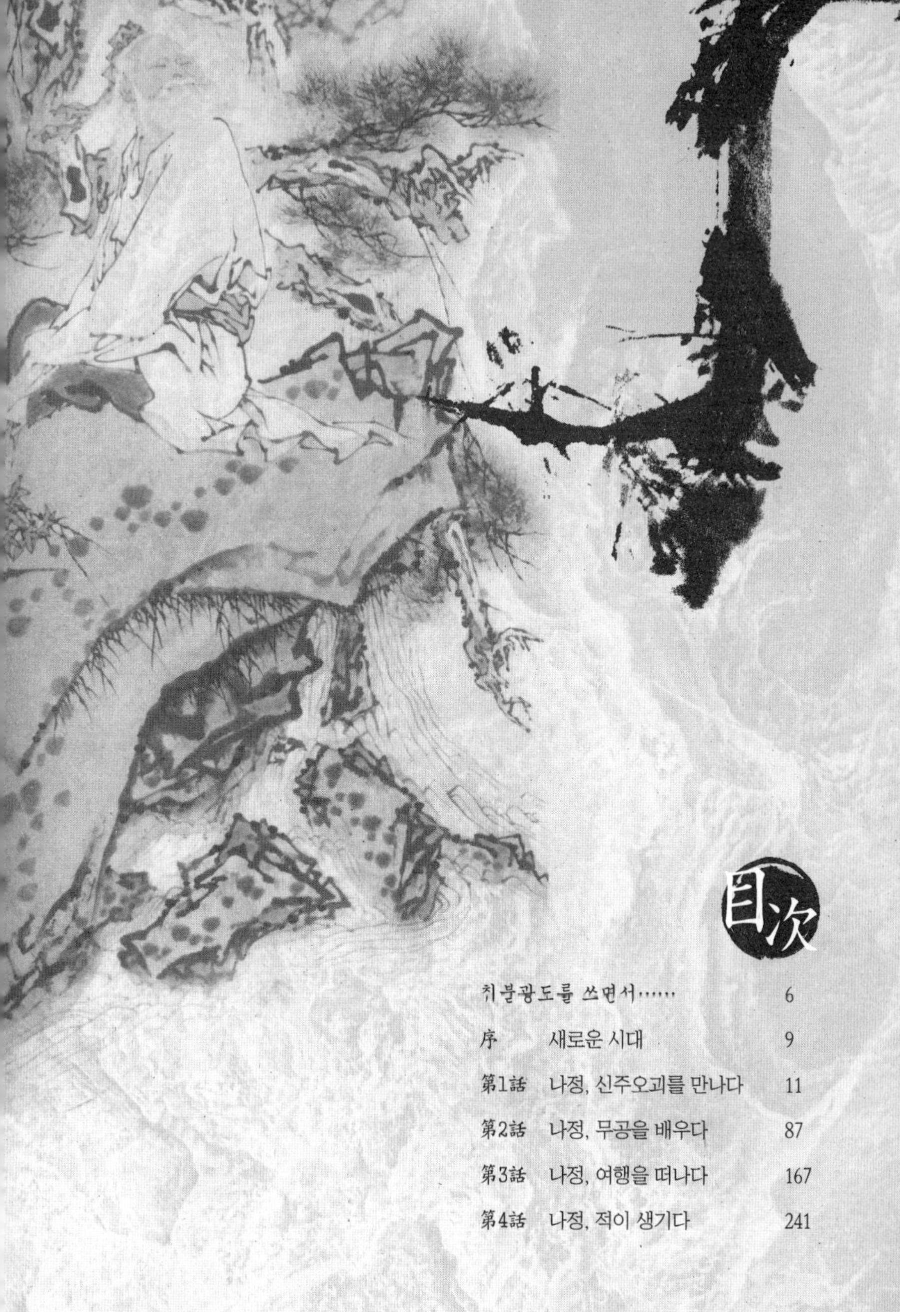

目次

취불광도를 쓰면서……

나이가 들면서 가끔씩 옛것이 그리워집니다. 늘 그렇듯이 옛 추억, 옛 기억들은 좋은 향기와 즐거운 감정만으로 남아 있는 법이죠. 무협 역시 마찬가지입니다.

어릴 적 접했던 무협 중 지금껏 좋은 향기로, 즐거운 감정으로 남아 있는 것은 많습니다. 그 기괴한 인물들이 벌이는 괴이한 사건들, 유니크한 아이템들을 찾아 떠나는 모험, 많은 전대 기인들이 주인공을 위해 아낌없이 선사하는 수많은 무공이 바로 그런 것들입니다.

그 즐겁고 유쾌한 이야기들이 지루하고 뻔하며. 심지어는 혐오스럽게 변하기까지에는 끊임없는 자가 복제를 비롯하여 개연성이 없는, 오직 기연과 기연으로 점철된 내용으로 만든 우리 무협 작가들의 책임이 큽니다.

이 취불광도에는 예전에 즐겁게 읽었던, 그리하여 지금도 내 기억 속에 아련한 향기를 풍기며 남아 있는 옛 추억의 편린들이 하나하나씩 펼쳐집니다.

　비록 고전적인 요소를 가지고 이야기를 이어가지만 그래도 디테일한 부분에서는 여전히 백야만의 오롯한 향취를 느낄 수 있는 글이 되고자 노력했습니다.

　늘 말씀드리지만 '백야의 글을 읽으면 사람이 보이고, 인생이 보이고, 삶이 보인다' 는 기분이 드는, 그런 글을 쓰고 싶습니다. 그러기 위해서 아직도 노력하고 있습니다. 아직 걸어가야 할 길이 멀었으니까요.

　중언부언 말이 길어졌습니다.

　여태 내놓았던 변변치 못한 몇 개의 글을 진심으로 즐겁게 읽어주시고, 또 지금 이 글을 읽는 여러분께 감사를 드리면서 이제 이야기를 시작할까 합니다.

2010년 白夜 拜上

이십 년 전, 무림의 명숙 백여 명이 모여 '그'를 지저갱(地底坑)에 가둠으로써 강호는 가까스로 공포에서 벗어날 수 있었다.

하지만 곧바로 평화와 안정이 찾아온 것은 아니었다.

'그'가 강호를 종횡하면서 피바람을 불러일으킨 기간은 불과 산 년이었지만, 강호는 그야말로 수십 년간의 전쟁을 겪은 것처럼 피폐해져 있었다.

'그'의 무분별한 살육에 의해 희생당한 문파는 수십 곳이 넘었고, '그'의 무자비한 손속에 살해당한 고수들은 그 수를 헤아리기 힘들 정도로 많았다.

구파일방을 비롯한 무림의 명숙들은 연맹을 맺었고, 그들을 주축으로 전 무림은 하나가 되어 강호의 재건에 나섰다. 그렇게 십 년이 흐르자 강호는 슬슬 안정을 되찾기 시작했고, 이십 년이 지나자 강호는 다시 평화로워졌다.

강산이 두 번 변하는 동안 옛 고수들은 은거하거나, 혹은 금분세수(金盆洗手)를 하거나, 혹은 하늘의 뜻을 거역하지 못하고 세상을 떴다. 새로운 신진고수들이 장강의 뒷물결처럼 노고수들을 밀어내며 두각을 나타냈다.

해가 뜨면 달이 지듯이, 꽃이 피었다가 시들 듯이 그렇게 세월은 흘렀으며 사람들은 변했다. 산과 들과 강은 옛 모습 그대로였지만 사람들은 그 시절의 사람들이 아니었다.

이제 이십 년 전의 옛이야기를 기억하는 사람은 그리 많지 않았다. 그때 죽음을 각오하고 '그'와 맞서 싸웠던 백팔인(人)의 무용담은 술자리에서나 떠도는 전설에 지나지 않았다. 또 '그'가 일으켰던 잔인하고도 무시무시한 피바람 역시 신기루처럼 사람들의 기억 속에서 흩어졌다.

바야흐로 새로운 시대가 열린 것이다.

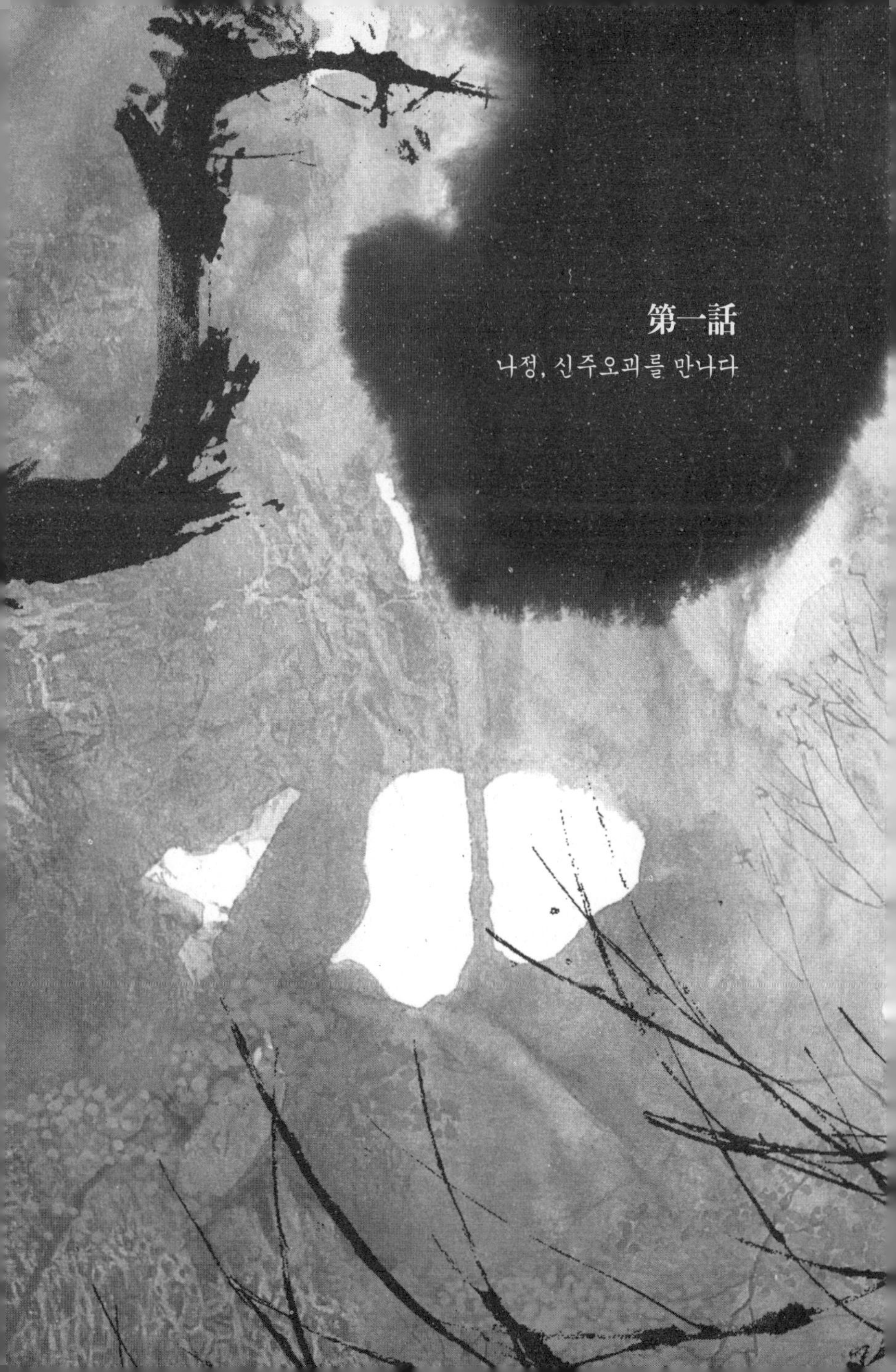
第一話
나정, 신주오괴를 만나다

1

봄이다.

그러나 봄이라고는 하지만 아직 아침, 저녁나절에는 차가운 냉기가 도는 3월이었다. 게다가 이조암(二祖庵)은 산세 험준하기로 유명한 기산(基山)에 위치하고 있어, 아직도 피부로 느껴지는 날씨는 한겨울인 듯했다.

그런 까닭에 나정(懶丁)은 두툼한 무명옷을 입고 잔뜩 추운 표정을 지은 채 마당으로 나왔다.

이른 새벽이라 날씨는 더욱 싸늘해 숨을 쉴 때마다 하얀 입김이 담배 연기처럼 피어올랐다. 방과 바깥 온도의 차이가 심한 탓에 저도 모르게 한차례 온몸을 부르르 떤 나정은 곧바로 마당을 가로질러 불당으로 걸음을 옮겼다.

아침 예불을 올린 나정은 불당을 벗어나 뒷마당의 별채 앞에 이르러 공손하게 머리를 숙이며 말했다.

"나정이 아침 문안 인사 드립니다."

별채에서는 아무런 소리도 들려오지 않았다. 노승(老僧)은 아직 곤한 잠에 취해 있는 것이리라.

나정은 슬그머니 웃으며 그 자리를 물러났다.

'노스님을 보자면, 나이가 들수록 새벽잠이 없어진다고 하는 말은 아무래도 거짓말 같아. 노스님이 갈수록 늦잠꾸러기가 되는 것 보면 말야.'

나정은 그렇게 속으로 중얼거리며 빗자루를 들고 앞마당을 쓸기 시작했다.

아직 날이 밝지 않아 사위는 어두컴컴했다. 주위는 고요했고 오직 빗자루 쓸리는 소리만이 사락사락 들렸다. 산새나 풀벌레들의 울음소리도 들리지 않았다. 모든 사물이 잠들어 있는데 오로지 나정 혼자만이 깨어 있는 듯했다.

한참 빗질을 하던 나정은 문득 가벼운 한숨을 내쉬며 빗자루질을 멈췄다. 그리고 빗자루에 손을 얹고 턱을 괸 채로 먼 하늘을 쳐다보았다. 차츰 동녘 하늘이 밝아오면서 산 아래의 풍광이 옅은 그림자처럼 펼쳐졌다.

잠시 동쪽 하늘을 바라보던 나정이 갑자기 자세를 곧추세우더니 빗자루를 봉(棒) 삼아 휘두르기 시작했다.

나름대로 진지하게 빗자루를 휘두르고 힘차게 내질렀다가 빠르게 회전을 시켰지만 자세가 어설프고 중심이 바로 잡혀 있지 않는 것이, 아무래도 제대로 배운 무술 솜씨는 아닌 듯했다. 그럼에도 불구하고 동자승(童子僧), 나정은 이마와 반들거리는 정수리에 땀이 맺힐 정도로 빗자루 수련에 여념이 없었다.

얼마나 오랜 시간이 흘렀을까.

갑작스레 들려온 '이놈, 나정아!' 하는 성난 목소리에 놀라 그는 퍼뜩 정신을 차렸다.

"해가 중천에 뜬 게 언젠데 아직도 아침 공양을 하지 않고 있느냐? 이 게으름뱅이[懶丁], 분명 어디서 노닥거리고 있으렷다?"

노인답지 않게 카랑카랑한 목소리가 조그만 암자에 울려 퍼졌다. 나정은 고개를 들었다. 그러고 보니 어느새 날이 훤하게 밝은 것이다.

나정은 '이런!' 하면서 서둘러 부엌으로 달려갔다.

'시간이 벌써 이렇게 되었다니…… 밥 짓는 걸 깜빡 잊고 있었구나.'

"아이구, 배고파 죽겠다! 알고 보니 네놈이 날 굶겨 죽이려 작정한 게로구나! 그렇게 이 이조암의 주지(主持) 자리가 탐이 나더냐?"

노스님은 방 안에서 고래고래 고함을 지르고 있었다. 나정은 쌀을 씻고 아궁이에 불을 때느라 허둥거리며 소리쳤다.

"죄송합니다! 노스님께서 늦게 일어나실 것 같아서……."

"노옴! 어디서 헛소리를 하고 있느냐? 언제 노납(老衲)이 늦잠을 자더냐? 항상 동트기 전에 일어나 명상에 잠기는 노납이다! 그런 노납을 두고 잠꾸러기로 만들다니, 아예 이제는 날 능멸하기까지 하는구나!"

"죄송합니다, 노스님. 제자가 미련하여 노스님께서 명상에 잠기신 건지 아직 주무시고 계신 것인지를 미처 알아보지 못했습니다!"

나정은 부랴부랴 씻은 쌀을 솥단지에 넣고 뚜껑을 닫으며 소리쳤다. 그가 거듭 잘못을 빌자, 노승의 성난 목소리가 한 풀 꺾여 들려왔다.

"그렇게 잘못을 인정하니 됐다. 그래, 공양은 언제쯤 올릴 테냐?"

"아직 뜸이 안 들었습니다. 조금만 기다리세요."

나정은 소채(少菜) 몇 가지를 상에 올려놓았다. 그리고 찬장에서 호리병 하나를 꺼냈는데, 마개가 닫혀 있음에도 불구하고 짙은 주향(酒香)이 흘러나오는 것이 꽤나 독한 술이 담겨 있는 듯싶었다.

"아이구, 아이구, 배고파라. 하나밖에 없는 제자 녀석은 멍청하고 게으르기 이를 데가 없어 제 스승이 굶어 죽어도 눈 하나 깜짝하지 않는구나!"

뒷마당 별채에서는 계속해서 노승의 장탄식이 흘러나왔다. 나정의 순박한 얼굴에 땀이 흥건했다. 어찌 되었든, 이렇게 훌쩍 날 밝을 때까지 아침밥을 짓지 않은 것은 그의 잘못이었다. 욕을 먹어도 싸고 혼찌검이 나도 당연한 일이었다.

이윽고 밥이 다 되자 나정은 무를 숭숭 썰어 넣은 맑은 국과 함께 상을 차렸다. 그리고 조심스럽게 부엌을 나선 후 뒷마당으로 향했다.

"아침 공양입니다."

나정은 문을 열고 안으로 들어갔다.

예순은 훌쩍 넘은 듯하고 일흔 살은 아직 안 된 듯한 노승(老僧)이 두터운 이불로 온몸을 감싼 채 앉아 있었다. 보아하니 방금 잠에서 깬 듯 아직도 얼굴에는 졸음기가 묻어 있었다.

"흠, 반찬이 이게 뭐냐?"

노승은 나정이 차려온 밥상을 보며 불퉁거렸다.

"벌써 열흘 동안이나 똑같은 반찬이야. 너무하다고 생각하지 않느냐? 에휴, 누가 게으름뱅이 나정 아니랄까 봐……. 네가 좀 더 부지런하다면 아랫마을에 내려가서 이런저런 찬거리를 사왔을 것이야."

"죄송합니다. 오늘은 아랫마을에 가서 찬거리 좀 사오겠으니 그만 고정하시고 드세요."

노승의 불평에 나정은 연거푸 고개를 조아리며 빌었다.

이제 십오륙 세 정도 되어 보이는 꼬마 중의 머리에 송골송골 땀이 맺히는 걸 보고 노승은 할 수 없다는 듯이 어깨를 으쓱거리며 술잔을 집었다. 나정이 얼른 호리병의 술을 따랐다. 독한 향기가 자그마한 방 가득 퍼졌다. 노승의 주름투성이 얼굴이 그제야 환해졌다.

"커, 역시 아침에 마시는 곡차(穀茶) 맛이 최고라니까."

공복에 술을 마신 탓인지 금세 노승의 얼굴이 붉어졌다. 노승은 연거푸 석 잔의 술을 들이켰고, 그 탓에 기분이 좋아졌는지 싱글거리며 아침 공양을 끝냈다.

상을 치운 나정은 부엌으로 돌아와서 늦은 아침 식사를 했다. 하지만 그가 채 식사를 마치기도 전에 노승의 호령이 떨어졌다.

"이놈, 나정아! 또 어디서 게으름을 피우고 있는 게냐? 어서 와서 등 좀 긁어라!"

나정은 남은 밥을 후다닥 한입에 해치우고 별채로 달려갔다. 노승은 나정에게 등을 내밀며 물었다.

"오늘이 며칠이더냐?"

"삼월 초여드레입니다."

"이런이런, 벌써 그렇게 되었더냐? 허어, 화살보다 빠른 게 세월이라더니……. 아니, 이쪽 좀 긁어라. 그래, 거기."

노승은 손으로 오른쪽 어깨를 가리키며 말을 이었다.

"서찰을 써줄 터이니 마을에 내려가는 김에 최 대인에게 보여주어라. 아, 그리고 오면서 반찬 말고 몇 가지 더 사가지고 오너라."

나정은 노승의 앙상한 어깻죽지 부근을 긁으며 물었다.

"뭘 사가지고 올까요?"

"뻔하지 않느냐? 곡차 몇 단지 하고, 흠흠, 의란채(倚欄菜) 좀 사오너라."

의란채란 소고기를 가리키는 단어로, 스님이 대놓고 소고기 운운하기 힘든 까닭에 그런 은어를 사용하는 것이었다. 술을 가리켜 곡차, 혹은 망우물(忘憂物)이라고 하거나 생선을 수사화(水梭花)라고 부르는 것과 같은 이치였다.

나정은 암자 이곳저곳을 청소하고 노스님에게 드릴 점심 공양을 미리 준비하느라고 오전을 보냈다. 해가 중천에 이르렀을 때야 할 일을 마친 그는 서둘러 바랑을 챙기고 노스님에게로 달려갔다.

"쯧쯧, 게으른 녀석하고는. 아예 해가 진 다음에 출발하지 그러느냐?"

노승은 기다리고 있었다는 듯이 잔소리를 하며 누런 서찰을 내밀었다.

"보여주면 답을 줄 것이니 잊지 말고 받아오너라."

나정은 공손히 허리를 숙였다.

"명심하겠습니다."

"그래, 그럼 조심해서 다녀오너라. 아, 곡차와 의란채 사오는 거 잊지 말고."

"네."

2

최가촌(崔家寸)은 겨우 오십여 가호가 모여 만들어진 작은 마을이다. 최가촌이라고 해서 최 씨 사람들이 모인 집성촌인 건 아니다. 마을 사람들이 최 대인이라 불리는 부자의 논밭을 빌어먹고 산다고 해서 어느 때인가부터 고유의 마을 이름 대신 최가촌이라 불리는 것뿐이었다.

햇살이 노곤해진 오후 무렵, 최가촌에 당도한 나정은 우선 마을 중앙에 위치한 최 대인의 저택을 찾았다. 버드나무가 양쪽으로 늘어선 길을 따라 한참을 걸어가자 이런 시골에서는 흔히 볼 수 없는 장원이 모습을 드러냈다.

나정은 대문을 두드렸고, 잠시 후 거만한 인상의 중년 사내가 문밖으로 고개를 내밀었다. 몇 번 얼굴을 본, 이곳 최 대인 집의 총관이었다.

"안녕하세요. 노스님께서 전갈을 보내셨습니다."

"이리 줘."

사내는 문도 열지 않은 채 손만 내밀었다. 그는 나정이 꺼낸 서찰을 낚아채듯 빼앗더니 세차게 문을 닫았다. 마치 너 같은 녀석 따위는 집 안에 한 걸음도 들여놓을 수 없다는 듯이.

잠시 후 다시 문이 반쯤 열리고, 예의 그 총관이 얼굴을 내밀며 투덜거렸다.

"우리 대인께서 마음씨가 좋으니까 이런 구걸을 받아들이는 거지, 나 같으면 어림도 없어. 뭐, 하여튼 이걸로 올해는 끝이니까. 옛다!"

하면서 그가 준 것은 조그만 금낭(錦囊)이었다. 나정이 받아 들 때 절그렁거리는 소리가 나는 것이 아마도 은자가 들어 있는 듯했다.

쿵! 소리와 함께 문이 닫혔다. 나정이 고맙다는 인사를 할 겨를도 없었다. 말 그대로 문전박대였지만, 나정은 닫힌 문을 향해 공손하게 고개를 숙이며 불호를 외웠다.

최 대인 집을 나선 나정은 다시 마을 어귀로 걸음을 옮겼다. 그곳에는 기산을 넘는 여행객들을 상대로 장사하는 객잔이 하나 있었는데, 의외로 장사가 제법 되어 늘 신선한 고기와 채소가 준비되어 있었다.

나정이 최가객잔(崔家客棧)의 입구에 들어설 때였다. 문 앞을 지키고 서 있던 점소이가 반사적으로 '죄송합니다! 오늘은…' 하면서 인사하다서 상대가 나정임을 확인하고는 피식 웃었다.

"또 술이 떨어졌구나?"

나정이 반장(半掌)하며 인사하려는데 점소이는 나정의 소매를 잡아끌며 객잔 뒤쪽으로 이끌었다.

"미안, 미안. 오늘은 객잔을 통째로 빌려 쓰고 있어서 누구도 안으로 들어오지 못하게 하라는군. 그래, 필요한 게 뭐지? 내가 주방에 가서 가져오지."

"곡차하고 의란채, 그리고 몇 가지 반찬을 사러 왔습니다."

나정은 소매에서 은자를 꺼내 점소이에게 건넸다. 점소이는 객잔 뒷문을 통해 주방으로 들어갔다가 차 한 잔 마실 시간도 되지 않아 한보따리 짐을 들고 나왔다.

"여기 있어."

나정의 눈이 휘둥그레졌다.

"너무 많은 거 아닌가요?"

점소이가 웃으며 말했다.

"부피만 컸지 별거 아냐. 아, 네가 좋아하는 만두랑 무절임을 많이 넣었다. 지금 숙수(熟手)들은 정신없이 바쁘거든. 무려 오십 명 분의 요리를 한꺼번에 만들어야 하니 당연하겠지. 지배인도 정신없기는 마찬가지이구. 그래서 내가 마음대로 챙겼지."

"고맙습니다."

"고맙기는, 뭐."

점소이는 어깨를 으쓱거리며 말했다.

"자, 어서 가봐. 나도 얼른 가서 문 앞을 지켜야 해. 참나, 이상하기도 하지. 무슨 비밀 모임이기에 암호까지 정해서 사람을 받아야 하는지 말야."

"암호요?"

"그래. 삼절(三絶)은 곧 하늘과 땅과 사람이 맞닿은… 뭐, 이런 말을 하는 사람만 들여보내래."

라고 말하던 점소이는 곧 아차 하는 표정이 되었다.

"이거 누구에게도 말하면 안 돼."

나정은 웃으며 말했다.

"제가 따로 말할 사람이 누가 있겠어요."

"흠, 그렇긴 하군."

점소이의 얼굴이 풀어졌다. 하지만 곧 그는 심각한 표정으로 중얼거렸다.

"어쨌거나 다들 사람 목숨을 파리 그것처럼 아는 무림인들이니까 조심해야지. 자, 그럼 잘 가라구. 나는 또……."

하면서 점소이는 객잔의 문 쪽으로 달려갔다. 그 뒷모습을 잠시 바라보던 나정은 고개를 갸웃거렸다.

무림인이라니, 이 외지고 한적한 마을에 무림인들이 비밀 회합을 가질 이유가 무엇일까 하는 생각이 언뜻 그의 뇌리를 스치고 지나간 것이다.

하지만 그는 곧 고개를 흔들며 상념을 지웠다. 무림인이든 비밀 회합이든 그와는 상관없는 일이었다. 늦기 전에 산으로 돌아가야 했다. 조금이라도 공양 시간이 늦으면 노스님의 불호령이 떨어질 게 뻔했다.

얼추 마을에서의 일을 끝낸 나정은 서둘러 걸음을 재촉했다. 하지만 그가 기산 비탈을 오를 때는 이미 서녘 하늘이 붉게 물든 후였다.

"역시 너무 늦게 내려왔어."

나정은 자신을 책망했다.

언제나 이런 식이었다. 나름대로는 열심히 하려고 했지만 행동이 굼뜨고 매조지하는 게 분명치 못한 까닭에 항상 느리기만 한 그였다. 노스님이 붙여준 게으른 녀석[懶丁]이라는 법명이 딱 어울리는 것이다.

잠시 서녘 하늘을 바라보던 나정은 안 되겠다 싶었던지 익숙한 길을 놔두고 지름길로 발길을 돌렸다. 험하고 가팔라서 평소에는 잘 다니지 않는 길이었다. 하지만 이조암에 도달하는 시간은 반으로 줄일 수 있었으니 무리를 해볼 만했다.

나정은 숨을 할딱거리면서 산비탈을 올랐다. 등에 멘 짐이 갈수록 무거워졌다. 비탈의 경사 또한 갈수록 가팔라졌다. 점점 어두워지면서 주위의 윤곽이 흐릿해졌다.

해가 지고 달이 뜨기 전의 어둠이 나정의 시야를 좁게 만들었다. 아차 하는 순간 발을 헛디뎌 비탈을 따라 데굴데굴 굴렀다. 풀과 잡목들이 날카로운 칼날처럼 그의 몸을 후려쳤다. 그 와중에도 그는 등에 멘 보따리를 걱정했다.

'행여 술병이 깨지기라도 하면 노스님이 슬퍼하실 텐데……'

하는 생각을 끝으로 그는 둔탁한 무언가에 뒤통수를 박고
는 그대로 정신을 잃었다.

3

"으음……."

정신을 차린 나정이 맨 처음 본 것은 밤하늘을 가득 채우고
있는 별이었다. 적어도 한 시진 동안은 정신을 잃었던 것이
다.

나정은 '끄응' 하면서 몸을 일으켰다. 아프지 않은 곳이 없
었다. 굴러떨어지면서 바위에 부딪친 듯 뒤통수에는 커다란
혹이 생겼다. 그래도 뼈가 부러지거나 하는 큰 상처는 입지
않은 듯했다.

나정은 뒤통수를 매만지며 주위를 둘러보았다. 우거진 수
목들이 빽빽이 들어차 있어 이곳이 어디인지 도저히 감을 잡
을 수가 없었다. 그렇게 멍하니 서 있는 나정의 코에 문득 술
냄새가 풍겼다. 나정의 안색이 핼쑥해졌다.

그는 서둘러 봇짐을 풀고 안의 물건들을 확인했다. 그나마
술병이 하나만 깨진 게 다행이라면 다행이었다. 저도 모르게
한숨을 내쉰 그는 깨진 술병을 버리고 다시 봇짐을 싸며 중얼
거렸다.

"난리 났군, 난리 났어."

머리는 빠개질 듯이 아팠다. 노스님의 저녁 공양은 이미 물 건너갔다. 그리고 술병이 깨졌다. 눈물 한 방울이 찔끔 나왔다. 어린 나정의 가슴이 터질 것만 같았다.

잠시 그렇게 넋이 나간 듯 앉아 있던 나정은 입술을 깨물었다. 그리고 그는 별빛을 길잡이 삼아 걸음을 옮겼다. 다행히 달빛이 그의 발밑을 넉넉하게 비춰주었다. 이런 일만 아니라면 풍광 좋은 한밤중의 산행이라고 생각될 수도 있었다.

"좋게 생각하자. 경치도 좋겠다, 바람도 시원하겠다… 에 취!"

중얼거리던 나정이 재채기를 했다. 시원한 게 아니라 몸이 오싹거릴 정도로 차가운 바람이었다. 봄이라고는 하지만 아직 산중의 밤은 추웠다. 오돌오돌 닭살이 올랐다.

부들부들 떨면서 길을 찾아 헤매던 나정의 눈이 크게 떠졌다. 저 멀리 흔들리며 타오르는 불빛이 보인 것이다.

"노스님이 나오셨나 보구나."

그의 안색이 밝아졌다.

이렇게 늦게까지 암자에 도착하지 않은 나정이 걱정된 것이리라. 노스님이 직접 횃불을 들고 이 어둡고 험한 산을 타고 내려오신 것이리라.

나정은 서둘러 그 불빛을 향해 달려가며 소리치려 했다. 하지만 다음 순간, 나정은 그게 횃불이 아니라는 사실을 깨달았다.

'모닥불?'

나정은 고개를 갸웃거렸다.

'이 험한 산에서 누가 야숙(野宿)을 하는 걸까.'

잠시 망설이던 그는 천천히 불빛을 향해 걸어갔다.

활활 타오르고 있는 모닥불의 주위에는 네 사람이 앉아서 불을 쬐고 있었다. 그들은 앉아서 조는 것처럼 눈을 지그시 감고 있었는데, 나정이 가까이 다가갈 때까지도 인기척을 알아차리지 못한 듯 눈을 뜨지 않았다.

나정은 머뭇거리다가 반장하며 인사했다.

"어르신들의 휴식을 방해한 죄가 큽니다."

그렇게까지 말했는데도 불구하고 사람들은 눈을 뜨지 않았다. 나정이 '정말 이대로 잠자고 있나?' 하며 고개를 갸웃거릴 때, 문득 오른편에 앉아 있던 백의노인(白衣老人)이 입을 열었다.

"손님이 오셨으니 이만 하지."

그러자 맞은편의 중년 사내가 인상을 찡그리며 말을 받았다.

"그럼 또다시 무승부란 말인가. 이것 참……."

중년 사내의 옆에 앉아 있던, 피부가 새카만—그래서 머리와 수염이 더욱 하얗게 느껴지는—노인이 길게 한숨을 내쉬며 말했다.

"벌써 마흔 번째 무승부로군. 허허, 이건 하늘의 뜻인 게야, 더 이상 승부를 겨루지 말라는.”

“하늘의 뜻이라구요? 흥, 나는 인정할 수 없어요.”

중년의, 그러나 아직도 매우 아름다워 보이는 부인이 코웃음을 치며 말하자, 중년 사내도 고개를 끄덕이며 동의했다.

“다른 사람도 아닌 흑선(黑仙)께서 하늘의 뜻 운운하시니 우습구려.”

“허어, 나라고 해서 천의(天意)를 무시하라는 법이 있나?”

“흥, 방금 그 말이 일양(一陽)께서 하신 거라면 우리도 쉽게 믿을 수 있죠. 하지만 하늘을 거역하고 땅을 거스르며 인간의 도를 무시한다는 흑선께서 하신다면…… 호호, 그거야말로 천의에 위반되는 말이겠네요.”

흑선이라 불린 피부 까만 노인의 눈빛이 매섭게 빛났다.

“지금 시비를 거는 건가, 임자?”

중년 부인이 찔끔하는 기색이었다. 하지만 곧바로 탱탱한 가슴을 내밀며 말했다.

“시비를 건다면 어쩌겠어요?”

“염화(艶華)!”

흑선이 소리쳤다. 나무들이 태풍을 맞은 듯 세차게 흔들리고 땅이 물결치듯 출렁였다. 그 바람에 균형을 잃은 나정이 비틀거리다가 모닥불가로 꼬꾸라졌다. 모닥불의 불똥이 사방으로 튀었다. 그제야 새삼 나정의 존재를 인식한 듯 사람들의 시선이 그에게로 향했다.

나정은 부랴부랴 일어났지만, 옷은 물론이고 얼굴까지 숯검정이 시커멓게 묻어 있었다. 그 모습이 마치 조그만 흑선과도 비슷해 보였던지 염화가 피식 웃으며 말했다.

"알고 보니 흑선의 제자이셨네요."

중년 사내도 껄껄 웃었다.

"언제 제자를 거두셨소? 생긴 것도 똘똘하니, 선배 꼭 닮았소이다."

흑선은 눈을 부라렸지만, 나정의 몰골을 보고는 그만 저도 모르게 웃음을 터뜨렸다. 아닌 게 아니라, 숯검정으로 범벅이 된 나정의 모습은 꼭 자신을 보는 듯했던 것이다. 그렇게 한바탕 웃음이 흐르면서 방금 전까지의 살벌했던 기세는 순식간에 녹아버렸다.

백의노인도 미소를 머금고 나정에게 말을 건넸다.

"설마하니 진짜 흑선의 제자일 리는 없겠고…… 여긴 무슨 일이신가, 스님?"

나정은 새로이 반장하며 인사했다.

"소승은 이곳 이조암의 나정이라 합니다."

"호오, 정말 중이었어?"

염화가 야릇한 눈빛으로 나정의 아래위를 훑어보았다. 중년 사내가 피식거리며 말했다.

"중이라면 환장한다니까."

"말조심해요, 삼절(三絶)!"

염화의 눈빛이 표독스러워졌다.

"차라리 날 한번 안고 싶다면 사내답게 말하세요, 괜히 에둘러 이리저리 꼬아서 말하지 말구!"

"이, 이런……."

삼절이라 불린 사내가 멈칫했다.

"내가 왜 임자를 안고 싶어 한단 말인가? 억지도 그런……."

이때 나정은 사내의 별호가 귀에 익다는 것을 느끼고 고개를 갸웃거렸다. 아까 최가객잔의 점소이가 해주었던 말을 기억해 내는 데에는 그리 오랜 시간이 걸리지 않았다.

"그래, 삼절(三絶)은 곧 하늘과 땅과 사람이 맞닿은…… 뭐 이런 말을 하는 사람만 들여보내래."

1

 '그 삼절이 이 삼절인가? 음, 뭐, 어쨌든 정신없구나, 이 사람들. 틈만 나면 서로 다투고 말싸움을 하니……'

 나정은 얼른 빨리 이 자리를 벗어나고 싶었다. 그는 백의노인을 향해 꾸벅 인사하며 말했다.

 "그럼 소승은 이만……."

 하고 돌아서려 할 때, 흑선이 눈빛을 빛내며 말했다.

 "잠깐만 기다리거라."

 "네?"

 "지금 말이다, 너는 왜 일양에게만 인사했지?"

 "네? 아, 그건……."

나정은 무심결에 생각한 바대로 이야기했다.

"이곳에 계신 분들 중에서 가장 어르신이라 생각되어서……."

일순, 주변의 분위기가 싸늘하게 가라앉았다. 흑선은 물론 말싸움을 벌이던 염화와 삼절도 상대가 바뀐 듯 나정을 노려보았다. 오직 일양이라는 백의노인만이 껄껄껄 웃을 따름이었다.

"허허허, 이 스님이 사람 볼 줄 아는 게야."

"헛소리!"

흑선이 버럭 소리쳤다.

"일양이 제일 어른이라니, 그런 말도 안 되는 소리가 어디 있느냐?"

"맞아요! 역시 어린아이라 제대로 사람 볼 줄 모르는군요!"

"이건 무효요! 그깟 동자승 말에 우리의 서열이 정해질 수 없소이다!"

덩달아 염화와 삼절이 소리쳤다.

세 사람이 한꺼번에 소리치자 수백 마리의 호랑이가 한꺼번에 포효를 터뜨리는 듯했다. 귀가 멍멍해진 나정은 그때까지도 어떻게 돌아가는 상황인지 모르고 눈만 끔뻑거렸다.

일양이 웃다가 손을 들었다. 일순간에 나정의 귀가 뻥 뚫렸다. 일양이 말했다.

"흑선의 말마따나 이것도 하늘의 뜻일 터, 이 어린 스님에게 우리의 서열을 부탁하면 어떨까?"

일양의 말에 사람들의 눈이 휘둥그레졌다.

"에에?"

"그렇게 뜨악한 표정들 짓지 말고… 생각해 보게들. 우리끼리 다툰 게 벌써 어언 사십 년일세. 하지만 줄곧 승부가 나지 않아서 결국 여기까지 오게 되지 않았나?"

일양은 턱으로 나정을 가리키며 말을 이었다.

"보아하니 이 어린 스님은 아직 속세의 때를 타지 않은 듯하네. 그러니 보는 것도 듣는 것도 모두 명경지수와 같이 맑고 깨끗할 터. 우리의 승부를 맡기기에는 더할 나위 없이 좋은 상대라고 생각하네. 어떤가, 흑선?"

흑선은 아무 말 없이 나정의 아래위를 훑어보았다. 나정은 이 묘하게 변해 버린 상황에 어찌할 바를 모르고 엉거주춤 서 있었다. 숯검정이 잔뜩 묻어 시커멓게 된 채 눈만 반짝거리는 그 모습이 꽤나 우스꽝스러웠다.

흑선은 '훗!' 하고 웃더니 이내 근엄한 얼굴을 하고 말했다.

"좋아, 자네의 뜻이 그렇다면 나도 따르겠네."

"뭐, 저도 좋아요. 저 동자승의 판단에 승부를 걸겠어요."

염화까지 동의하자 삼절은 난처한 얼굴이 되었다. 하지만 곧 그도 웃으며 고개를 끄덕였다.

"어쩔 수 없지. 다들 그렇게 생각한다면."

하고 말꼬리를 흐리던 삼절이 문득 눈빛을 빛내며 목소리를 키웠다.

"대신 이 친구에게 자초지종을 제대로 설명해 줘야 합니다. 그렇게 하지 않고 그냥 정하라 그러면 아까처럼 일양을 최고 어른으로 뽑을 테니까요."

"물론이지."

흑선이 맞장구쳤다. 염화도 동의했다.

"물론 겉모습에 현혹되지 않아야 하니까요. 사실 우리의 승부가 누가 나이가 많고 적나 하는 게 아니잖아요."

"당연하네."

일양도 순순히 말했다. 얼추 사람들의 의견이 하나로 모아질 즈음, 외려 나정은 슬슬 짜증이 나는 상태였다.

노스님은 목이 빠져라 그를 기다리고 있을 것이다. 게다가 이 한밤중에 산을 타는 일은 쉽지 않았다. 서두르고 또 서둘러도 시간이 없는데, 한가하게 이들의 이야기를 듣고 있을 짬이 없었다.

나정은 안 되겠다 생각하고 재빨리 오른손을 들었다.

"소승은 바쁜 일이 있어서 이만 헤어질까 합니다. 그럼……."

하고는 뒤도 돌아보지 않고 내달렸다.

그러나 그건 그의 착각이었다. 열심히 발을 놀리는데도 마치 제자리 뛰기를 하고 있는 듯 그의 몸은 전혀 움직이지 않왔다.

"어어?"

나정은 눈을 동그랗게 뜨고 제 발을 내려다보았다. 하마터면 비명이 터져 나올 뻔했다. 자신의 발이 지면에서 한 뼘쯤 높이 뜬 채 허공을 밟고 달리고 있는 게 아닌가.

"됐네. 장난은 그만하고 내려주게. 저렇게 놀라다가 심장 터지겠어."

일양의 말에 흑선은 가슴 높이까지 들고 있던 두 손을 천천히 내렸다. 그와 함께 나정의 몸도 천천히 밑으로 내려왔다. 겨우 지면을 밟고 선 나정은 아직도 이해가 되지 않는다는 듯한 얼굴이었다.

'꿈을 꾸고 있는지도 몰라.'

만약 이어지는 일양의 말이 아니었다면 나정은 제 볼을 힘껏 꼬집어보았을 것이다.

"간단한 요술 같은 것이라 생각하면 되네. 그건 그렇고, 우리의 사정이 어떤지 봤으니 알겠지만, 자네가 좀 고생해 주게. 무려 사십 년 동안 이 친구들하고 싸워왔더니 이제는 지겨워 죽겠어."

나정은 염화와 삼절을 돌아보았다.

언뜻 보기에도 칠십 세는 족히 되어 보이는 일양과 흑선이야 그렇다 치더라도, 저 두 명의 남녀는 기껏해야 사십대 중반으로밖에 보이지 않았다. 그 눈빛의 의미를 이해했던지 염화가 빙긋 웃으며 말했다.

"확실히 내가 나이보다는 젊어 보이지."

"그게 아니라 흑선과 일양께서 워낙 연세가 들어 보여서 그럴 따름이오. 사실 예서 제일 나이 많은 흑선 선배와 나와는 불과 열 살 차이가 아니오?"

삼절이 거들먹거리며 말했다. 흑선의 눈꼬리가 매섭게 휘어졌다. 노인네치고 나이 들어 보인다는 말을 좋아할 사람이 어디 있겠는가. 성격 급한 흑선이 다시 한바탕 큰소리치려는데, 나정이 먼저 입을 열었다.

"소승에게 급한 일이 있어서 시간이 그리 많지 않습니다. 그러니 되도록 빨리 끝났으면 하는데, 제가 어떻게 하면 되는 건가요?"

"간단하네. 우리 네 사람 중에서 가장 실력이 뛰어나고 능력이 출중하며 인간성이 좋은 사람이 누구인가 판가름하면 되네. 나머지야 뽑힌 사람이 알아서 정하면 되니까."

일양의 말에 나정은 곤혹스러운 표정을 지었다.

가진 바 실력이야 서로 펼쳐 보이면 높고 낮음이 판명될 것이지만, 능력이나 인간성 같은 게 어디 한 번 보고 알 수 있는 것인가. 일 년을 부대끼고 함께 살면서 상대를 몸으로 부딪치고 마음으로 겪어도 알 수 없는 게 인간이 아니던가.

나정은 난색을 취하며 말했다.

"소승이 여러분과 오래 사귄 것도 아니고 오늘 처음 인연을 맺은 건데, 어찌 여러분의 됨됨이를 알고 평가하겠어요? 평생을 사귀어도 한 길 사람 속은 알 수가 없다는데. 말씀을 거둬주세요."

"흠, 그 말도 일리가 있군."

일양이 고개를 끄덕였다.

상황 전개가 지지부진하자 삼절이 늘어지게 하품을 했다.

"이러다가 밤새겠소. 차라리 저 어린 스님 보내고 우리끼리 단판을 지어봅시다."

"그새 까먹었느냐. 그렇게 단판을 짓는다고 하면서 무려 사십 년 세월을 헛되이 보내지 않았더냐?"

흑선의 비아냥거리는 말투에 삼절의 낯빛이 굳어졌다. 그의 어깨가 움찔하는가 싶더니 손이 살짝 들렸다. 나정은 그제야 삼절의 손이 육손이라는 사실을 발견했다. 여섯 손가락.

"어디서!"

흑선이 벽력처럼 고함치며 크게 어깨를 흔들었다.

물결이 출렁거리듯 흑선 주위의 공기가 바람을 일으키며 파도를 탔다. 기묘한, 칼과 방패가 부딪치는 듯한 소리가 허공 한가운데에서 들렸다. 그리고 타타탁! 소리와 함께 흑선 뒤편의 나뭇가지들이 부러져 나갔다.

마치 보이지 않는 칼이 보이지 않는 방패에 부딪쳐 튕긴 후 나뭇가지를 잘라낸 듯한 모습이었다.

나정은 입을 쩌억 벌렸다. 보고서도 믿어지지 않는 광경이었다. 무림의 절정고수들은 하늘을 날고 산을 가른다고 하더니 이들이야말로 천하의 고수들인 듯했다.

"쯧쯧……."

일양이 혀를 찼다.

"그렇게 싸워봤자 승부가 나지 않는다니까."

"흥!"

"흥!"

동시에 두 마디 코웃음 소리가 들렸다. 서로를 노려보고 있던 삼절과 흑선이 내뱉은 소리였다.

"자, 자, 이렇게 합시다."

일양은 타협안을 제시했다.

"어차피 올해는 글렀으니까, 앞으로 일 년 동안 이 어린 스님과 함께 지내도록 하는 거야."

"우리 넷이서?"

"말도 안 돼! 난 싫어요! 다른 사람도 아닌 삼절하고 어찌 일 년 동안을 같이 지내요?"

"나도 마찬가지야. 왜 이래?"

"허허, 나이들을 헛먹었군. 자자, 성급하게 굴지 말고 내 이야기를 잘 들어보게."

일양은 웃으며 말을 이었다.

"사실 우리 네 사람 모두 해야 할 일도 많고 매인 것도 많은 몸이 아니던가? 아무리 승부가 중요하다고 하지만 일 년을 꼬

박 투자할 정도로 한가하지는 않으니까. 이렇게 하면 어떨까? 한 사람이 석 달씩, 이 어린 스님과 함께 보내는 거야. 뭐, 말벗이 되어도 좋고 그에게 무공을 견식시켜 줘도 좋고. 어떻게든 자신의 실력과 능력, 그리고 인간 됨됨이를 저 어린 스님이 알 수 있도록 하는 것이네. 그렇게 노력했음에도 불구하고 어린 스님이 자신을 몰라준다면 그거야말로 능력이 부족한 것이 되겠지. 어떤가?"

"흠……."

일양의 말에 나머지 세 사람은 제각각 꽤 심각한 표정을 지으며 고민했다. 나정만이 어리둥절한 모습이었다.

'뭐, 뭐야?'

자꾸만 이야기가 이상하게 꼬여갔다.

처음에는 자신들의 서열을 가름해 달라고 하더니 이제는 일 년 동안 나정과 함께 살겠다고 한다. 누구 마음대로?

"이, 이봐요."

나정이 콧잔등을 찌푸리며 입을 열었다.

"소승은 노스님을 모셔야 한다구요. 그래서 여러분과 함께 지낼 수가 없어요. 아, 그리고 이 조암에는 여러분이 쉴 만한 방도 없구요. 반찬도 별로고, 놀 것도 없고……. 아니, 그런 게 아니라, 어쨌든 난 여러분과 함께 지내기가 싫어요."

"음, 괜찮겠네."

흑선이 턱을 매만지며 말했다. 염화와 삼절도 고민을 끝낸 듯 환한 표정으로 고개를 끄덕였다.

나정은 어이가 없었다. 이 사람들, 자신의 말은 하나도 듣지 않는 것이다. 실력은 둘째 치고라도 인간성은 형편없었다. 순하기만 하던 나정의 얼굴이 불쾌감으로 얼룩졌다.

"정말이지, 선후 좌우를 가리지 못하는 사람들이군요!"

그의 목소리가 높아졌다. 처음으로 사람들의 시선이 그에게 쏠렸다. 나정은 그들을 쏘아보며 말했다.

"사람에게 부탁할 게 있으면 정중하게 예의를 갖춰 부탁하는 게 일반 상식이죠. 또한 부탁받은 사람의 의견을 존중하고 그 의견에 따르는 것이 부탁하는 사람의 예의가 아닌가요? 바로 그런 사소한 예의를 지키는 데에서부터 인간 됨됨이가 나타나는 것이 아닐까요?"

"그 말이 옳군."

일양이 말했다.

"미안하네. 우리 사정이 급하다 보니 그만 예의에 어긋나게 행동했네. 진심으로 사과하겠네."

그의 말에 흑선을 비롯한 사람들의 눈빛이 묘하게 반짝였다. 다들 일양이 나정에게 점수를 따고 있다고 생각한 것일까. 그들 모두 앞 다투어 사과한다고 말하는 것이다.

나이 많은 이들이 그렇게까지 나오는데 나정은 계속해서 얼굴을 붉히고 서 있을 수가 없었다. 그는 어색하게 웃으며 말했다.

"알겠습니다. 그러니 이제 그만들 하셔도 돼요."

하지만 흑선이 고개를 저으며 말했다.

"아니, 그것만으로 안 되지. 이렇게 함세. 자네가 우리의 부탁을 들어주는 대신, 내가 자네에게 한 가지 선물을 주겠네. 어떤가. 자네에게도 손해는 되지 않을 게야."

"당치도 않아요! 뇌물을 주려 하다니!"

염화가 발끈하여 소리쳤다. 뿐만 아니라,

"흑선께서 그렇게 나오신다면 나도 가만있지 않겠소!"

삼절마저 벌떡 일어나 덩달아 소리치는 바람에 다시 주변이 시끄러워졌다. 나정은 한숨을 내쉬었다. 이러다가는 밤새도록 여기 붙잡혀서 저들의 다툼을 지켜봐야 할 것 같았다.

일양을 제외한 사람이 삿대질을 하며 싸울 때, 나정이 한 걸음 앞으로 나서며 말했다.

"알겠어요. 여러분 뜻에 따를 테니까 이제 그만들 하세요."

"하하, 그럴 줄 알았네, 소형제."

삼절이 호탕하게 웃으며 나정의 어깨를 두드렸다. 가볍게 다독거러진 것인데도 불구하고 나정은 어깨가 부서지는 듯한 통증을 느꼈다. 그는 억지로 눈물을 삼키며 웃었다.

"그러니까 선물은 그냥 두세요. 대신, 아까도 말씀드렸다시피 노스님을 모셔야 하고 방도 없으니까……."

그의 말이 길어질 듯하자 흑선이 서둘러 가로막았다.

"알았네. 우선 자네의 노스님에게 폐를 끼치지 않으면 되지 않나? 그리고 우리 일은 우리가 알아서 할 터이니 자네는 그저 객관적이고 공정하게 심판을 보면 되는 것이야."

"그렇게 하죠."

나정은 한숨을 내쉬며 말했다. 얼추 상황이 정리되고 이야기가 마무리된 듯했다.

"그럼 소승은 이만……."

하고 인사를 하려는데 일양이 손을 흔들며 말했다.

"무공도 익히지 않은 몸으로 산 정상까지 오르려면 꽤 힘이 들 것이야. 조금만 기다리게."

일양은 나정에게서 시선을 돌려 다른 세 사람을 둘러보며 말했다.

"자, 그럼 순번을 정하지. 첫 번째 석 달은 누가 저 어린 스님과 지낼 것인가?"

"내가 함세."

흑선이 나섰다.

"당장 급한 일도 없고 하니 느긋하게 기산이나 둘러보지, 뭐."

"그렇다면 두 번째 석 달은 제가 함께 보내죠."

염화의 말에 이어 남은 순번도 삼절, 일양 순으로 정해졌다. 순서가 정해지자 일양은 흑선을 향해 말했다.

"그럼 자네가 저 어린 스님을 암자까지 모시고 가게."

혹선은 일양에게 지시를 받는 게 못마땅하다는 듯 입술을 내밀고 툴툴거렸다. 그런 혹선을 보며 웃던 일양이 문득 정색하며 삼절을 바라보았다.

"이제 대충 끝난 것 같은데… 자네가 숨겨놓은 사람들도 거두는 게 좋지 않을까?"

삼절의 안색이 살짝 변했다가 원래대로 되돌아왔다. 그는 영문을 모르겠다는 듯이 되물었다.

"아니, 내가 숨겨놓은 사람들이라니요?"

"그럼 저 숲 밖에서 우리가 나오기만을 기다리고 있는 자들이 자네 사람들이 아니라는 겐가?"

"무, 물론이죠. 그나저나 저 숲 밖에 암습자가 숨어 있소이까? 이 자식들, 감히 우리가 누구인 줄 알고!"

삼절은 화를 벌컥 냈다.

"안 되겠소이다. 내 가서 따끔하게 혼을 내야지. 그럼 나 먼저 가겠소이다. 아, 자네. 그래, 자네 말이야. 구월에 찾아올 테니 삼절을 잊지 말라구!"

삼절은 나정에게 손을 흔들어 보이고는 곧장 어둠 속으로 모습을 감췄다. 중년 사내가 워낙 순식간에 사라진 탓에 나정의 눈에는 그저 신기루처럼 보일 따름이었다.

"허허……."

일양이 웃음을 흘리자 염화가 고개를 갸웃거리며 물었다.

"내 귀에는 아무 소리도 들리지 않는데, 확실히 저 숲 밖에 사람들이 숨어 있나요?”

　“임자의 귀에 들리지 않는 소리가 어찌 내 귀에 들리겠
누?”

　일양은 웃으며 말했다.

　“단지 평소 삼절의 행태를 보아 넘겨짚었을 따름이지.”

　그들의 대화를 들으면서 나정은 객잔의 일을 기억했다. 확
실히 객잔에 모인 오십여 명의 무림인은 ‘삼절’을 암호로 사
용했다. 어쩌면 일양이 넘겨짚은 게 정확하게 맞아떨어진 것
일 수도 있었다.

　‘그렇다면 저 삼절이라는 사람은 의외로 음험한 구석이 있
다는 건데…….’

　나정은 왠지 께름칙한 마음이 일었지만 내색하지는 않았
다.

　“그럼 다음에 봐요.”

　염화가 웃으며 다가와 불현듯 나정의 볼에 입을 맞췄다.

　깜짝 놀란 나정이 뒤로 물러나려 했지만, 염화의 입술은 그
의 볼에 달라붙은 듯 떨어지지 않았다. 밤바람의 차가운 기운
이 그녀의 입술을 타고 나정의 몸속으로 파고드는 듯했다. 나
정은 오싹한 한기에 놀란 듯 저도 모르게 부르르 몸을 떨었
다.

　염화가 입술을 떼고 손을 흔들며 사라졌다. 그러자 일양이
다가와 ‘올곧은 눈과 마음으로 판단해 주게나’라고 말하면서

나정의 손을 쥐었다. 그렇게 세게 쥐지도 않았는데 나정은 하마터면 그의 손길에 이끌려 앞으로 꼬꾸라질 뻔했다.

"헛!"

하고 숨을 몰아쉬려는 찰나, 나정의 명치끝이 따끔한 게, 마치 모기에 물린 느낌이었다. 나정은 '이 계절에 무슨 모기?' 하면서 대수롭지 않게 생각했다. 어쨌든 노인의 손은 따스했고, 그 따스함이 온몸으로 퍼지는 것 같아 다른 생각이 일지 않았다.

이윽고 일양마저도 자취를 감췄다. 이제 그 자리에 남은 건 흑선과 나정, 그리고 꺼져 가는 모닥불뿐이었다.

흑선은 가느다랗게 눈을 뜬 채 사람들이 사라져 간 방향을 바라보며 중얼거렸다.

"하나같이 집요한 연놈들이군."

"네에?"

나정이 무슨 소리냐는 듯이 묻자 흑선은 아무렇게나 손을 내저었다.

"아니다. 자, 그럼 우리도 슬슬 떠나볼까?"

흑선은 가볍게 손을 뻗었다. 꺼져 가던 모닥불이 다시 활활 타올랐다. 마치 기름을 부은 것처럼 삽시간에 타오른 모닥불은 곧 재만 남기고 사그라졌다.

신기한 광경에 놀라 서 있는 나정을 잡아채어서 자신의 허리춤에 껴안은 흑선은 이내 나는 듯이 달리기 시작했다. 나정의 귓전으로 바람 스치는 소리가 요란하게 일었다. 얼마나 바람이 세찬지 나정은 눈을 뜨기조차 힘들었다.

'이게 바로 경공술이로구나!'

나정은 눈을 질끈 감은 채 중얼거렸다. 왠지 흥분이 가라앉지 않았다. 가슴이 콩닥콩닥 뛰었다.

그 가라앉지 않는 흥분 때문에 나정은 자신의 정수리를 쓰다듬듯 어루만지고 있는 흑선의 손길을 느낄 수가 없었다. 바위에 부딪쳤던 뒤통수가 다시 아파오기 시작했다.

2

잔뜩 마신 술이 깰 때면 보통 골치가 지끈거리고 머리가 빠개질 것만 같다. 이른 바 숙취라는 건데, 지금 나정의 상태가 그러했다.

자고 일어났을 때 나정은 주술에 걸린 손오공처럼 머리가 두 동강이 나는 듯한 통증에 괴로워했다. 나정은 두 손으로 머리를 싸매고 한참이나 고통스러워하면서 식은땀을 흘렸다.

견디다 못한 나정은 방 안을 데굴데굴 구르며 발버둥을 쳤다. 온몸이 땀으로 흠뻑 젖었다. 하지만 그 와중에도 행여 노스님이 깰까 봐 이를 악물고 비명을 삼키는 나정이었다.

시간이 흐르고 어느 정도 고통이 가라앉았다.

나정은 길게 숨을 몰아쉬며 땀을 닦았다. 생전 처음 겪어보는 통증이었다. 한동안 가만히 앉아서 정신을 추스른 나정은 침상을 정리하고 밖으로 나왔다. 생각보다 일찍 일어난 것일까, 아직 밖은 어슴새벽이었다. 쌀쌀한 기운이 바람과 함께 나정의 몸을 식혀주었다.

어스레한 주변을 가만히 바라보고 있자니 어제의 일이 꿈처럼 느껴지는 나정이었다.

나정을 본 노스님이 노발대발한 것은 두말할 나위가 없었다. 하루 종일 굶었다는 둥, 네가 나를 굶겨 죽이려고 작정했다는 둥, 온갖 소리를 들으면서 나정은 늦은 저녁 공양을 올렸다. 최가객잔의 점소이가 특별히 넣어준 오리 구이가 아니었다면 노스님의 잔소리는 결코 멈추지 않았을 것이다.

공양에 수발에, 그리고 설거지까지 정신없이 해치운 나정은 그제야 흑선의 존재를 깨닫고 주위를 둘러보았다.

하지만 흑선의 모습은 어디에도 보이지 않았다. 나정을 눈깜짝 할 사이에 이조암까지 데려다 준 후 흑선은 온데간데없이 자취를 감추었던 것이다. 마치 원래부터 없었던 것처럼.

"음, 꿈을 꾼 걸 거야."

나정은 턱을 괴고 앉은 채 중얼거렸다.

기이한 네 사람, 실력과 능력과 인간성을 평가해 달라는 부탁, 석 달씩 나정과 동거(?)하겠다는 제안, 그리고 모닥불……. 그 모든 것이 꿈속의 일인 것처럼 느껴지는 나정이었다.

3

　다시금 평범한 하루 일과가 시작되었다.
　암자의 마당을 쓸고, 불당을 청소하고, 밥을 짓고, 노승을 깨웠다. 노승은 여전히 하루 종일 자지 않고 선정(禪定)에 든 것이라고 우겼다. 여느 때와 다름없는 하루의 시작인 셈이다.
　아침 공양에 올린 곡차 한 잔을 들이켜던 노승은 그제야 생각났다는 듯이 물었다.
　"그래, 어제 최 대인에게 서찰을 가져다줬느냐?"
　나정은 아차 했다.
　어젯밤 정신없이 일한 탓에 최 대인의 총관이 건네주었던 금낭을 깜빡 잊고 있었던 것이다. 그는 부랴부랴 제 방으로 건너갔다. 그 뒷모습을 보며 노승은 혀를 끌끌 찼다.
　"어린 녀석이 정신하고는……."
　제 방으로 건너온 나정은 낭패한 얼굴이었다. 봇짐과 어제 입었던 옷을 샅샅이 뒤졌지만 금낭은 없었다. 산에서 구를 때 잃어버린 것이 분명했다. 나정이,
　"이를 어쩐다……."
　하고 곤혹스러워할 때였다.
　"이걸 찾는 게냐?"

하는 소리가 뒤쪽에서 들려왔다.

나정이 놀라 고개를 돌렸다. 이불과 옷을 정리해 둔 장(欌) 위에 흑선이 걸터앉은 채 금낭을 손가락에 걸어 휘휘 돌리고 있었다. 어젯밤 일이 꿈이 아닌 것이다.

"흑선 어르신!"

나정은 저도 모르게 큰 소리를 쳤다가 황급히 두 손으로 입을 막았다. 노승이 들을까 봐 걱정한 것이리라.

어젯밤 벌어졌던 일들을 노승에게 말하지 않은 터. 노승 몰래 외인(外人)을 이조암에 들인 사실을 알게 된다면 역시 한 소리 얻어들을 게 뻔한 일이었다.

"얼른 주세요."

나정이 소리 죽여 말했다. 그러자 흑선은 거무튀튀한 얼굴 가득 미소를 담고 말했다.

"이게 꽤 중요한 물건인 것 같구나."

"노스님 가져다 드릴 거예요."

마치 그 말을 기다렸다는 듯이 노승의 목소리가 안채에서 들려왔다.

"뭐 하고 있는 게냐, 어서 가지고 오지 않고!"

"거 봐요. 얼른 주세요."

나정이 안달하자 흑선은 기묘한 미소를 지으며 말했다.

"그럼 나랑 거래하자."

"거래요?"

"이 금낭이랑 한 표랑 바꾸자는 거지."

"한 표?"

"그래, 한 표. 가령 내 인간성이 좋다는 데 한 표, 뭐 그렇게 말이다."

나정이 콧잔등을 찌푸렸다.

말이 거래지 이건 협박이었다. 그래 놓고 자신의 인간성이 좋다는데 점수를 달라는 것이다.

'삼절이라는 사람만 음험한 줄 알았는데, 알고 보니 이 사람도 마찬가지이구나.'

그런 생각이 들자 나정은 문득 그들 네 사람의 정체가 궁금해졌다. 과연 사악한 사람들인지, 아니면 세상의 법도라는 것을 무시하고 살아가는 기인들인지 알 수가 없는 것이다.

하지만 그것은 나중 일. 지금은 저 흑선에게서 금낭을 얻는 게 급했다.

나정은 팔짱을 낀 채 말했다.

"좋아요. 정 주기 싫다면 어쩔 수 없죠. 하지만 앞으로 흑선 어르신은 절대 제게 좋은 점수를 받을 수 없어요."

흑선의 눈이 휘둥그레졌다. 그는 손가락으로 금낭을 가리키며 물었다.

"그럼 이건?"

"노스님께 사실대로 이실직고해야죠. 불호령이 떨어지겠지만, 뭐 한두 번 겪은 게 아니니까."

“쳇.”

흑선은 투덜거리며 금낭을 던져 주었다, 의외로 강단이 센 녀석이라는 생각을 하면서.

하지만 그는 곧 싱글벙글 웃으며 말했다.

“장난 좀 친 거 가지고 그렇게 정색하면 내가 무안해지잖냐. 얼굴 풀어라.”

금낭을 받아 든 나정은 웃지 않고 대답했다.

“장난이라고 하니 그렇게 믿겠어요. 하지만 어르신에 대한 점수는 깎아야겠네요.”

하고는 흑선은 본체만체 서둘러 방을 나섰다. 방 안에 혼자 남은 흑선은 턱을 매만지며 심각한 표정을 지었다.

“쳇, 의외인걸. 협박이나 회유 같은 걸로 점수 좀 따려고 했다가 외려 깎아먹었네. 음, 작전을 바꿔야겠군.”

그렇게 흑선이 혼자서 비 맞은 중처럼 중얼거리고 있을 때, 나정은 안채로 들어서 노승에게 금낭을 건네는 중이었다.

“가서 만들어왔냐?”

노승은 한소리 하는 걸 빼먹지 않으며 금낭을 열었다. 금낭에는 나정이 추측한 대로 은보(銀寶)와 동전들이 들어 있었는데, 은보 하나만으로도 대충 스무 냥 남짓 되어 보이는 매우 큰 액수의 돈이었다.

그런데 노승은 은보는 아예 쳐다보지도 않은 채 진지한 얼굴로 동전들을 꺼내 하나씩 앞뒤를 살펴보는 것이었다. 마치 동전들이 가짜인지 진짜인지 확인하는 듯한 모습이었다.

'의심도 많으시지. 설마 최 대인이 가짜 돈을 줬겠어?'

나정은 상을 치우며 흘낏거렸다. 그러다 문득 나정의 시선이 한 곳으로 고정되었다. 지금 노승이 들고 있는 동전이었다. 그 동전에는 희한하게도 다른 동전들과는 달리 글자 하나가 새겨져 있었는데, 나정이 언뜻 보기에도 그것은 폐(閉) 자가 틀림없었다.

노승은 눈을 가느스름하게 뜨고 그 글자를 바라보다가 주섬주섬 동전들을 챙겨 금낭에 넣었다.

"어라, 아직도 안 나갔느냐?"

그제야 나정을 보았는지 노승이 눈을 부라렸다.

"행동 굼뜨기가 굼벵이 같구나. 쯧쯧……."

나정은 말 한마디 대꾸도 못하고 고개를 숙인 채 상을 들고 나왔다. 등 뒤로 노승의 투덜거리는 소리가 들려왔다.

나정은 노승의 잔소리가 귀에 들려오지 않았다. 그는 지금 동전에 새겨진 글자를 생각하고 있었고, 마치 그 글자를 찾기 위해 동전을 확인한 듯 보였던 노승을 떠올리고 있었다.

하지만 곧 그는 고개를 흔들며 상념을 떨쳤다. 애당초 깊은 상념과는 거리가 먼 그였다. 게다가 새벽의 두통 때문인지 지금도 머리가 띵한 상태였다.

1

이조암의 하루는 길고도 짧았다.

아무 하는 일 없이 이리 뒹굴고 저리 뒹구는 노승에게는 하루가 일 년 같았고, 온갖 잔심부름에다가 이조암의 살림을 도맡아 처리하는 나정에게 있어서의 하루는 언제 지나가는지 모를 정도로 짧았다.

그렇게 하루라는 시간이 흘러 저녁 공양 때가 되었다. 나정이 상을 차려오자 노승은 눈곱을 떼며 하품했다.

"아이구, 봄은 봄이로구나. 이 늙은 육신이 늘어지는 걸 보니 말이다."

노승은 나정이 술을 따르는 모습을 지켜보면서 중얼거렸

다. 그러다 문득 의아하다는 눈빛으로 나정의 아래위를 훑어
보았다.

"어라, 무슨 일이 있었던 게냐?"

그제야 나정의 얼굴과 손등에 생긴 상처를 본 것이다. 어젯
밤 산을 오르다 굴러떨어질 때 생긴 상처였다. 나정은 머리를
긁적이며 지름길로 오다가 굴렀다는 이야기를 했다.

노승은 혀를 차며 말했다.

"그래서 노납이 본래 지름길이라는 건 없다고 누누이 말하
지 않았더냐? 일로정진(一路精進)! 한 길을 따라 꾸준히 걷는
것이 정도(正道)이거늘, 조금 더 빠르게 가고자 너처럼 꾀를
부려 지름길을 택하다가는 외려 더 늦어질 수 있다는 것을 왜
모르느냐?"

"세이경청(洗耳敬聽)하고 있습니다."

"그래, 어제의 얼을 교훈 삼아 앞으로는 항상 일로정진하
도록 하거라."

"명심하겠습니다."

"약은 발랐느냐?"

"그냥 살갗만 까지고 다친 것뿐입니다. 약을 바를 정도로
크게 다친 건……."

"허어, 그래도 그게 아니다. 가서 약상자를 가지고 오너
라."

노승의 말에 나정은 제 방으로 가서 비상약이 담긴 조그만

상자를 가지고 돌아왔다.

비상약이라고는 하지만 특별한 건 아니었다. 산에서 캔 약초 말린 것과 그 약초를 기본으로 노승이 직접 만든 금창약(金瘡藥), 속병을 다스리는 내상약(內傷藥) 등이 전부였다.

노승은 그중에서도 특히 노란색의 알약 모양으로 만든 내상약을 신주단지처럼 모시고 아껴, 따로 환혼구명단(還魂救命丹)이라는 거창한 이름까지 붙여주었다. 그의 말을 빌자면 환혼구명단에는 부처의 영험—노승이 직접 만들었다는 의미—과 산신의 효험—산에서 캔 약초로 만들었다는 뜻—이 함께 담겨 있기 때문에 말 그대로 죽은 자도 되살릴 수 있는 약이라는 것이다.

약상자를 연 노승은 매우 아까운 눈빛으로 약들을 훑어보았다. 검버섯 듬성듬성 피어 있는 손으로 금창약을 집었다가 놓기를 수차례. 보다 못한 나정이 입을 열었다.

"전 괜찮으니까 귀한 약을 낭비하실 필요는 없을 듯합니다."

"귀하기야 하지……."

노승은 입맛을 쩝쩝 다시며 중얼거렸다.

"이놈들을 만들기 위해서 들인 시간과 노력, 그리고 정성을 생각하자면 황금 만 냥과도 바꿀 수가 없는 약이지. 하나 아무리 귀하다고 하더라도 사람의 목숨보다 귀할 리 없고 또 아무리 중하다 하더라도 네 녀석보다 중하겠느냐?"

　나정은 고개를 숙였다. 가슴이 아린 것이 기쁘기도 하고 고맙기도 했다. 노승이 겉으로는 뭐라고 해도 속으로는 자신을 아끼고 사랑한다는 것을 다시 한 번 깨닫는 순간이었다.

　노승은 부들부들 떨리는 손으로 금창약을 싼 박지(薄紙)를 조심스레 헤치고는 고약처럼 생긴 덩어리에서 손가락의 손톱만큼 떼어냈다.

　"이리 오너라."

　나정은 가까이 다가갔다. 노승은 나정의 손목을 잡더니 상처 부위에 그 새끼손톱만 한 분량의 약을 살짝 대었다가 떼는 것이었다. 그렇게 상처 부위 이곳저곳에 약을 발라주던(?) 노승의 눈빛이 문득 기이하게 빛났다.

　"응?"

　노승은 다시 한 번 나정의 아래위를 훑어보았다.

　그리고는 자세를 바로하고 지금껏 대충 잡고 있던 나정의 손목을 제대로 잡더니 곧바로 맥을 짚었다. 영문을 알 수 없는 나정이 의아한 눈길로 노승을 바라보았다.

　눈을 감고 진맥하던 노승의 얼굴이 차츰 굳어졌다. 갑자기 불길한 생각이 든 나정의 심장이 쿵쾅거렸다.

　혹시 죽을병이라도 걸린 걸까.

　그런 생각이 나정의 뇌리를 스치고 지나갈 때, 노승의 눈이 번쩍 뜨였다. 노승은 뚫어질 듯 나정을 바라보며 딱딱하게 굳은 목소리로 말했다.

“너, 변비인 게로구나.”

“아, 아닌데요.”

나정의 대답에 노승은 고개를 갸우뚱거렸다.

“이상한 일이로구나. 변비가 아니고서야 이렇게 오장육부의 기가 막히고 뒤엉켜 있을 리가 없는데……. 흠, 확실하더냐?”

“네. 오늘도 두 번이나 해우소(解憂所)를 찾았습니다.”

“그래?”

노승은 턱을 매만졌다. 아직도 이해가 가지 않는다는 얼굴이었다. 잠시 무언가 생각하던 노승은 다시 한 번 나정의 맥문을 쥐었다. 눈을 감고 진지한 얼굴로 고민하는 것이 천하 명의의 모습 그대로였다.

“흠, 미미하기는 하나 불순한 기운들이 네 몸속에 뒤엉켜 있구나. 허어, 그것 참. 이건 영락없이 변비가 생겼을 때의 현상인데…… 가만있어 보거라. 하나, 둘, 셋…… 세 갠가? 아니, 또 하나 있는 것 같구나.”

노승의 중얼거림을 듣고 있던 나정은 문득 한 가지 떠오르는 생각이 있어 저도 모르게 ‘아!’ 하고 소리쳤다. 노승이 눈을 떴다.

“왜, 짚이는 데라도 있는 게냐?”

“아, 아닙니다.”

나정은 서둘러 변명했다.

"노스님 드린다고 의란채를 넣고 국을 끓였는데, 깜빡 잊고 있었지 뭡니까?"

노승의 얼굴이 굳어졌다.

"이 녀석, 그런 게 있으면 얼른 가져오지 않고! 간만에 고깃국 좀 먹어보자. 뭐 하고 있는 게냐?"

나정은 서둘러 주방으로 갔다. 그동안 국물이 절반이나 졸아서 간은 짜고 맛은 너무 진했다. 나정은 다시 물을 붓고 국이 끓기를 기다리며 중얼거렸다.

"그렇군. 어제 그 네 사람이 가기 전에 내 여기저기를 만졌어. 그때 뭔가 내 몸속에 들어온 거야. 오늘 아침 머리가 아팠던 것도 그것 때문이구."

나정의 순박한 얼굴이 잔뜩 찌푸려졌다.

그는 왜 그들이 자신의 몸에 금제를 가했는지 대충 알 것만 같았다. 나정으로 하여금 자신들에게 나쁜 점수를 주지 못하려는 수작일 것이 뻔했다. 일반 사람이라면 생각조차 하기 힘든 일이었지만, 그들의 음험한 구석을 떠올려 보면 그 정도는 아무렇지 않게 할 수 있는 사람들 같았다.

"흑선이나 삼절, 그리고 염화라는 부인은 그렇다 치더라도 선풍도골(仙風道骨)의 일양이라는 사람마저도 그럴 줄은 미처 몰랐어. 노스님 말마따나 정말 믿을 사람 하나도 없군."

나정은 분한 기색으로 중얼거렸다. 그렇게 나온다면, 좋다, 하는 결연한 심정이었다.

'내가 어리다고 마냥 얕보는 모양인데, 이조암의 제자가 그리 어수룩하지 않다는 걸 보여주겠어!'

나정이 입술을 깨물고 결심할 때였다. 부엌문이 열리면서 노승이 고개를 들이밀었다.

"뭐 하는 게냐, 거기서?"

나정은 화들짝 놀라 일어났다.

"국이 졸아서 물을 붓고 다시 끓이는 중입니다. 그런데 어찌 나오셨습니까?"

"소피가 마려워서 나왔다."

노승은 몸을 부르르 떨었다.

"아직 날씨가 꽤 차갑구나. 어여 들어가자."

"네. 안 그래도 막 들어가려는 참이었습니다."

나정은 그릇에 국을 담고 노승을 따라 주방을 나왔다. 종종걸음을 하며 앞서 걸어가던 노승이 갑자기 걸음을 멈췄다. 하마터면 나정은 노승의 등에 부딪쳐 국그릇을 엎을 뻔했다.

노승은 눈을 가늘게 뜬 채 불당의 처마를 쳐다보고 있었다. 나정의 시선도 노승을 따라 처마로 향했다. 이미 날씨가 꽤 어두워진 탓에 처마의 선만 희미하게 보일 뿐이었다.

'뭘 보시는 걸까?'

나정이 고개를 갸웃거릴 때 노승은 잠시 처마 끝을 지켜보다가,

"아이구, 춥다! 얼른 따라 들어와라."

하고는 장삼 자락에 손을 넣고는 뛰어갔다.

나정은 그 자리에 서서 사방을 둘러보았다. 별다른 기척은 느껴지지 않았다. 잠시 두리번거리던 나정도 곧 노승을 따라 안채로 들어갔다.

2

쇠고기와 무를 넣은 국물의 맛에 홀딱 빠진 노승은 나정의 몸에 들어 있는 불순한 기운 따위는 잊어버린 모양이었다. 노승은 연신 국물을 들이켜며 '어, 시원하다!' 를 연발하면서 뚝딱 밥 한 공기를 비워냈다. 그리고도 모자랐는지 술을 밥 삼아, 고기를 반찬 삼아 정신없이 먹고 마셔댔다.

그렇게 저녁 공양이 끝난 후, 나정은 설거지를 마치고 불당에 들어가 절을 드리기 시작했다. 따로 누가 시킨 것도 아니었지만 나정의 하루 일과는 그렇게 불상을 향해 백배(百拜)하는 것으로 끝났다.

흑선은 방으로 들어선 나정을 반갑게 맞았다.

"하루 종일 심심해서 죽는 줄 알았네."

하지만 나정은 그를 본체만체하고 침상에 드러누웠다.

"뭐야? 왜 그러는데? 피곤하니? 그렇군. 하루 종일 일해서 정말 피곤하겠구나. 내가 안마 좀 해주련?"

흑선이 다가와서 묻자 나정은 반대편으로 몸을 돌렸다. 그

제야 흑선의 얼굴빛이 달라졌다. 그는 침상 모서리에 걸터앉
으며 말했다.

"뭔가 내게 불만이 있는 게로구나. 좋아, 사내답게 이야기
해 보자꾸나. 뭐냐?"

나정이 대꾸를 하지 않자 흑선은 몇 번이나 채근했다. 그래
도 꿈쩍하지 않는 나정을 보고 약이 오른 흑선은 갑자기 나정
의 옆구리를 간질이기 시작했다. 발작적으로 웃음을 터뜨릴
뻔한 나정은 이내 정색을 하며 일어나 앉았다.

그는 흑선을 똑바로 바라보며 물었다.

"대체 누구세요?"

느닷없는 질문에 눈을 동그랗게 뜬 흑선은 손가락으로 자
신을 가리키며 되물었다.

"나?"

"흑선 어르신을 포함한 네 분 모두요. 도대체 어떤 분들이
시죠?"

흑선은 아차 하듯이 제 머리를 치며 웃었다.

"허허, 그러고 보니 아직 소개도 제대로 못했구나. 미안하
다. 그래, 이제 정식으로 소개하마."

그는 자세를 바로잡고 진지하게 말했다.

"우리는 저 유명한 신주오…… 신주오선(神州五仙)이다. 그
중에서 나는 얼굴이 검다 하여 흑선이라 불린다."

나정은 눈을 흘겼다.

"신주오괴(神州五怪)가 아니라요?"

일순 흑선의 얼굴에 당황의 빛이 떠올랐다. 꽤나 놀랐는지 말마저 더듬는 그였다.

"우, 우리를 알고 있었느냐?"

알고 있을 리가 없는 나정이었다.

단지 자신에게 금제를 건 행동과 그들의 음험한 구석을 생각하면 오선이라는 별호보다는 오괴가 더 어울릴 거라고 생각했을 뿐이다. 그런 나정의 속마음을 흑선이 알 리 없었다. 나정이 자신들의 정체를 알고 있다고 지레짐작한 그는 방문 쪽을 힐끔거리며 투덜거렸다.

"아까 그 노승이 말해줬나 보구나. 제기랄, 발각당하지 않았다고 생각했는데… 그게 아니었나 보네. 이런이런."

흑선은 인상을 쓰며 턱을 긁적거렸다.

"안 그래도 뭔가 수상쩍다 여겼는데, 확실히 그냥 죽지 못해 살아가는 늙은 중이 아니었던가?"

흑선의 말에 나정의 머리가 재빠르게 돌아갔다. 아까 노승이 처마를 유심히 지켜보던 광경이 떠올랐다.

'그랬군. 노스님이 잘못 본 게 아니었어.'

나정이 내심 그렇게 중얼거릴 때, 흑선은 고개를 갸웃거리며 계속 혼잣말을 했다.

"하지만 아무리 생각해도 이상한걸. 분명 늙은 중은 날 발견하지 못했을 텐데……. 늙은 중이 걸음을 멈추고 처마 쪽을 바라볼 때 이미 나는 불당 뒤로 숨었는데 말야. 아니, 설령 발견했다 치더라도 내가 신주오괴인지는 또 어떻게 알았을까?"

"흥, 지금 그게 중요한가요?"

나정은 볼에 바람을 넣으며 말했다.

"도대체 무슨 사람들이 그렇죠? 심판을 봐달라고 사정하면서 내 몸에 금제를 가하다니, 그런 경우가 어디 있어요? 그것도 네 사람 모두 말이죠."

"헉!"

흑선의 얼굴이 더욱 시커멓게 변했다.

"그, 그것까지 알아차렸나?"

"당연하죠."

"그것도 늙은 중이 말해주었더냐?"

"물론이죠. 우리 노스님이 그 정도도 눈치채지 못하실 것 같나요?"

나정은 가슴을 내밀며 크게 고개를 끄덕였다.

"대체 우리 노스님이 누군지 알기나 하세요?"

흑선은 크게 흥미가 돋은 듯 앞으로 바짝 다가앉으며 말했다. 흑선의 추레한 늙은 얼굴이 나정의 시야를 가득 메웠다.

"누군데? 설마 우내십팔천(宇內十八天) 중의 한 명이라도 되는 게냐?"

"왜 아니겠어요?"

나정은 우내십팔천이 무슨 뜻인지도 몰랐지만 이왕 내친

걸음, 천연덕스럽게 대꾸했다.

사실 나정이 알고 있는 노승은 이곳 이조암에서 평생을 살아온 중에 불과했다. 일부러 흑선을 놀래게 하고자 마치 노승이 대단한 인물인 양 이야기했지만, 알고 보면 어느 절에서나 볼 수 있는 평범한 중이었다.

하지만 흑선은 나정의 당당한 대꾸에 그만 감쪽같이 속고 말았다. 가슴이 철렁 내려앉는 것이 등골이 서늘해지기까지 했다. 흑선은 이마의 식은땀을 닦으며 끙끙거렸다.

'우내십팔천이라면 지난 오십 년 이래로 최고의 고수들을 가리킨다. 저 늙은 중이 그중 한 명이란 말인가? 가만 있자, 십팔천 중에서 부처와 관련된 사람은……'

이기(二奇)의 취불(醉佛)이 그중 한 명이고, 삼성(三聖)의 불성(佛聖)과 오왕(五王)의 권왕(拳王) 역시 불가(佛家)와 연관이 있는 인물들이다. 그렇다면 저 늙은 중이 바로 취불, 불성, 권왕 중의 한 명이라는 뜻인데…….

흑선의 상념은 계속 이어졌다.

'아니다. 지금 가사를 입고 있다 하여 그들만을 떠올리는 건 어리석은 생각이야. 자신의 정체를 감추기 위해 변장을 하고 있을 수도 있으니까 말이지.'

자꾸만 생각은 복잡해져 갔고 머릿속은 실타래 뒤엉키듯 혼란스러워졌다. 결국 흑선은 생각하기를 포기하고 고개를 들었다. 그리고 애타는 눈빛으로 나정을 바라보며 물었다.

"그럼 우내십팔천 중의 누구이더냐?"

나정의 눈가에 난처한 기색이 스쳐 지나갔다.

흑선이 조금만 신중하고 차분했더라면 능히 나정의 표정 변화를 알아차릴 수 있었겠지만 지금의 그는 그렇지 못했다. 오로지 정신이 안채의 노승에게 쏠려 있어서 나정이 무슨 표정을 짓는지는 아예 신경조차 쓰지 않았다.

"내가 왜 그걸 가르쳐 줘야 하죠?"

그렇게 반문한 나정은 차분한 어조로 말했다.

"만약 금제를 풀어준다면, 그리고 두 번 다시 내 몸에 장난치지 않겠다고 맹세한다면 그때서 생각해 보겠어요."

"흥, 유세가 심하구나!"

흑선이 벌컥 화를 냈다. 그러자 나정의 순박한 눈빛이 삽시간에 차가워졌다.

"도대체 적반하장도 유분수로군요! 지금 누가 화를 내고 누가 잘못을 빌어야 합니까? 좋습니다. 그렇게 계속해서 경우를 모르고 나서신다면 저도 가만있지 않겠습니다."

나정은 벌떡 일어났다. 밖으로 나가는 그를 보며 흑선이 머뭇거렸다. 분명 나정의 말은 맞지만 그렇다고 이대로 고개 숙이고 사과하기에는 자존심이 허락하지 않았다.

"어, 어디 가는데?"

멋쩍은 표정을 지으며 그렇게 물어보는 것이 흑선으로서는 최선의 행동이었다.

나정은 뒤도 돌아보지 않고 대꾸했다.

"가긴 어디 가겠어요? 노스님께 사실대로 말씀드려야지요. 지금 제 방에 신주오괴 중 한 명이 있다구요. 조금만 기다리고 계세요."

"아이구, 잠깐!"

흑선은 부리나케 나정의 어깨를 잡아챘다. 막 문을 열던 나정이 그 힘을 이겨내지 못하고 뒤로 나자빠졌다. 흑선은 얼른 그를 부축해 일으켜 주며 헤헤 웃었다.

"이봐, 이봐. 괜히 노스님께 가봤자 참선만 방해할 뿐이라구. 그냥 노스님은 선정에 드시게 놔두구 우리끼리 이야기해 보자."

"무슨 이야기요. 전 할 말 없어요."

"아아, 그러지 말구. 그래, 우선 네 몸에 금제를 가했다는 그 부분, 그 부분에 대해서 이야기하자. 네가 뭘 잘못 알고 있는 건데, 그건 금제가 아냐."

"금제가 아니면요?"

나정이 자신의 말에 호기심을 보이자 흑선은 내심 옳거니 하면서 대답했다.

"뭐랄까, 일종의 표식이라고나 할까. 그러니까… 흠, 그래, 천리향(千里香)이라고 들어봤느냐?"

나정이 고개를 저었다. 흑선은 차근차근 설명해 주었다.

"천리향은 말 그대로 천 리를 가도 지워지지 않는 향이라는 뜻인데, 사람을 쫓을 때 사용하는 거란다. 그러니까 내가 너에게 천리향을 뿌리면 네가 어디를 가더라도 그 향기를 맡아 뒤쫓을 수 있다는 게야. 네 몸에 심은 것들 또한 일종의 그런 천리향인 셈이지.”

“왜 제 몸에 그런 걸 심었는데요?”

“이 봐, 일 년 내내 네가 이곳 이조암에만 있을 거라는 보장이 없잖아. 만약 네가 유람을 떠난다거나 아니면 노스님의 심부름으로 숭산 소림사를 찾아간다면, 그때는 우리가 어떻게 너를 찾겠나? 너와 석 달씩 보내기로 했던 약속은 어떡하고, 또 일 년 뒤로 미뤄진 승부의 결과는 어떡하구?”

흑선의 말은 매우 그럴듯했다. 나정은 무심코 고개를 끄덕이려다가 이내 마음을 바꾸었다.

‘아니지. 좀 더 신중해야 해. 또 어떤 잔머리를 굴릴지 모르니까 말야.’

그렇게 속으로 중얼거린 나정은 여전히 무뚝뚝한 표정을 지은 채 입을 열었다.

“그렇다면 왜 오늘 아침에 그토록 머리가 아팠던 거죠? 또 노스님께서 내 몸속에 있는 네 가지 기운을 매우 불순하고 나쁜 것이라고 말씀하셨는데, 그 까닭은 뭐죠?”

“그럴 수밖에 없단다.”

흑선은 한숨을 쉬며 말했다.

“우리가 네 몸속에 심어 넣은 건 우리의 비전내력(秘傳內

力)이란다. 다시 말하면 우리가 평생을 고련해서 닦은 내공 중 일부분을 네게 준 셈이야. 아마도 일반 무림인들이 들었다면 웬 복이냐며 까무러치겠지. 네 근골을 보아하니 무공을 익힌 것 같지는 않다만, 그래도 앞으로 도움이 되면 되었지 결코 나쁘지는 않을 것이야."

"그런데 왜……?"

"좀 기다려 보거라. 지금 이야기하고 있는 중이 아니더냐?"

"죄, 죄송합니다."

나정이 순순히 사과하자 흑선은 더욱 느긋한 표정을 지으며 말을 이었다.

"우리 네 사람이 서로 다른 기운을 한꺼번에 심어준 게 문제가 된 모양이다. 사실 우리 신주오선…… 허험, 신주오괴는 말이지, 각각 서로 다른 오행(五行)의 기운을 익히고 있단다. 우리가 지난 사십 년 동안 계속해서 승부를 내려고 하는 것도 거기에 있단다. 각자 익힌 기운이 최고라는 자부심과 승부욕이 어우러진 게야. 허허, 지금 생각하면 그처럼 어리석은 일이 또 어디 있겠느냐?"

이미 승부의 세계를 초월한 듯한 표정을 지으면서 흑선은 가자미눈으로 나정을 힐끔거렸다. 나정이 묵묵히 고개를 끄덕이자 흑선은 웃음이 나오려는 걸 참으며 말을 이어나갔다.

"흠흠, 어쨌든 그 서로 다른 네 가지 기운이 한 몸속으로 들어갔으니 탈이 안 날 수가 없는 게야. 미안한 말이지만 앞으로도 한동안은 고생해야 할 것 같구나."

듣고 있던 나정의 눈매가 매섭게 치켜 올라갔다.

"왜 내가 그런 고생을……."

"허허, 끝까지 말을 들어야지. 정말 참을성이 없는 녀석이로구나."

흑선의 말투는 점점 손자를 타이르는 할아버지의 그것처럼, 혹은 제자를 꾸짖는 사부의 말투처럼 변해갔다.

나정은 그 사실을 눈치채지 못한 채 그저 흑선의 나무람에 고개를 숙였다. 참을성없다는 꾸지람은 안채의 노승에게도 자주 듣던 소리다. 그래서였는지 지금 나정의 자세는 마치 노승을 마주 대하고 있는 것처럼 매우 공손하게 변해 있었다.

흑순은 눈을 지그시 감고 중얼거리듯 말했다.

"고통을 없앨 수 있는 방법이 있긴 하다. 하지만……."

나정은 '하지만 뭐죠?' 하고 물으려다가 얼른 입술을 깨물었다. 한 번 더 꾸지람을 들을 것 같았기 때문이다.

흑선은 실눈을 뜬 채 나정의 그런 모습을 보며 흡족해했다. 어린 동자승 하나 제 마음대로 다루지 못하고서야 어찌 신주오괴의 다른 동료들 위에 설 수 있겠느냐 하는 자부심을 속으로 감춘 채 그는 말을 이어나갔다.

"내 동료들이 네 몸에 심어둔 기운들을 없앨 수는 있다. 그러면 더 이상 고통을 받지 않을 게야. 그러나… 다른 동료들이 그 사실을 알게 되면 이 늙은이를 얼마나 욕하겠느냐? 너를 독점하기 위해서 자신들의 표식을 없앴다고 말이다."

"제가 말하겠어요."

나정이 딱 부러지게 말했다.

"절대로 흑선 어르신께 피해가 가지 않도록 하겠어요. 그러니 어서 그 내공인가 기운인가 하는 것들을 없애주세요."

"흠, 정녕 네 말을 믿어도 되겠느냐?"

"그럼요. 불제자는 거짓말을 하지 않습니다."

하면서 나정은 속으로 '죄송합니다, 부처님' 하고 불호(佛號)를 되뇌었다. 오늘만 하더라도 몇 번이나 거짓말을 하지 않았던가. 물론 상대가 흑선이라고는 하지만, 어쨌든 거짓말은 거짓말이었다.

"좋다, 그럼 네 말을 믿겠다. 하지만 문제는 또 있다."

그렇게 말하는 흑선의 표정이 심각해졌다.

나정은 또 뭐냐는 눈빛으로 그를 바라보았다. 흑선은 나정이 되묻기를 기다리는 듯 입을 열지 않았다. 하지만 나정은 묻지 않았다. 그렇게 서로의 얼굴만 바라보다가 잠시 후, 흑선이 헛기침을 하며 입을 열었다.

"내가 익힌 기공은 오행에서 토(土)의 성질이다. 만물을 관리하고 성장하게 하는 기운이지. 그 힘의 광대무변(廣大無邊)하기로는 오행 중 으뜸이라 할 수 있구나. 그렇지만… 다른 세 가지 기운을 없애려면 내가 익힌 그 기운 중 일부를 잃을 각오를 해야 한다. 너야 잘 모르겠지만 무림인에게 있어서는 신체의 일부를 잃는 것 같은 아픔이지."

흑선은 깊이 탄식하며 말을 맺었다. 그는 최대한 처연한 표정을 지으며 고개를 숙였다. 아니나 다를까, 나정이 쭈뼛거리며 입을 열었다.

"그렇게 힘드신 거라면 하지 않으셔도……."

"아니다!"

흑선은 나정의 손을 덥석 잡으며 말했다.

"너를 위해서라면야 내 손 하나쯤 잘라지는 거, 칠십 년 동안 수련하여 쌓인 공력(功力)쯤 잃는 게 무어 대수이겠느냐? 상관없다! 너를 위한 이 마음만 알아준다면 그걸로 족할 따름이다."

흑선의 말에 나정은 금세 울 듯한 얼굴이 되었다.

"어르신……."

"허허, 괜찮다고 하지 않았더냐?"

흑선은 나정을 끌어안듯 어깨를 부여잡고 다독거렸다. 그리고 천장을 보며 터져 나오는 웃음을 참느라 억지로 인상을 찌푸려야 했다. 이제 적어도 인간성 하나만큼은 누구에게도 지지 않을 점수를 따게 되었다는 흑선의 생각이었다.

四. 승부

1

다음날 아침, 나정은 오래간만에 숙면을 취했다. 흑선이 깨우지 않았다면 해가 중천에 이를 때까지 일어나지 못할 정도로 깊은 잠이었다.

늘어지게 하품을 하며 밖으로 나온 나정은 마당이 깨끗하게 치워져 있는 걸 보고는 고개를 갸웃거렸다. 주방으로 간 나정은 이미 아침 공양 준비가 되어 있는 걸 볼 수 있었다. 나정은 고개를 끄덕였다. 누구의 짓인지 짐작이 갔다.

'점수를 따려고 안간힘을 쓰시는구나.'

피식 웃음이 나왔다.

흑선의 그런 행동이 밉지가 않은 까닭이다. 게다가 어젯밤 그는 자신의 공력 일부가 손실되는 걸 각오하며 자신을 치료해 주지 않았던가. 그 생각만 하면 눈시울이 뜨거워지는 나정이었다.

어쨌든 흑선의 도움으로 인해 시간이 남게 된 나정은 마당을 어슬렁거리다가 빗자루를 들고 봉 연습을 해보았다. 느낌 탓인지, 아니면 실제로 그런지 평소보다 몸이 가볍고 빗자루도 날렵하게 움직였다.

이마에 땀이 맺힐 때까지 쉬지 않고 움직이던 나정은 이윽고 빗자루를 거두며 호흡을 가다듬었다. 한결 가뿐해진 나정은 불경을 외우며 노승을 깨우러 갔다.

흑선이 차린 아침 공양을 먹던 노승은 고개를 갸웃거렸다.

"음식 맛이 좀 달라진 것 같구나. 평소보다 간이 짜다."

나정은 고개를 숙였다.

"죄송합니다."

"아니다. 이게 내 입맛에는 더 맞구나."

"그럼 앞으로도 좀 짜게 만들까요?"

"그렇게 하려무나."

그렇게 식사를 하다가 나정은 문득 생각이 나서 물었다.

"노스님께서는 혹시 신주오괴라고 들어보셨습니까?"

"응?"

막 술잔을 비운 노승이 눈을 치켜뜨며 물었다.

“네가 그 이름을 어찌 아느냐?”

“일전에 마을에 갔다가 그곳에서 들었습니다.”

“흠, 알아서 좋을 이름이 아니구나.”

“그렇게 나쁜 사람들입니까?”

나정의 집요한 질문에 노승은 이마를 긁적거리다가 천천히 말했다.

“뭐, 용서받지 못할 정도로 나쁜 인간들은 아니다. 적어도 무림에 평지풍파를 일으킬 짓은 하지 않은데다가 무공의 계파도 마도(魔道) 쪽과는 좀 다르지. 오행의 다섯 성질을 기반으로 피나는 수련을 해야 일정한 경지에 오를 수 있으니, 속성을 추구하는 마공(魔功)과는 엄연히 다르다고 할 수 있구나. 그러나 어쨌든 사람 목숨 중한 것 모르고 인간의 정을 자기 편한 대로 이용하려 드는 자들이야. 같이 상대할 사람들이 아니지.”

노승의 말에 나정은 고개를 갸웃거렸다.

‘하지만 흑선 어르신을 보자면 꼭 그런 것 같지도 않잖아. 날 위해서 자신의 공력을 잃는 것도 아까워하지 않는 걸 보면.’

나정이 그렇게 생각하고 있을 때, 노승은 빈 술잔에 술을 따르며 말을 이었다.

“그중에서도 흑선노괴가 사람 마음을 이용하고 제멋대로 움직이게 하는 데에는 최고야. 피부가 검다고 해서 흑선노라는 별명이 붙었는데, 아주 인간성이 못된 친구야."

"그, 그렇습니까?"

"물론이지. 내가 언제 허튼소리 하는 걸 보았느냐? 아, 그
건 그렇고, 그런데 왜 신주오괴에게 그렇게 관심을 갖는 게
냐?"

"아, 아닙니다. 그러니까 제가 객잔에 들렀을 때⋯⋯."

나정은 무림인들이 최가객잔에서 비밀 모임을 갖던 이야
기를 했다. 그들의 암호가 '삼절'이었다는 부분에서 노승이
혀를 끌끌 차며 말했다.

"삼절방(三絶幇)의 모임이었던 게로구나. 그곳 방주가 바로
삼절수라(三絶修羅)인 게지. 신주오괴 중에서 신목귀령(神木
鬼鈴)과 더불어 무리를 이끄는 자야. 성격은 음험하고 독랄해
서 신주오괴 중에서도 가장 조심해야 할 녀석이지. 흠, 그런
놈이 이 외진 곳에는 무슨 일로 왔을까?"

나정의 눈이 크게 떠졌다.

"이곳에 온 걸 어찌 아십니까?"

"허어, 노납이 앉아서 천 리를 내다본다는 것도 모르더냐?
삼절방의 암호는 세 개로 나뉘지. 그중 '삼절'이라는 암호는
방주까지 참석하는 모임에서나 사용되는 특급 암호야. 흐흐,
뭐 나 같은 늙은이까지 다 아는 암호를 특급이니 뭐니 하는
것도 우습지만은⋯⋯."

하고 웃던 노승이 문득 정색하며 나정을 바라보았다.

“그런데 너는 어찌 그가 이곳에 온 걸 아느냐?”

“제가 언제 그가 안다고 했습니까?”

“방금 이곳에 온 걸 어찌 아냐고 내게 묻지 않았더냐?”

노승의 예리한 질문에 나정은 당황해서 대답할 말을 찾지 못했다. 노승의 눈빛이 더욱 날카로워졌다.

“내게 숨기고 있는 게 있더냐?”

“그럴 리가 있겠어요?”

나정은 등골이 축축하게 젖어오는 걸 느끼며 황급히 부인했다.

“설령 제가 속인다고 해서 속을 노스님이 아니지 않습니까? 이미 사람 마음까지 꿰뚫어 보는 혜안을 지니셨으니까요.”

나정의 말에 노승은 기분 좋게 웃었다.

“허허, 역시 네가 이 늙은이를 알아주는구나. 하기야 내 눈을 속이고 거짓말할 사람이 있을 리가 없지.”

그렇게 노승이 껄껄껄 웃는 동안에 나정은 얼른 화제를 돌렸다.

“아까 신주오괴가 익힌 무공이 오행이라고 하셨는데, 오행이라면 금수화목토(金水火木土)를 이르시는 건가요?”

“그렇지. 저 신주오괴는 그 오행의 다섯 기운을 나눠 익히고 있는데, 일양자(一陽子)가 불의 기운을, 염화선자(艶華仙子)가 물의 기운을, 흑선노괴(黑仙老怪)가 흙의 기운을, 삼절수라

가 쇠의 기운을, 그리고 신목귀령이 나무의 기운을 익혔단
다.”

노승의 설명에 나정은 고개를 갸우뚱거리며 질문했다.

“한 사람이 오행을 수행할 수는 없는 건가요?”

노승이 웃으며 말했다.

“그럴 리야 있겠니? 그들의 사부 격인 오행마군(五行魔君)
을 보더라도 오행의 수련을 닦아서 저 우내십팔천 중의 한자
리까지 오르지 않았더냐?”

나정의 눈이 커졌다.

“와아, 대단하군요.”

“대단하지.”

노승은 고개를 끄덕이다가 문득 의아하다는 듯이 나정을
바라보며 물었다.

“그런데 네가 우내십팔천이 무언지 알고 있는 게냐?”

나정은 머리를 긁적이며 거짓말을 했다.

“그저께 객잔에 내려갔다가 강호 이야기를 좀 얻어 들었습
니다.”

“허허.”

노승은 어처구니가 없다는 표정이었다.

“흠, 네가 늦은 이유가 따로 있었구나. 네가 유난히 강호와
무공에 집착한다는 건 잘 알고 있다만, 이 늙은이를 굶겨가면
서까지 이야기에 심취할 줄은 미처 몰랐구나.”

"아니에요. 정말 비탈길에서 굴러…… 어제 상처도 보셨잖아요."

나정의 부인에 노승은 갑자기 생각났다는 듯이 그의 손을 잡아당겼다.

"그렇군. 어제 네 몸속에 불순한 기운들이 엉켜 있었지? 그게 뭔지 오늘은 꼭 알아내고 말겠다."

하면서 노승은 나정의 맥문을 쥐고 맥을 짚었다. 한동안 지그시 눈을 감고 있던 노승이 고개를 갸우뚱거리며 눈을 떴다.

"허어, 이것 참 이상한 일이로구나. 불순한 기운들이 더 이상 느껴지지 않다니 말이다."

나정은 멋쩍게 웃으며 손을 뺐다.

"노스님의 약이 좋았나 봅니다. 아침에 일어나니까 개운하고 힘이 솟던데요."

"허허, 내 약이 좋기는 하지. 그런데 금창약으로도 내상이 고쳐지던가? 호오, 노납도 모르는 약효가 있을 줄이야……."

노승이 신기해하며 기뻐하자 나정은 얼른 화제를 돌렸다.

"신주오괴는 오행마군을 사부로 두었는데, 왜 각자 한 가지 기운밖에 익히지 않았죠?"

"흠, 거기에는 사연이 깊단다. 우선 아까도 말했지만 오행마군은 신주오괴의 사부가 아니거든."

"네에?"

"정확하게 말하자면 오행마군이 신주오괴와의 승부에 져

서 그 대가로 절기 하나씩을 건네준 거지. 그러니까 사부와 제자 이런 관계는 아니지 않겠느냐? 그러니까… 그게 벌써 사십여 년 전의 일이로구나.”

노승은 기억을 더듬듯 지그시 눈을 감으며 이야기보따리를 풀었다.

노승의 말을 빌리자면 당시 오행마군이 도박을 매우 좋아한다는 사실을 안 신주오괴가 그에게 내기 승부를 걸었다는 것이다.

그때까지만 하더라도 신주오괴는 신주오괴가 아니었다. 그들은 단지 객잔에서 의기투합되어 만난 삼류무사들에 지나지 않았다. 그런 신주오괴가 내기에 이길 수 있었던 것은 바로 속임수였다. 다섯 명은 절묘하게 머리를 굴려 오행마군을 속였고, 그 대가로 오행지력(五行之力)을 하나씩 챙길 수가 있었던 것이다.

“문제는 그다음에 일어났지.”

노승의 말에 나정은 침을 꿀꺽 삼켰다. 이야기는 점점 더 흥미로워졌다.

“십 년이 지난 후 오행마군은 자신이 그들에게 속았다는 걸 알게 되었지. 그래서 노발대발해 신주오괴를 죽이려고 쫓아다녔어. 그동안 각고의 수련을 통해 강호의 고수가 된 신주오괴였지만 그래도 오행마군과 싸워 이길 실력은 아닌 터. 그들은 오행마군을 피해 강호를 떠돌았고, 그렇게 지금까지 목숨을 연명해 온 게야. 허허, 삼절방이 매번 그토록 은밀하게 암호를 주고받으면서 회합을 갖는 것도 그 때문이구."

"그래도 대단하군요. 노스님 말씀에 따르자면 그렇게 쫓겨 다니면서 삼절방을 만들고 신목귀령인가 하는 사람도 방파를 만들었다는 거 아닌가요?"

"그렇지."

노승은 고개를 끄덕이며 말했다.

"그들은 오행마군의 손아귀에서 어떡하든 살아남기 위해 무공 수련을 게을리 하지 않았단다. 어찌 보면 위기가 기회가 된 셈이지. 그렇게 불철주야 수련하고 단련하기를 수십 년. 그러다가 보니 그들을 추종하고 따르는 세력들이 생기게 된 게야."

"그런데 왜 그들은 또 자신들끼리 승부를 벌이는 거죠? 힘을 합쳐 오행마군을 상대하는 게 더 나을 텐데요."

"그건 말이다……. 어라, 네가 그런 이야기를 어찌 알고 있누?"

노승의 당연한 물음에 '객잔에서 언뜻 들었어요'라고 말한 나정은 속으로 '부처님, 또다시 거짓말을 하게 되서 죄송합니다'라고 중얼거려야 했다.

"허! 그놈의 객잔, 입도 싸구나."

노승은 입맛을 다시면서 말을 이었다.

"이야기가 길어진다. 그만하자. 마침 술도 다 떨어졌구나."

술이 떨어졌다면서 상을 치우라는 노승의 타박에 더 이상의 이야기는 들을 수가 없었다. 나정은 주방으로 돌아와 설거지를 하면서 중얼거렸다.

'휴우, 내가 어쩌다가 이런 거짓말쟁이가 되었지? 노스님에게 몇 번이나 거짓말을 해야 했다니……'

그의 얼굴에는 우울한 기색이 잔뜩 배어 있었다.

원래 한 번 내뱉은 거짓말을 지키기 위해서는 계속해서 새로운 거짓말이 이어져야 하는 법. 이제 와서 후회한들 아무 소용이 없었다. 어떡하든 노스님에게 들키지 않고 신주오괴의 일을 처리하는 게 지금으로서는 가장 최선의 방법인 것이다.

2

침상에 누워 있던 흑선이 말했다.

"보아하니까 너, 무공에 관심이 있는 것 같더라?"

나정은 빨래를 개면서 심드렁하게 대답했다.

"조금요."

"그럼 네 스승에게 배우면 될 것 아니냐? 우내십팔천 중의 한 명을 스승으로 두고서 빗자루 봉법(棒法)이라니, 그게 무슨 궁상이냐?"

"관두세요. 이야기하자면 길어져요."

“흐음……..”

흑선이 몸을 일으켜 나정에게로 다가갔다. 그리고 은근한 어조로 말했다.

“내가 가르쳐 주랴? 우내십팔천에 비교할 바는 아니다만, 그래도 강호에서 신주오괴를 무시하는 사람은 없다.”

“싫어요.”

나정의 대답이 의외였는지 흑선의 눈이 커졌다.

“왜?”

“난 사람 마음 가지고 이용해 먹으려는 자의 무공 따위는 배울 생각없어요.”

‘헉!’

흑선은 뜨끔했다.

‘어라, 이 녀석이 어떻게 알아차렸을까?’

궁금증은 잠시, 금세 의문이 풀렸다. 뻔한 일이었다. 분명 저 안채의 늙은 중에게 뭔가 이야기를 듣고 왔으리라.

흑선은 잠시 머리를 굴리다가 다정스럽게 말했다.

“이봐, 나정아. 네가 뭔가 착각한 모양인데, 나는 사람 마음 가지고 장난치거나 하는 사람이 아냐. 생각해 봐. 언제 내가 네 마음 가지고 장난한 적이 있더냐?”

나정은 입술을 내민 채 이미 개어둔 빨래를 또 개기 시작했다. 그런 나정의 어깨에 손을 얹으며 흑선이 침울한 듯 말했다.

"이것 한 가지만 알아둬라. 세상 평판이라는 게 모두 사실은 아니란다. 가끔은 오해와 질시로 인해 굴절되고 꺾여서 전달되기도 하거니와, 아예 처음부터 진실을 보려고 들지 않을 때도 있으니까."

흑선은 손을 거두며 말을 이었다.

"동료들과의 승부는 포기하마. 인연이 닿는다면 나중에 또 만나게 되겠지. 그럼……."

하고는 몸을 돌려 방을 나갔다.

나정은 입술을 깨문 채 빨래를 개고 또 개다가 우당탕탕 밖으로 뛰어나갔다. 흑선은 달빛을 밟으며, 달빛을 등에 지고서 산 아래로 천천히 걸어가고 있었다.

나정이 한달음에 달려와 흑선을 붙잡았다. 그리고 울먹이는 소리로 미안하다고 했다. 괜히 마음 아프게 한 것 같아서 정말 미안하다고 했다. 흑선은 가늘게 한숨을 쉬며, 그리고 웃음을 참으며 밤하늘을 우러렀다.

이렇게 되는 것이 흑선의 생각이었다.

평소 그가 보아온 나정의 성격이라면 자신의 예상대로 끝나는 게 당연한 귀결이라 할 수 있겠다. 또 그런 까닭에 지금 흑선은 나정이 쫓아올 수 있도록 천천히 걷고 있는 것이다.

하지만 아무리 천천히 걸어도 나정은 나올 생각을 하지 않았다. 이윽고 일조암 마당에 서 있는 삼층석탑의 상륜(相輪·불탑 맨 꼭대기에 있는 기둥 모양의 장식 부분)이 보이지 않을 때까지 산을 내려왔는데도 나정의 기척은 없었다.

"뭐, 뭐냐?"

한 방울의 땀이 흑선의 이마에 맺혔다. 결국 흑선은 걸음을 멈춰야만 했다. 녀석은 나오지 않을 생각인가 보다. 이대로 녀석과 헤어진다면 승부를 포기한다는 뜻이 되고, 승부를 포기한다면 오행지력을 손에 넣을 기회마저 포기하는 게 된다.

결국 흑선의 손해인 것이다.

"빌어먹을! 빌어먹을!"

흑선은 주먹을 쥐고 허공을 향해 마구 휘둘렀다.

오랫동안 그렇게 미친 것처럼 날뛰던 그는 결국 어깨를 축 늘어뜨린 채 한숨을 내쉬었다. 그리고 고민 어린 표정을 지으며 한참이나 망설이던 그는 결국 어쩔 수 없다는 듯 다시 터벅터벅 산길을 오르기 시작했다.

3

그것은 나정만의 도박이었다.

사실 흑선이 밖으로 나갔을 때만 하더라도 나정은 곧바로 그 뒤를 따라 나가 흑선을 붙잡을 생각을 했다. 하지만 다음 순간, 나정의 뇌리에는 노스님이 해주셨던 말이 섬전처럼 스치고 지나가는 것이었다. 그 누구보다도 사람 마음을 잘 이용하는 자가 바로 흑선이라는 그 말이.

그런 까닭에 나정은 버티고 앉은 것이다.

만약 그동안 흑선이 마음을 열고 나정을 대한 것이라면, 또 그가 했던 말들이 모두 진심이었다면 이대로 나가서 두 번 다시 돌아오지 않을 것이다. 반면에 신주오괴의 승부에서 이기기 위해 여태껏 나정을 속인 것이라면 흑선은 '이대로 떠나겠다'고 한 말을 어기고 되돌아올 것이다.

나정이 바라기는 전자였지만, 내기는 후자에 걸었다. 만약 진짜로 흑선이 안 돌아온다면 나정은 신주오괴의 다른 사람들과 어울릴 필요없이 무조건 흑선의 손을 들어줄 요량이었다. 그게 나정이 자신의 승부에 건 판돈이었다.

하지만 흑선이 꼬리를 내리고 돌아옴으로써 이 도박은 나정의 승리로 끝났다. 또한 그것은 두 사람의 관계에 있어서 크나큰 전환점이 되었다.

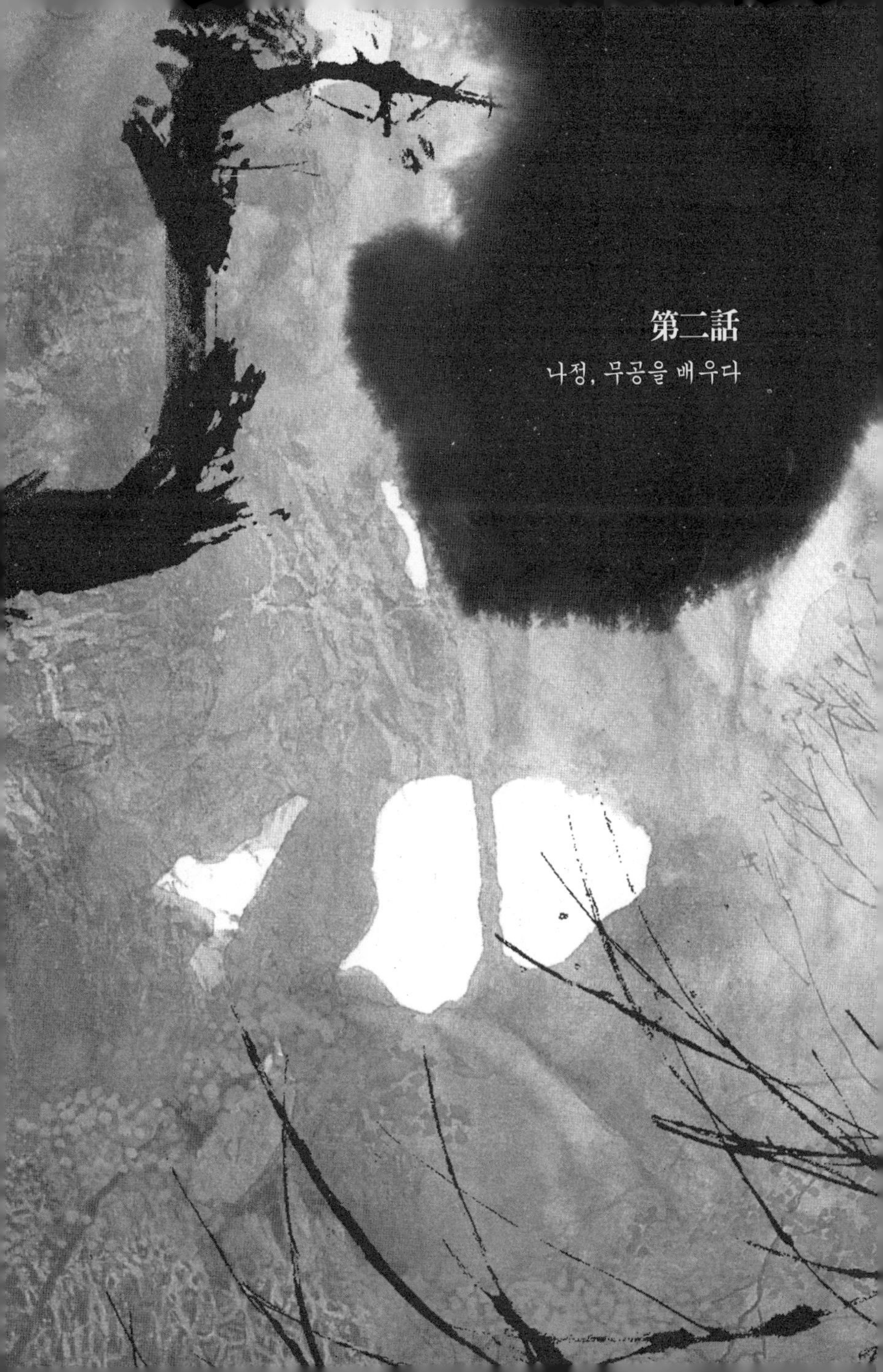
第二話
나정, 무공을 배우다

1

혹선은 시무룩한 어조로 말했다.

"앞으로 석 달 동안 무조건 네 말에 따르겠네. 그러니 지금까지의 내 행동을 용서해 주게."

혹선의 항복 선언을 받기는 했지만, 승리의 기쁨보다 앞서는 우울함 때문에 나정의 안색은 그리 좋지 않았다.

'나는 처음부터 끝까지 그의 말을 믿고 행동을 믿었으며 마음을 믿었다. 하지만 그는 처음부터 끝까지 나를 속여왔던 것이다. 속세의 사람들이란 다 이런 걸까?'

철든 이후 지금껏 오로지 노승만을 보고 자란 나정이다. 비록 노승이 술 좋아하고 고기 좋아하는 땡중이기는 했지만 그래도 지금껏 나정을 속인 적이 없었다. 나정 또한 노승을 속인 적이 없었다, 적어도 신주오괴를 만나기 전까지는.

그런 까닭에 요 며칠 동안 노승에게 해야만 했던 거짓말이 그토록 마음에 걸리고 편치 않았던 것이다.

'거짓말하고 사람을 속인 것은 나 역시 마찬가지이다. 애당초 사실대로 말했더라면 이렇게까지 거짓말이 늘지 않았을 텐데……. 차라리 지금이라도 노스님께 모든 사실을 고백할까?

나정은 속으로 중얼거렸다. 그 눈치를 보던 흑선의 콧잔등에 주름이 잡혔다.

'이 녀석, 도대체 무슨 생각을 하는 거여? 내가 무조건 자기 말에 따르겠다는데도 영 표정이 신통치 않네. 뭔가… 특별한 수가 없을까나?

그렇게 고민하던 흑선은 문득 좋은 생각이 났는지 밝은 표정으로 입을 열었다.

"우리가 왜 사십 년 동안 승부를 겨루는지 알고 싶지 않나?"

나정의 얼굴빛이 살짝 변했다. 흑선은 허리를 폈다. 아무래도 한참 궁금한 게 많고 호기심 왕성한 나이인 것이다.

흑선은 헛기침을 하며 말했다.

"사실 신주오선… 어흠, 그러니까 우리는 말이지, 따지고 보면 한 사부 밑에서 사사한 동문이라 할 수 있다네. 뭐 그렇다고 해서 정식으로 사제의 연을 맺고 사사한 것도 아니지만, 어쨌든 우리 다섯 명은 똑같은 사람에게 각각 하나의 서로 다른 힘을 배웠지.”

“오행지력 말인가요?”

“어, 네가 그걸 어찌……? 흠, 노승이 말해준 게로구나.”

“네. 오행마군에게 신주오괴가 어떻게 무공을 배웠는지도 말이죠.”

천연덕스러운 나정의 말에 흑선을 입술을 깨물었다. 다 알고 있으니 더 이상 거짓말하지 말라는 협박처럼 들린 까닭이다. 하지만 그는 곧 안색을 펴며 웃었다.

“허허, 네가 알고 있다면 구태여 일일이 설명할 필요가 없겠는걸.”

“아뇨. 말씀해 주세요.”

나정은 눈을 반짝이며 말했다.

“옛날이야기는 몇 번을 들어도 재미있으니까요.”

‘쳇. 우리 생명이 걸린 일이었다. 그런데 넌 겨우 옛날이야기로 들리냐?’

흑선은 투덜거렸지만 겉으로는 활짝 웃었다. 그리고 고개를 끄덕이며 ‘그러지’ 하고는 이야기를 계속 이어나갔다.

2

사람의 욕심은 끝이 없는 법이다.

처음에는 서로 합작하여 오행마군의 절기 하나씩만을 얻어도 감지덕지라는 생각을 했던 그들이다. 하지만 오행마군에게 오행지력을 얻게 되자 신주오괴는 자신이 얻은 행운을 기뻐하기보다는 외려 다른 이들의 행운에 질투를 느끼게 되었다.

다른 네 명이 얻은 오행지력을 모두 내가 갖게 된다면 나 또한 우내십팔천의 한 명이 될 수 있지 않을까?

그것은 엄청난 유혹이었다. 무인에게 있어서 우내십팔천은 곧 하늘이며 신이었다. 게다가 당시 신주오괴는 삼류무사에 불과했다. 우내십팔천이라는 자리가 당장에라도 손에 쥐어질 것만 같자, 그들의 눈과 마음이 확 돌아간 것은 당연했다.

하지만 오행지력을 한 몸에 지니는 일은 그리 간단하지가 않았다. 방법은 오직 하나, 그 상대가 자신에게 내공을 전하듯 오행지력을 건네주는 것밖에 없었다. 하지만 누가 자신의 오행지력을 남에게 건네주겠는가.

처음에는 협박으로 빼앗을 생각을 했다. 하지만 내공 전수라는 게 등을 상대에게 내보여야만 하는 특성상 협박은 무리일 수밖에 없었다. 결국 상대의 호의를 얻어내야만 한다는 건데…… 고민에 빠진 그들을 의기투합하게 만든 건 오행마군의 추격이었다.

속았다는 사실을 알게 된 오행마군의 분노는 불과 같았다. 그는 신주오괴를 찾아 중원을 뒤집었으며, 결국 신주오괴는 정처없는 도망길에 올라야 했다.

그렇게 몇 년의 세월이 흐른 어느 날, 신주오괴는 이렇게 마냥 쫓겨 다닐 수만은 없다는 데 의견을 일치했다.

"한 사람에게 몰아주자."

"방법은 간단해. 이중에서 가장 능력이 뛰어나고 실력이 강한, 그리고 배신하지 않을 인간성을 지닌 자에게 말야."

"그럼 바로 나네."

"허어, 무슨 소립니까? 실력하면 바로 저죠."

"어머머, 그건 또 무슨 소리인가요? 인간성하면 저 말고 또 누가 있겠어요?"

힘겹게 일치된 의견은 과연 누구에게 몰아주느냐 하는 문제에서 또다시 다섯 갈래로 갈라졌다.

한참을 다투던 그들은 결국 해마다 한 번씩 모여 승부를 겨루기로 했고, 승자에게 모든 걸 밀어주기로 약조했다. 그렇게 사십 년 세월이 흘렀지만 아직도 승자는 나오지 않았다.

"휴우……."

흑선은 한숨을 내쉬면서 말했다.

"정말 대단들 한 게야. 어떡하든 이기려고, 승자가 되려고 우리는 죽을힘을 다해 수련했지. 그때의 고생을 생각하면……."

나정은 저도 모르게 고개를 끄덕였다.

이해가 갔다. 오행마군의 추적을 피해 도망 다니는 와중에서도 다른 네 사람을 이기기 위해 각고의 노력을 해야 했던 그들의 모습이 눈에 아른거렸다. 그 필사적인 행동과 마음이 전달되면서 흑선에 대한 반감이 어느 정도 가라앉았는지, 이어지는 나정의 목소리가 저도 모르게 부드러워졌다.

"그런데 왜 네 분밖에 없었죠, 그날은?"

일순 흑선의 낯빛이 어두워졌다고 느낀 건 나정의 착각이었을까.

흑선은 조용히 말했다.

"신목이라는 놈이야, 그날 오지 않은 사람은. 우리 신주오… 괴 중에서 가장 출세한 녀석이지. 그가 만든 신목당(神木堂)은 강호에서도 알아주는 살수 집단이야. 어쩌면 우리 중에서 가장 능력 좋고 실력 뛰어난 인물일 수도……."

"그런데 왜 그분이 승리자가 못 되었죠?"

"믿을 수가 없어서."

흑선의 대답은 간단명료했다. 하지만 그것으로 만족할 나정이 아니었다.

"왜요?"

나정은 물었고, 흑선은 다시 한숨을 쉬며 대답했다.

"놈은 우리를 아예 죽이려 들었지."

"네에?"

나정의 눈이 휘둥그레졌다.

"그렇게 놀랄 것 없네. 뭐, 이 바닥이라는 게 다 그러니까 말일세."

흑선은 어깨를 으쓱거렸다.

"빼앗아라. 빼앗지 못한다면 죽여라. 빼앗지도 죽이지도 못한다면 동료로 삼아라. 그게 강호의 법칙이라구. 녀석도 마찬가지였어. 놈은 자신의 힘과 세력이 월등해지자 본색을 드러냈지."

나정은 그의 설명을 들으면서 고개를 갸웃거렸다.

어차피 그들의 승부라는 게 실력과 능력의 우위에 선 자가 모든 걸 얻게 되는 것이었다. 그런데 굳이 신목귀령이 다른 이들을 협박하고 죽이려 할 이유가 어디 있었을까.

어쩌면 그들의 승부는 결국 신목귀령의 승리로 귀결되었는지 모른다. 하지만 오행지력은 그렇게 쉽게 포기할 만한 것이 아니었다. 사람들은 '인간성'이라는 조건을 빌미로 그 결과에 승복하지 않으려 했을 것이다.

만약 그랬다면, 신목귀령이 그들을 죽이려 한 이유가 설명될 수 있었다. 약속을 지키지 않으려는 사람들의 이기심. 그것처럼 이긴 자를 분노하게 만드는 게 또 어디 있는가.

나정이 곰곰이 생각하는 동안 흑선이 손사래를 치며 말했다.

“자, 그 이야기는 이제 그만하자. 어쨌든 그 승부를 계속하고 있는 사람은 모두 넷이야. 그리고 네가 심판이구.”

말을 마친 흑선은 갑자기 정색하더니 침상에서 내려왔다. 그리고 나정의 앞에 털썩 무릎을 꿇고는 고개를 숙였다. 깜짝 놀란 나정이 침상에서 내려와 그의 팔을 붙잡으며 일으키려 했지만 흑선은 완강하게 버티며 말했다.

“지난 내 잘못은 사과하마. 다시 처음부터 시작하자. 이 늙은이가 평생 살아오면서 배운 건 남을 속이는 일이다. 그래야 살 수 있었으니까. 하지만 너에게만은 두 번 다시 속이지 않으마.”

담담한 목소리였다.

하지만 그의 사과는 눈물 흘리며 사죄하는 것보다 나정의 마음을 더욱 크게 흔들어놓았다.

나정은 그를 일으켜 세우며 말했다.

“알았어요. 그러니 이제 그만 일어나세요.”

“고맙다.”

흑선은 몸을 일으키며 말했다.

“내일부터 우리 새로 시작해 보자꾸나.”

나정이 빙긋 웃으며 고개를 끄덕였다.

“그렇게 해요, 우리.”

3

다시 날이 밝았다.

나정은 여느 때처럼 새벽같이 일어나 마당을 쓸었다. 평소와 달라진 점은, 그 혼자 마당을 쓰는 게 아니라 흑선이 함께 빗자루를 들고 마당을 쓴다는 것이었다.

그리 넓지 않은 이조암이었다. 두 사람이 한 바퀴 돌며 청소하는 데에는 그리 오랜 시간이 걸리지 않았다. 아침 공양까지 끝냈는데도 노스님을 깨우기까지에는 꽤 시간이 남았다.

두 사람은 불당 앞에 앉아서 밝아오는 기산의 풍광을 감상했다. 그러다 문득,

"한 수 가르쳐 줄까?"

흑선이 두 손가락으로 빗자루를 빙빙 돌리며 물었다.

나정은 젓가락 돌아가듯 가볍게 도는 빗자루를 감탄 어린 눈빛으로 바라보고 있다가, '그 빗자루 돌리는 거요?' 하고 물었다. 흑선은 어이가 없다는 듯 너털웃음을 흘리며 말했다.

"천하의 신주오괴에게 너는 기껏 빗자루 돌리는 걸 배우고 싶단 말이냐?"

흑선은 엉덩이를 털며 자리에서 일어났다.

"자, 내가 몇 가지 재간을 가르쳐 주마. 이거라면 네가 행각(行脚)할 때 적지 않은 도움이 될 것이야."

하면서 자루를 쥐고 있던 두 손에 힘을 주었다. 그러자 아래쪽 싸리 부분이 간단하게 동강나면서 하나의 짧은 봉(棒)이

만들어졌다. 흑선은 봉을 들어 길이를 가늠해 보더니 만족한
듯한 얼굴로 나정을 바라보며 말했다.

"다섯 자 한 치 정도 되겠구나. 내게는 좀 작지만 네 키와
비슷한 것이 딱 좋을 듯하다. 그동안 보니 넌 곤법(棍法)에 관
심이 많은 것 같더구나."

나정이 멋쩍게 웃었다.

"소림사의 곤법승에 대한 이야기를 들었거든요."

"아, 공양주(供養主:밥 짓는 일을 하는 중)로 있다가 홍건(紅巾)
의 대군을 물리쳤다는 화상 말이냐?"

흑선도 아는 체했다.

원(元)의 국세가 기울어가던 때, 홍건족이 소림사에 쳐들어
와 난리를 부린 적이 있었다. 모든 소림사의 중들이 그들의
횡포를 막지 못하고 전전긍긍하고 있을 때, 이름도 없던 공양
주 한 명이 밥을 짓는 데 사용하는 곤을 들고 부엌에서 튀어
나와 홍건족을 물리쳤다. 이후 소림의 곤을 따로 일컬어 소림
소화곤(少林燒火棍)이라 했다.

나정은 눈을 반짝이며 말했다.

"그 이야기를 듣고 나서 저도 곤법을 익혀야하겠다는 생각
이 들었어요."

"그럼 저쪽 늙은 중에게 가르쳐 달라고 하지?"

흑선의 말에 나정은 뒤통수를 긁적였다.

"안 그래도 부탁드렸다가 꾸지람만 들었거든요. 중이 무슨

무공이냐구요. 그런 거에 신경 쓸 시간에 불경이나 한 줄 더 외우라구요."

"호호."

흑선은 낮게 웃더니 이내 정색하며 말했다.

"뭐, 어쨌든 곤법 배운 지가 까마득해서 제대로 가르쳐 줄지나 모르겠다. 원래 내가 중점적으로 배우고 익힌 것은 칼이다. 하지만 만병일종(萬兵一宗)이라 하여 모든 무기의 근원은 하나인 터. 그 기본을 가르쳐 주마."

흑선은 곤(棍)도 아니고 그렇다고 봉(棒)이라고도 할 수 없는 막대기를 곧추세웠다.

곤과 봉의 생김새와 쓰임새가 비슷하다고 해서 그 둘을 합쳐 아예 곤봉이라고 호칭하는 경우도 있다. 하지만 곤과 봉은 엄연히 다르다.

가장 단순하게 구분하자면 곤은 양끝의 굵기가 서로 다르고 봉은 일정하다. 또한 대체적으로 봉의 길이가 곤보다 길며, 곤은 끝에 창날을 끼울 수가 없고 봉은 창날을 달 수 있다.

또 곤의 길이와 종류에는 여러 가지가 있어서 긴 건 열 자가 넘고 짧은 건 육모방망이만 한 것도 있다. 그런 까닭에 곤은 방망이, 봉은 날 없는 창, 이런 식으로도 구분하기도 한다.

어쨌든 흑선은 그런 의미에서 보자면 봉 쪽에 훨씬 가까운 막대기를 들고 서 있다가, 어느 순간 오른발을 앞으로 내밀며 자세를 낮추는 동시에 앞으로 찔러갔다. 그 기세가 얼마나 강했는지, 옆에 서 있던 나정의 옷자락이 바람에 펄럭거렸다.

흑선의 움직임은 빠르면서도 변화무쌍했다. 막대기는 순식간에 이십여 개의 환영을 만들어냈다가 다시 하나로 합쳐지기도 했으며, 또 어느새 채찍처럼 바닥을 쓸기도 하고 풍차처럼 휘돌기도 했다. 그 현란한 봉의 움직임에 나정의 눈이 어지러울 지경이었다.

이윽고 시연을 마친 흑선이 막대기를 거두며 길게 호흡을 내쉬었다. 그러고 보니 그 오랜 시간 동안 흑선은 단 한 번도 호흡을 내쉬지 않은 것이다. 나정은 감탄했다.

'이게 이른 바 한 호흡의 공격이라는 거로구나!'

호흡을 가다듬은 흑선은 막대기를 건네주며 말했다.

"곤법의 기초는 여덟 가지로 나뉜다. 힘차게 내려치고[劈] 올려치고[挑] 창처럼 찌르고[籍] 꿰뚫으며[掄], 끼워서[捕] 밀고[滕] 묶거나[絞] 막는[攔], 이 여덟 가지의 동작들이야말로 기본 중의 기본이라 할 수 있다."

사실 벽, 도, 착, 륜, 삽, 슬, 교, 란의 여덟 동작은 곤법만이 아니라 봉법과 창법 등 장병(長兵)을 익히는 데 있어서의 기본 동작이라 할 수 있었다. 장병의 모든 투로와 초식은 저 여덟 동작에서 나오고 변형되는 바, 그 기초를 제대로만 닦으면 어떤 장병도 제대로 다룰 수 있었다. 또한 그것이 흑선의 이야기였다.

"간단하게 생각하지 말도록. 진짜 제대로 익혔다는 소리를 듣기 위해서는 한 동작을 일 년 이상 수련해야 할 게야."

흑선의 으름장을 들으면서 나정은 막대기를 쥐었다. 흑선이 혀를 찼다.

"허어, 그렇게 세게 쥐면 어떡하느냐? 손목과 어깨가 굳어서 제대로 돌아가기나 하겠느냐?"

나정은 좀 더 부드럽게 쥐었다. 하지만 다시 흑선의 혀 차는 소리가 그의 귓전에 들렸다.

"쯧쯧, 그렇게 힘없이 쥐면 상대방에게 무기 빼앗기기 딱 좋구나."

나정은 울상이 되었다. 세게도 약하게도 쥐지 못하게 하면 도대체 어떻게 쥐라는 것인가.

"아무래도 안 되겠다. 다른 것보다 우선 무기 쥐는 법부터 배워야겠구나. 가서 달걀을 가져오너라."

흑선의 느닷없는 주문에 나정은 뒤통수를 긁적이며 말했다.

"없는데요. 암자에 그런 게 있을 리가 있나요?"

"없어? 하지만 고기와 술도 먹지 않느냐?"

"거야 마을에서 사오는 거죠. 노스님께서 암자에서 닭이나 돼지를 키우면 사람들이 욕한다고……."

"흐흐, 그래도 남의 눈은 무섭다 이거로구나."

잠시 웃던 흑선은 이내 난감한 표정을 지었다.

"흠, 그렇다면 뭘로 대신할까?"

하고 중얼거릴 때였다.

"이놈, 나정아! 해가 중천에 떴는데도 이제는 아침 인사도 오지 않느냐? 아이구, 배고파라! 네가 나를 굶어 죽이려고 작정을 한 게로구나!"

안채의 노승이 바락바락 내지르는 소리가 이조암을 들썩거렸다. 나정이 깜짝 놀라 봉을 내던지고 안채로 달려갔다.

4

아침부터 한바탕 소리를 들은 나정이었지만, 망태기를 메고 산을 타는 그의 얼굴은 밝기만 했다.

약초와 산나물을 찾아 산을 타는 일은 어린 동자승에게 있어서 쉬운 일이 아니었다. 그러나 나정은 연신 콧노래를 흥얼거렸다. 무공을 배울 수 있다는 것이 그의 마음을 들뜨게 만드는 것이다.

이조암으로 돌아온 나정이 망태기 한 가득 캐온 약초와 산나물을 모두 다듬었을 때는 이미 저녁나절이었다. 나정은 허겁지겁 저녁 공양을 준비했다. 아침부터 심통이 난 노승은 싱싱한 산나물이 새로 밥상에 올라왔음에도 불구하고 말 한마디 없이 술만 들이켰다.

설거지를 마치고 불당에 가서 백 번의 절을 끝낸 후 나정은 피곤한 몸을 이끌고 방으로 돌아왔다.

흑선은 보이지 않았다. 침상에 앉아서 한참을 기다려도 흑선은 들어오지 않았다. 나정은 실망한 표정이었다.

일과 끝나면 흑선에게 곤법을 배우겠다고 하루 종일 생각한 그다. 그 생각만으로도 하루가 즐겁고 피곤한 줄 몰랐던 그다. 그런데 막상 흑선이 보이지 않는 것이다. 어깨가 축 처질 수밖에 없었다.

한동안 더 기다리던 나정은 결국 포기하고 침상에 누웠다. 하지만 잠은 오지 않았다. 이리저리 뒤척거리고 있을 때였다. 문이 열리고 찬바람과 함께 흑선이 들어왔다. 나정이 벌떡 일어났다.

"어디 갔다 오셨어요?"

투정 섞인 목소리. 흑선은 대꾸없이 방문을 닫았다. 그리고는 들고 있던 거무튀튀한 빛깔의 나무 막대기를 나정에게 던졌다.

"옜다!"

엉겁결에 받아 든 나정은 나무 막대기를 천천히 살펴보았다. 막대기는 양쪽의 굵기가 서로 다른, 그러니까 한쪽으로 가면서 점점 더 굵어지는 모양을 하고 있었다.

가는 쪽의 굵기는 정확하게 나정의 손에 맞아서 쥐기 편하게 되어 있었고, 길이는 대략 넉 자 정도 되어 보였다. 또한 표면이 매끄럽지 않고 울퉁불퉁한 것이 깎아 만든 이의 거친 손길을 느낄 수 있었다. 전형적인 제미곤(齊眉棍)의 형태였다.

"마침 알맞은 오단목(烏檀木)이 있더구나. 그걸로 만든 거라 가볍고 단단할 게야. 네가 쓰기 딱 좋을 게다."

흑선은 아무것도 아니라는 듯이 말하며 침상 모서리에 걸터앉았다.

"고맙습니다."

나정은 고마워했다.

나뭇가지 하나 부러뜨려서 칼로 다듬는 일이야 그리 어렵지 않겠지만, 저 오단목이라는 걸 찾기 위해서 하루 종일 산을 헤맸을 흑선이다. 나정은 그 정성에 진심으로 고마워했다.

그러나 나정이 고마워할수록 흑선은 외려 더욱 무뚝뚝한 표정이 되었다. 그는 말했다.

"내일부터 힘든 수련이 시작될 게다. 그러니 일찍 자거라."

5

무기를 잡는 수련의 방법은 어찌 보면 간단하기 그지없었다.

우선 나정은 흑선이 만들어준 제미곤을 한 손으로 쥐고 부드럽게 원을 그렸다. 마치 허공에 대고 국자를 휘젓는 듯한 모습이었다.

"그렇게 쉬지 않고 천 번을 휘돌려라. 그게 첫 번째 수련이
다."

말이 천 번이지 불과 오십 번도 채 안 되어서 제미곤을 들
고 있던 나정의 손은 천근처럼 무거워졌다. 아직 차가운 날씨
임에도 불구하고 온몸이 땀에 젖었다.

나정은 이를 악물었다. 하지만 결국 백 회도 채우지 못하고
팔이 내려왔다. 수련 첫날의 결과는 처참할 따름이었다.

이후 나정은 아침은 물론 틈이 날 때마다 제미곤을 돌렸다.
불당에 앉아 불경을 외우면서도 한 손으로는 제미곤을 돌렸
고, 노승의 공양 준비를 하면서도 제미곤을 돌렸다. 한쪽 손
만 단련해서는 안 된다는 흑선의 말에 따라 나정은 양손을 번
갈아가며 수련했다.

그렇게 열흘이 흘렀다.

어느덧 기산의 풍경은 완연한 봄의 정취로 가득 차 있었다.
햇살은 따스했고 바람은 시원했다. 꽃향기와 수풀의 싱그러
운 냄새가 가슴 깊은 곳까지 상쾌하게 만들었다.

그 향기를 맡은 것인지 겨우내 방 안에서 꼼짝하지 않던 노
승도 문을 열고 종종 밖을 내다보았다.

"허어, 천당이 따로 없구나. 내 사는 곳이 바로 천당인 게
지."

그날도 노승은 방문을 열고 이조암의 한가롭고 고즈넉한

풍광을 둘러보며 빙긋 웃었다. 그러다 문득 마당을 가로질러 가던 나정을 보고는 고개를 갸웃거렸다. 나정의 손에 못 보던 물건이 들려 있었던 것이다.

"나정아, 이리 좀 오너라."

노승이 부르자 나정은 득달처럼 달려왔다.

"부르셨습니까?"

"그거 좀 이리다오."

노승이 나정이 들고 있는 거무튀튀한 몽둥이를 가리키며 말했다. 그리고 나정이 공손히 건네준 몽둥이를 이리저리 살피던 노승은 '호오!' 하며 감탄했다.

"이거 오단목이로구나. 네가 만들었느냐?"

나정은 망설이다가 조그만 소리로 '네' 하고 대답했다. 그리고 얼른 속으로 '용서해 주세요' 라고 빌었다.

"잘 만들었구나."

노승은 제미곤을 쓰다듬으며 말했다.

"오단목은 나무 중에서도 성질이 쇠 같아서 이 정도까지 다듬으려면 칼 두어 자루는 망가뜨렸겠지. 한 열흘은 걸렸겠구. 안 그러냐?"

'그렇게나 다듬기 힘든 나무였나, 이게?

나정은 새삼스러운 눈으로 제미곤을 바라보았다.

그날 밤, 흑선이 아무렇게나 내던졌을 때의 기억이 떠올랐다. 나정의 가슴이 뭉클해졌다.

"호오, 게다가 소금물에 담가두기까지 했군그래. 이거야 원, 웬만한 칼 같은 건 단번에 부러뜨릴 정도로 강하겠어."

노승의 이어지는 말에 나정은 더욱 감격했다.

나정을 위해 하루 종일 다듬은 오단목을 소금물에 담그고 그 옆에 쭈그리고 앉아 있는 흑선의 모습이 떠올랐다. 그가 밤늦게까지 그 고생을 하고 있는 동안, 나정은 자기 마음도 몰라준다면서 투덜거리기만 했다.

부끄럽고 창피하고 또 한없이 고마운 나정이었다.

"흠, 이거 내 선장(禪杖) 삼으면 알맞겠구나."

잠시 다른 상념에 젖어 있던 나정은 노승의 말에 깜짝 놀라 손을 내저으며 엉겁결에 말했다.

"아이구, 안 됩니다."

"응?"

노승의 눈꼬리가 휘어졌다.

"안 된다구? 지금 네가 안 된다구 했느냐? 이 늙은이가 허리 아파서 지팡이 좀 짚겠다는데 안 된다는 것이냐? 너는 나보다 이깟 신외지물(身外之物)이 더 소중하다는 것이냐? 내가 그리 가르쳤더냐?"

노승은 고래고래 소리를 질렀다. 나정은 땀을 뻘뻘 흘리면서 서둘러 변명했다.

"그게 아니라, 실은 스님을 드리려고 준비하고 있는 게 있어서 말이에요."

"그게 아니면 뭐가…… 응? 나를 위해서?"

금세 노승의 얼굴이 환해졌다.

"흠, 그랬다는 말이냐? 허허, 기특한지고. 어찌 그런 것까지 생각하고 있었던 게냐? 사실 이 지팡이는 모양도 좋지 않고 내 손에도 맞지 않는다. 자, 가져가거라. 그리고 내가 지팡이가 탐나서 화를 낸 게 아니라는 건 잘 알고 있겠지?"

"물론입니다."

"그래, 네가 신외지물에 현혹되어 그 덧없음을 인지하지 못하는 게 안타까워서 일갈(一喝)한 게야. 그러니 앞으로도 몸 밖의 것은 그저 몸 밖의 것이라고 생각하거라. 집(執)은 욕(慾)을 낳고 욕에서 탐(貪)이 비롯되고 탐은 곧 독(毒)인 게야. 네 평생의 업이 되어버릴……."

"명심하겠습니다."

"그래, 어여 가봐라. 참, 너무 공들일 필요없다. 그냥 짚기 편하고 손에 맞게만 만들면 되는 것이니라."

"…네."

나정은 속으로 '큰일 났다'고 생각하며 고개를 숙였다.

1

오단목은 쉽게 눈에 띄지 않았다.

나정이 하루 종일 산을 타면서 찾아보았지만 제미곤의 재질처럼 거무튀튀한 빛깔의 나무는 보이지 않았다. 몇 번이나 산등성이에서 미끄러지고 넘어져서 엉망진창이 된 나정은 땀을 닦으며 중얼거렸다.

"도대체 흑선 어르신은 어디서 찾으신 거야?"

흑선에게 물어볼 수는 있었다. 하지만 그렇게 되면 왜 오단목을 찾으려 하는지 이유도 말해야 했다. 아마도 흑선은 '그럼 내가 하나 더 만들어주지' 라고 대답할 게 뻔했다.

그게 싫은 것이다.

더 이상 혹선에게 폐를 끼치기 싫었다. 또 미안했다. 그리고 노스님에게 드릴 물건이라면 자신이 직접 만드는 게 도리라고 생각했다. 나정은 그런 생각으로 오단목을 찾아 나선 것이다.

하지만 생각처럼 쉬운 일은 아니었다.

우선 그는 오단목이 어떻게 생긴 나무인지 몰랐다. 크기는 얼마나 하고 굵기는 어느 정도이며 특징이 무엇인지 전혀 모르는 상태에서, 그저 겉모습이 거무튀튀한 나무만 찾고 있었으니 찾기 쉬울 리가 없었다.

나정이 오단목을 발견한 건 그로부터 다시 이틀이 지나고 사흘째 되는 날이었다. 그것도 오단목을 바로 곁에 두고 그냥 지나칠 뻔하다가 뭔가 미심쩍어 걸음을 멈춘 것이 찾게 된 계기였으니, 실로 천운이 따랐다고 할 수 있을 일이다.

원래 오단목은 천하에 드문 보석과도 같은 나무였다. 쇠 같은 강도를 지녔으면서도 대나무처럼 가볍고 연성(軟性)이 좋아 무인들이 매우 귀하게 여기는 목재였다. 또한 삼(蔘)처럼 특정한 곳에서 자연의 기운을 받아 자라는 습성이 있어서 따로 옮겨 심거나 인공으로 키울 수가 없었다.

게다가 껍질을 벗긴 속살이 기무튀튀하기 때문에 오(烏)가 붙은 것이지 나무 자체가 검은 건 아니었다. 겉으로 보기에는 일반 나무와 별 다름이 없었다.

그런저런 사실을 전혀 알 리가 없는 나정이었기에 오단목을 찾지 못하는 건 당연했다. 만약 나뭇가지 하나가 칼로 베인 것처럼 잘려 나간 흔적이 있는 나무를 발견하지 못했다면, 그는 평생 가도 오단목을 찾지 못했을 것이다.

이 험한 산속에 나무하러 들어올 사람도 없거니와, 또 나무하러 들어왔다가 괜히 가지 하나만 자르고 돌아갈 일도 없을 것이다. 그런 생각에 나정은 가지가 잘려 나간 나무를 유심히 바라보았고. 또 제 힘으로 잔가지를 꺾어보려고 했다.

그러나 나정이 아무리 용을 써도 손가락 굵기만 한 나뭇가지는 꿈쩍도 하지 않았고, 그제야 비로소 그는 바로 그 평범한 나무가 오단목임을 알아차린 것이다.

하지만 기쁨도 잠시, 가지를 자르는 일 또한 만만치 않았다. 나정이 가지고 간 도끼를 아무리 휘둘러도 나뭇가지는 끄떡없었다. 두어 시진 동안 끙끙거려 도끼날이 거의 빠질 때가 되어서야 겨우 나정은 원하는 걸 얻을 수가 있었다.

움직일 기력조차 없어서 오단목에 기대어 앉아 숨을 헐떡거리던 나정은 문득 제미곤을 내려다보며 중얼거렸다.

"이렇게 다듬으려면 열흘 이상은 걸리겠군."

하지만 나정의 예상은 틀렸다. 오단목을 가지고 암자로 돌아온 후 혼자 숨어서 다듬기 불과 몇 시진도 되지 않아서 결국 흑선에게 들키고 말았다.

"그게 뭐냐?"

나정은 얼른 오단목을 뒤로 숨겼지만 흑선의 예리한 눈매를 벗어날 수는 없었다.

"응? 그거 오단목 아니냐?"

나정은 한숨을 쉬었다. 혹선 모르게 나뭇가지를 처리하려고 했지만 그의 시야를 벗어나기에는 나정의 행동반경이 너무 작았다. 결국 나정은 그에게 노승의 선장 이야기를 해야만 했다. 그 이야기를 다 듣고 혹선이 한숨을 쉬며 말했다.

"그거 다듬고 있을 시간이 어디 있나?"

"하, 하지만……."

"내가 만들어줄 테니까 곤이나 돌려. 이거 구하느라 며칠 동안 제대로 수련하지도 못했을 테니까."

혹선은 나정의 나뭇가지를 빼앗듯이 들고 어슬렁거리며 사라졌다. 그리고 다음날, 보기에도 멋들어진 선장 하나를 들고 다시 나타났다.

"한 열흘쯤 뒤에나 갖다 드려라. 벌써 만들었다고 하면 믿지 않을 테니까."

"고맙습니다."

나정은 고개 숙였고, 혹선은 헛기침을 하며 말했다.

"대신 그 열흘 동안 천 번을 돌려야 하는 거다. 알겠느냐?"

나정이 죽자 사자 제미곤을 가지고 수련한 것은 당연했다. 안 그래도 열성적이었는데 일이 이렇게 되자 제미곤을 돌리지 않으면 안 되게 된 것이다.

그렇게 아흐레가 지났다. 마침내 나정은 한 번도 쉬지 않은 채 제미곤을 천 번이나 휘돌릴 수 있게 되었다. 나정은 기뻐하며 흑선에게 달려가 자신의 성과를 보여주었다.

"좋구나."

그렇게 말한 흑선은 나정이 제미곤을 휘두르는 모습을 가만히 지켜보다가 갑자기 제미곤을 향해 손을 내려쳤다. 제미곤은 나정의 손에서 벗어나 바닥에 나동그라졌다.

"두 번째 수련이다. 내가 내려쳐도 떨어뜨리지 않게 될 때까지 계속하는 거다."

나정은 입술을 깨물며 제미곤을 돌렸다. 떨어뜨리지 않기 위해서 손에 힘을 주자 금세 손목이 저리고 팔이 무거워졌다. 흑선이 혀를 차며 말했다.

"지금껏 무얼 해왔더냐? 천 번 돌리기는 왜 했다고 생각하느냐? 그 느낌 그대로 돌려라."

약 이십여 일 동안 수련을 하면서 나정이 깨달은 건, 힘만으로 곤을 쥐어서는 안 된다는 사실이었다. 하지만 흑선이 언제 제미곤을 내려칠지 모르게 되자 다시 힘이 들어가게 되었다.

나정은 자신의 실수를 인정하며 다시 손에서 힘을 뺐다. 그리고 잔뜩 신경을 곤두세워서 흑선의 움직임을 주시했다. 하지만 흑선이 다시 제미곤을 후려쳤을 때, 나정은 또 한 차례 곤을 놓쳐야만 했다.

그렇게 수십 번을 반복하자 나정의 손은 퉁퉁 부어올랐다.

흑선이 내려칠 때마다 타격을 입은 것이다.

"오늘은 그만하자."

흑선이 말했다.

나정은 저도 모르게 눈물을 흘렸다. 팔을 관통하는 통증이, 손바닥이 찢어지는 듯한 고통이 더욱 진하게 느껴진 까닭이었다. 특별한 이유도 없이 괜히 서러운 까닭이었다.

하지만 곧 그는 눈물을 닦았다. 그리고 저린 팔을 붙잡은 채 고개를 숙였다.

"그럼 내일 또 부탁드리겠습니다."

2

다음날, 나정은 흑선이 만들어준 선장을 노승에게 바쳤다. 노승은 뛸 듯이 기뻐했다. 그리고 방에서 나와 선장을 짚고 마당을 한 바퀴 돌았다.

"허어, 이거 정말 편하구나. 가벼우면서도 꼿꼿한 것이, 백 년은 사용할 수 있겠어. 고생했다, 고생했어."

노승의 칭찬에 나정은 몸 둘 바를 몰랐다.

고생은 흑선이 했지 자신이 한 건 아무것도 없다고 생각하는 그였다. 그러니 노승의 칭찬이 기쁠 리가 없었다. 그는 점심 공양 준비를 하겠다고 하면서 서둘러 그 자리를 벗어나려는데 문득 노승이 그의 팔을 붙잡았다.

"이런……."

노승의 눈빛이 어두워졌다. 그의 시선은 퉁퉁 부은 채 새파 랗게 죽어 있는 나정의 손에 매달려 있었다.

"이렇게 손이 망가질 정도로 열심이었던 게냐? 내 선장을 만들어주기 위해서 말이냐?"

나정은 더욱 쑥스럽고 부끄러워서 고개만 폭 숙이고 있었 다. 노승은 나정의 반들거리는 머리를 몇 번이고 쓰다듬어 주 었다. 그리고 방으로 들어가 예의 그 만병통치약이 담긴 상자 를 들고 나왔다.

"자, 이 환혼구명단을 먹거라. 그리고 이 금창약도 듬뿍 바 르거라. 저번에 봤듯이 내상에도 효험이 있는 금창약이니 부 기 따위는 금세 가라앉을 것이야."

"괘, 괜찮은데요."

"허허, 노납의 말을 따라야지. 어서 복용하거라."

"네."

나정은 누런빛이 감도는 알약을 입에 넣었다. 하지만 목이 메어 제대로 삼킬 수가 없었다. 목에 걸린 알약 때문에 격렬 한 기침이 쏟아졌다. 기침을 하는 그의 등을 두드려 주면서 노승이 혀를 찼다.

"쯧쯧, 누가 빼앗아 먹기라도 한다더냐? 그렇게 꿀꺽 삼키 다니 말이다. 그건 천천히 녹여 먹여도 괜찮은 약이다."

겨우 알약을 삼킨 나정은 격렬한 기침을 하느라 맺힌 눈물을 닦아내며 말했다.

"그럼 전 공양 준비를 하러……."

"가만있어라. 약도 발라야 할 것 아니냐?"

노승은 정성스럽게 약을 발랐다. 금창약을 새끼손톱만큼 떼어냈던 저번과는 달리 이번에는 아낌없이 떼어서 발라주는 것이다.

이윽고 나정은 고맙다는 인사를 하고 부엌으로 달려갔다.

"허허, 녀석, 뭐가 부끄럽다고."

노승이 웃으며 중얼거렸다.

"기특하기도 하지. 그래도 이 늙은이 아끼는 마음이 지극 정성이로구나."

노승은 선장을 들고 이리저리 걸었다. 수십 년이나 짚고 다닌 지팡이처럼 손에 딱 맞았다. 절로 미소가 입가에 맴도는 노승이었다.

한편 부엌으로 들어간 나정은 속이 얹힌 것처럼 답답해서 몇 번이고 한숨을 내쉬어야만 했다. 일이 자꾸만 이상하게 얽히는 것 같았다. 잠시 후 한결 마음이 진정된 그는 쌀을 담아 놓은 항아리의 뚜껑을 열며 중얼거렸다.

"이렇게 일 년씩이나 노스님을 속여야 하나……. 어라?"

나정은 믿어지지 않는다는 얼굴로 항아리를 내려다보았다. 쌀독이 텅 빈 것이다.

"이런……."

나정은 눈앞이 캄캄해졌다.

노승은 선장을 짚고 어슬렁거리고 있었다. 햇살이 좋고 바람이 좋은 봄날 오후였다. 노승이 얼굴 가득 순수한 미소를 머금은 채 그 느긋한 즐거움을 만끽하고 있을 때, 부엌에서 나온 나정이 뒤통수를 긁적이며 다가와 힘들게 입을 열었다.

“저, 쌀이 떨어졌는데요.”

“뭐라?”

인자하고 자애롭게 웃던 노승의 얼굴이 단번에 딱딱하게 굳어졌다.

“오월까지는 먹을 수 있도록 넉넉하게 준비했지 않았더냐? 그런데 벌써 떨어졌어? 아니, 도대체 그 많던 쌀이 어디로 간 게냐? 내가 다 먹었을 리도 없고, 아무리 식충이라고 해도 네가 다 먹었을 리도 없지 않느냐? 어디 딴 입이라도 숨겨놓은 게냐?”

따따부따 이어지는 노승의 닦달에 나정은 가슴이 철렁 내려앉았다.

‘헉, 설미 흑선 어르신의 존재를 알고 계시는 걸까?’

확실히 쌀이 빨리 떨어진 것은 흑선 때문이었다. 한 사람의 입이 더 늘었으니, 세 달치 양식이 두 달 만에 떨어진 건 당연했다.

“설마……”

노승은 눈을 가늘게 뜨면서 나정을 째려보았다.

"어디서 여시주 하나 몰래 데리고 온 게냐?"

"그럴 리가요?"

나정은 화들짝 놀라 손사래를 쳤다.

"흠, 그렇겠지? 아무리 네가 간이 크기로서니 나 몰래 누군가를 숨길 수야 없겠지? 또 그럴 이유도 없겠구?"

"네… 네."

"그럼 아무래도 산짐승이나 쥐가 먹었나 보구나. 흐음, 그것도 보시(普施)라고 할 수 있으니…… 됐다. 내일 일찍 마을로 내려가서 사오면 되느니라. 이번에는 좀 넉넉히 사오도록."

3

"허허허."

흑선이 즐겁다는 듯이 웃자 나정은 입을 내밀었다.

"뭐예요. 그렇게 신나게 웃을 일이 아니라구요. 전 진짜 심장이 멈춰 죽는 줄 알았어요."

"허허, 미안하구나. 내가 좀 많이 먹었나 보구나. 사실 그렇게 탐식하는 편은 아닌데, 이 산의 공기가 좋고 물이 맛있으니 밥 또한 많이 먹게 되더구나. 절밥이라는 게 아무래도 내 체질인가 보다 싶을 정도로 말이다. 허허, 미안하다. 앞으로는 조금씩 먹으마.”

“아니에요. 누가 많이 먹는다고 뭐라 하겠어요?”

나정은 웃으며 말했다.

“제가 그만 깜빡하고 있었던 게 잘못이죠. 흑선 어르신께서 밥을 드시는 모습을 전혀 보지 못해서 아예 생각조차 못하고 있었죠.”

“허허, 설마 내가 신선이라도 되는 줄 알았더냐?”

“그건 아니지만…….”

“그리고 이제 그 어르신이라는 말은 듣기가 좀 그렇구나.”

“그럼 뭐라 불러 드릴까요?”

라고 질문한 나정은 이내 아차 했다.

‘그렇군. 지금 흑선 어르신은 내게 무공을 가르쳐 주고 있잖아. 당연히 사부님이라고 불러야 옳지. 또 아마도 그걸 원하셔서 이런 말씀을 꺼내신 듯하구나.’

그렇게 생각한 나정은 자리에서 일어나 절을 했다.

“어어?”

흑선은 영문을 알 수 없다는 표정으로 그를 바라보았다. 나정이 두 번째 절을 마치고 다시 한 번 더 절을 하려는 걸 보고서야 비로소 그의 속셈을 알아차린 듯 황급히 팔을 붙잡으며 말했다.

“이런이런, 네가 내 뜻을 오해한 모양이로구나. 난 네 사부가 될 생각이 없단다.”

“하지만 지금 제가 무공을…….”

“아니지.”

흑선은 잘라 말했다.

“내가 너에게 가르치는 것은 무공의 기초일 뿐이다. 겨우
그 정도 가지고 사부라는 칭호를 받을 수는 없지. 됐다, 그냥
할아버지라고 부르거라.”

하던 흑선은 슬쩍 미소를 머금으며 한마디 덧붙였다.

“실은 형님이라는 소리를 듣고 싶었다마는.”

“그럴 수야 있나요?”

“허허, 나이가 중요한 게 아니지 않느냐? 또 네가 날 형님
이라 부른다면 나 또한 그만큼 젊어지는 게 되니까…….”

“그래도 그건…….”

“그래그래, 그냥 할아버지라고 불러다오. 아쉽지만 그것으
로 참으마.”

“네, 알겠습니다, 할아버지.”

나정은 공손히 머리를 숙이며 말했다.

4

다음날, 마을에 다녀온 나정은 짐을 풀자마자 곤을 잡았다.
노승의 약은 매우 뛰어난 효력을 지니고 있었다. 하룻밤 사이
에 손의 혈색이 돌아오고 부기가 가라앉은 것이다.

“호오, 나중에 나도 그 약 좀 얻자꾸나.”

나정의 손을 바라보며 흑선이 말했다.

‘노스님께서 꼭 끼고 계셔서……’

힘들겠다는 소리는 할 수 없었다.

나정은 고개를 끄덕이며 가져다 드리겠다고 했고, 흑선은 만족한 얼굴로 수련을 시작했다.

흑선은 말했다.

“중요한 것은 집중력이다. 정신을 하나로 집중해서 상대가 내려치는 순간을 포착해야 한다.”

상대가 내려치는 순간을 포착하여 곤을 더욱 힘세게 쥐는 것, 흑선은 나정에게 그것을 요구하고 있었다.

“그것은 집중력에서 비롯되고 느낌으로 절정을 이루고 무의식으로 완성된다.”

바꿔 말하자면, 처음에는 집중력으로 상대의 움직임을 포착하지만 좀 더 고수가 되면 느낌으로 알게 된다는 의미였다. 그리고 절정고수는 그 상대의 움직임을 무의식적으로 파악한다는 뜻이었다.

“물론 내게 그런 단계까지 요구하는 건 아니다. 하지만 집중하고 또 집중하다 보면 어느덧 느낌만으로 상대의 움직임을 파악하고 있는 너를 발견하게 될 것이야.”

흑선의 말은 쉬웠다. 하지만 나정의 수련은 뼈를 깎는 듯한 고통의 나날이었다.

사월이 가고 오월이 되었다. 햇살은 점점 뜨거워졌다. 한낮에는 제법 땀이 날 정도로 무더운 날씨가 시작된 것이다.

나정이 수련한 시간도 어느덧 두 달이 넘게 흘렀다. 하루에 여섯 시진 동안 꾸준히 이어진 수련은 나정을 성장시키기에 충분했고, 이미 흑선이 낸 두 번째 관문을 통과한 지 오래였다.

지금 나정은 세 번째 관문을 통과하기 위해 열심이었는데, 바로 벽도착륜삽슬교란의 여덟 가지 곤법을 몸에 배게끔 하는 수련이 그것이었다.

내려치고 올려치고 찌르고 꿰뚫으며, 끼워서 밀고 묶거나 막는 동작이 막힘없이 이어져야 했다. 마치 물 흐르듯, 혹은 그 여덟 가지 동작이 하나로 이루어진 것처럼 유연하고 원활한 움직임.

"영자팔법(永字八法)이 모든 검법의 기본이 되듯, 이 벽곤팔쇄(闢棍八碎) 또한 모든 곤법의 기초가 되지. 이것만 깨우치면 앞으로 네가 소림소화곤이나 양씨무적곤(梁氏無敵棍)을 익히는 데 큰 어려움이 없을 것이야."

그렇게 말하는 흑선의 표정이 어딘지 어둡게 느껴졌다. 나정은 고개를 갸웃거리며 물었다.

"어디 편찮으세요, 할아버지?"

"아니다."

흑선은 힘없이 고개를 저으며 말했다.

“너와 함께 보낸 지 벌써 두 달하고도 열흘이 흘렀구나. 허어, 세월 참…….”

침울한 흑선의 어조에 나정도 숙연해졌다. 흑선은 지그시 눈을 감고 벽에 등을 기댄 채 말을 이었다.

“지금껏 살아오면서 이토록 편안하고 느긋한 휴식이 없었지. 항상 쫓겨 다녀야 했고, 기습당할까 봐 늘 전전긍긍했으니까. 조금이라도 시간이 나면 죽지 않기 위해서 이를 악물고 수련했고…….”

흑선은 그대로 옛 추억에 빠진 듯 잠시 침묵을 지켰다. 그리고 눈을 뜨더니 어느새 눈물이 맺힌 나정의 눈을 들여다보며 말했다.

“이 두 달간은 정말이지, 내 생애 최고의 시간이었단다. 허허, 게다가 늘그막에 멋진 손자까지 얻게 되다니 말이다.”

“하, 할아버지…….”

“그래, 그 두 가지만으로 나는 만족하고 또 행복하단다. 이미 내게는 동료들과의 승부 따위, 전혀 중요하지 않게 되었지.”

“할아버지.”

흑선은 나정의 머리를 쓰다듬었다. 그의 눈가에도 반짝이는 이슬이 맺혔다. 나정은 가슴이 뭉클해졌다.

흑선은 다시 말했다.

“그래, 하지만 말이다. 이 늙은이의 마지막 소원이 있다면 말이다. 지금껏 두렵고 무서워서 도망쳐 왔던 오행마군과 정 정당당하게 겨루는 게야. 누가 이기고 지느냐 하는 것……. 후후, 그렇게 어리석은 일이 또 어디 있겠느냐? 그런 것 때문에 그와 겨루겠다는 건 아니란다. 단지 무인된 자로, 평생의 짐이 되고 두려움으로 존재했던 자와 겨룸으로써 그 마지막 멍에까지 벗어던지고 싶은 게야.”

“할… 아버지…….”

흑선은 곁눈으로 힐끔 나정을 바라보며 한숨을 내쉬었다.

“죽는 건… 두렵지 않단다. 단지… 그와 멋지게 겨루고 싶을 따름인데… 지금의 내 실력으로는, 허험, 아무래도 불가능한 일이겠구나. 겨우 일초지적만 면하면 다행이겠지.”

나정은 입술을 깨물었다.

지난 몇 달 동안 그는 흑선을 친할아버지처럼 여기고 행동했다. 철들기 전부터 노승과 살아온 그다. 흑선의 존재는 그에게 ‘가족’이라는 단어를 떠올리게 해주었고, 그 갈증을 식혀주었다. 어쨌거나 나정은 겨우 열다섯 살이었다.

도와줄 수 있다면 도와주고 싶었다. 그럴 능력만 있다면 말이다. 하지만 무공이라면 면에서 보자면, 나정은 이제 겨우 걸음마를 뗀 어린아이와 같았다.

입술을 깨물며 고민하는 그를 보면서 흑선이 슬쩍 거들었다.

“아아, 내가 오행지력을 완성할 수 있다면… 오행마군과 멋진 승부를 할 수 있겠는데……."

혹선은 혼잣말처럼 조그맣게, 하지만 나정의 귀에는 똑똑하게 들릴 정도의 목소리로 말했다.

"아!"

나정은 그제야 자신이 도와줄 수 있는 방법을 깨닫고 탄성을 내질렀다. 하지만 곧 나정은 그것이 공정한 심판과는 거리가 멀다는 사실을 인지했다.

'어떡하든지 할아버지를 돕고 싶지만, 그렇다고 해서 심판을 한쪽으로 기울게 볼 수는 없다. 심판은 어디까지나 중립을 지켜야 하고, 그게 정정당당한 승부를 만드는 것이니까.'

시무룩한 표정으로 갈등하는 나정을 보면서 혹선은 속으로 '옳거니!' 하고 중얼거렸다.

이렇게 나정의 마음을 흔들어놓는 것만으로도 충분했다. 이 흔들림은 신주오괴의 승부가 서로 엇비슷할 때 그 효력을 발휘할 것이다. 그것만으로 이 두 달 동안 그의 노력이 헛된 게 아니었다.

혹선은 그렇게 생각하며 홀로 미소 지었다.

드. 우내십팔천

1

향화객(香火客)이 이조암을 찾는 건 일 년에 한 번 있을까 말까 할 정도로 드문 일이었다. 손님이 찾아오는 경우는 그보다 더 드물어서, 나정이 기억하기로는 철든 이후 지금껏 단 한 번뿐이었다. 그런 희귀하고도 드문 일들이 며칠 사이에 연거푸 벌어졌다.

오월도 훌쩍 지나고 유월이 되었을 때, 두 명의 중년 사내가 향을 올리겠다고 이조암에 올랐다. 언뜻 보아도 기산 유람에 나선 팔자 좋은 유람객들이 분명한 그들은 향 값으로 은자 열 냥이라는 거금을 낸 다음 불당에서 아홉 대의 향을 피우고 절을 한 뒤 산을 내려갔다.

그리고 이틀 뒤, 두 명의 노인과 한 명의 청년이 이조암에 올라왔다. 그들은 나정에게 자신들을 노승의 친구라고 소개했다.

놀란 나정이 쪼르르 노승에게 달려가 사실대로 말했더니, 노승은 귀찮다는 투로 '누가 감히 노납의 친구들이라고 말할 수가 있단 말이냐? 사기꾼들이 틀림없으니 가서 내쫓아라!'라고 말했다.

하지만 그럴 수가 없는 것이, 세 명의 노인은 나정의 뒤를 따라 안채에까지 와 있었다. 그중 가장 풍채가 좋고 연장자인 듯한 노인이 노승을 향해 정중하게 고개 숙이며 말했다.

"허허, 따로 마땅히 소개할 말이 떠오르지 않아서 무례를 저질렀소이다. 용서해 주시기를……."

노승은 그들의 얼굴을 쓰윽 둘러보고는 쩝쩝 입맛을 다셨다.

"허어, 이것 참……."

환하게 웃는 노인과는 달리 그들의 방문이 그리 반갑지 않다는 얼굴이었다. 하지만 노승은 그들에게 안으로 들어오라 권했고, 이어 나정을 향해 무뚝뚝하게 말했다.

"가서 차 좀 달여 오너라."

세 노인은 노승을 따라 안으로 들어갔다. 부엌으로 온 나정은 차를 달이면서 꽤 궁금해했다.

노승에게 손님이 찾아온 적은 딱 한 번, 나정이 코흘리개였을 때의 일이다. 당시 나정은 너무 어려서 그들이 무슨 일로 노승을 찾아왔는지, 또 몇 명이 몰려왔는지 제대로 기억하지 못했다.

단지 노승이 매우 진노하여, 떼로 몰려온 그들에게 불처럼 화를 냈던 광경만이 흐릿하게 남아 있을 따름이다.

쟁반을 든 나정은 조심스레 방문을 열었다.

유월의 뜨거운 햇살과는 달리 방 안의 분위기는 싸늘해서, 문을 열자 냉기가 흘러나올 정도였다.

"차 가지고 왔습니다."

나정이 말하고 안으로 들어서려 하자 노승이 제지했다.

"거기 두고 나가 있거라."

그러자 손님으로 온 세 사람 중 화려한 금의(錦衣)를 입은 청년이 나정에게 쟁반을 받아 시중을 들었다. 눈이 번쩍 뜨일 정도로 잘생긴 청년이었다.

나정은 문을 닫고 나왔다.

노승의 표정을 보아하니 뭔가 심상치 않은 대화가 오간 듯했다. 더욱 궁금해진 나정이 방문에 귀를 대고 엿들어보려고 했지만 속삭이듯 대화를 나누는지 나정은 웅얼거리는 소리밖에 들을 수가 없었다.

고개를 갸웃거리며 마당으로 걸음을 옮기던 나정은 문득 삼층석탑 뒤에 숨어서 자신을 향해 손을 흔들고 있는 흑선을 발견했다. 뭔가 할 말이 있는 듯한 모습이었다.

"왜요?"

나정이 다가가 말하자 흑선은 입에 손가락을 댔다. 조용히 하라는 시늉이다. 그리고는 나정의 소매를 붙잡고 불당 뒤로 돌아갔다.

"이 정도면 안 들리겠군."

흑선은 멀리 떨어진 안채를 바라보며 중얼거렸다. 그의 낯빛은 창백해져 있었다. 마치 못 볼 것을 본 양, 혹은 만나면 안 될 사람을 만난 것처럼.

"무슨 일인데요?"

나정이 묻자 흑선은 땅이 꺼져라 한숨을 쉬며 말했다.

"넌 아까 그 노인네들이 누구인지 모르느냐?"

"당연히 모르죠."

"허허, 그것 참……."

흑선은 탄식처럼 말을 흘렸다. 나정이 더욱 애가 타서 물었다.

"도대체 그 노인 분들이 누군데요?"

"칠군(七君) 중의 세 사람이다."

"칠군?"

"왜 말해주지 않았더냐, 무림에 우내십팔천이라는 최고 고수들이 있다고."

"아, 그렇다면……."

흑선은 또다시 한숨을 내쉬며 말했다.

"그래. 그중 세 사람이 저 늙은이들이다."

2

일신이기삼성오왕칠군(一神二奇三聖五王七君).

지난 오십여 년 동안 강호 무림에서 가장 강한 열여덟 명을
가리켜 사람들은 우내십팔천이라 불렀다.

어느 시대에나 그렇지만 강한 자 위에 또 강한 자가 있고
무명의 기인들이 모래알처럼 깔린 곳이 바로 무림이다. 하지
만 당금의 무림에서는 저 우내십팔천보다 강한 기인은 없었
고 저들을 능가하는 고수도 없었으니, 그들을 따로 일컬어 일
신이기삼성오왕칠군이라 했다.

칠군(七君).

일곱의 특별한 자가 있어 강호에 널리 그 이름을 떨치
니……

오행마군.

신주오괴는 강호에서 유명한 일류고수였다.

그들이 강호에 이름을 떨치는 데에는 오행지력이라는 이
름의 무공이 지대한 공헌을 했으니, 겨우 그 오행지력의 한

가지 힘만을 가지고도 신주오괴는 강호 일류고수의 반열에 낄 수 있었던 것이다.

그런 의미에서 보자면 칠군 중의 한 명인 오행마군의 실력은 가히 천하를 위진시키기에 충분했다. 그럼에도 불구하고 오행마군은 우내십팔천 중의 말석인 칠군에 속해 있었다.

음양노군(陰陽老君).

별의별 사람이 다 있고 별의별 무공이 존재하는 곳이 강호였다. 그중에서도 음양노군은 특별한 존재였다. 한 몸에 사내와 여인의 성정(性情)이 고스란히 들어 있어서 밤에는 여인으로, 낮에는 사내로 지내는 매우 특이한 인물이 바로 그였다.

특이함만으로 우내십팔천의 한자리에 낄 수는 없는 법. 그의 음양신마공(陰陽神魔功)은 강호십대공력 중의 하나였다.

칠절신군(七絶神君).

일곱 가지의 절기를 극성에 달하도록 익힌, 무공으로 따지자면 칠군 중에서 가장 강한 인물이라 할 수 있었다. 세인들이 그를 가리켜 칠군 중에서 유일하게 오왕에 도전할 만한 인물이라고 평한 것은 그리 틀리지 않은 지적이었다.

하지만 이십 년 전의 대전에서 크게 몸을 다친 후 그의 무공은 예전에 비해 한 단계 후퇴했다고 알려져 있었다. 그럼에

도 불구하고 사람들은 강하기만 했던 시절의 그보다 보다 여
유 넘치고 느긋해진 지금의 그를 더욱 사랑하고 좋아했다.

　매화검군(梅花劍君).

　화산파(華山派)의 장로로, 화산파의 인물들 중에서는 백 년
이래 가장 강한 고수라 알려져 있다.

　처음 그가 강호에 모습을 드러냈을 때만 하더라도, 사람들
은 검왕(劍王)의 후예가 나타났다며 야단법석을 떨었다. 하지
만 그는 검왕과의 대결에서 무려 열다섯 번을 패한 이후, 삼
십 년 전 화산으로 돌아가 지금까지 폐관 수련을 하고 있었
다.

　어쩌면 그가 강호에 새로 모습을 드러낼 때, 우내십팔천의
서열에 지각변동이 일어날지도 몰랐다.

　묘강독군(苗疆毒君).

　예로부터 묘강은 독으로 유명했다. 천하의 수많은 독문(毒
門)들 중에서도 따로 삼대독지(三大毒地)라 하여 묘강, 사천당
문(四川唐門), 만독묘(萬毒墓)를 한데 묶어 이를 정도로 묘강의
독은 일절이었다.

　그 묘강의 절대고수이자 독의 지존이라 할 수 있는 이가 바
로 묘강독군이었으니, 그의 출현으로 인해 묘강은 사천당문
과 만독묘를 제치고 천하제일독지가 될 수 있었다.

대막타군(大漠駝君).

모래바람에 눈을 뜰 수 없는 대막에도 무인은 존재했다. 밟고 살아가는 대지가 척박해서일까, 대막의 무인들은 거칠고 잔인했다. 그들은 소수의 패를 지어 상인을 약탈하고, 마을을 습격하고, 때로는 처절한 패싸움을 벌이기도 했다.

거칠고 자유로운 방랑자.

바로 대막의 낭인(浪人)들을 일컫는 말이었다.

대막타군은 사시사철 이는 바람을 벗 삼아 자유롭게 살아가는 대막의 낭인들을 역사상 유일하게 대막천궁(大漠天宮)이라는 이름으로 통일한 인물이었다.

녹림군자(綠林君子).

대막을 일통한 자가 대막타군이라면, 개성 강하고 호승심 높은 녹림삼십육채(綠林三十六寨)를 하나로 아울러 구파일방의 힘과 맞설 만한 세력으로 만든 이가 녹림군자였다.

녹림군자는 녹림삼십육채를 자신의 휘하에 넣자마자 곧 두 가지 개혁을 시작했다. 녹림의 산적들에게 체계적인 무공을 익히도록 한 것이 하나였으며, 연락 체계나 서열을 새로 정하여 삼십육채를 하나의 집단화시킨 것이 둘이었다.

또한 그는 이십 년 전의 혈사 때 철저하게 몸을 낮추고 봉문함으로써, 자신의 세력이 다치지 않고 온전하게 남을 수 있게 하였다. 그렇게 세월이 지난 오늘에 이르러서 녹림은 강호를 좌지우지하는 또 하나의 세력으로 성장할 수가 있었다.

오왕(五王).

한 분야에서 일가(一家)를 이룬 다섯을 아우르니…….

패왕(霸王).

산을 뽑아 들고 천하를 뒤흔들 만한 신력을 타고난 자로 유명한 항우의 피를 이어받은 것일까. 스스로 초왕 항우와 우희의 사이에서 태어난 직계 후손이라 우기는 항백(項柏).

네 가지의 외문기공(外門氣功)을 완벽하게 익혔으며, 천생의 신력과 패천신력공(霸天神力功)을 바탕으로 펼치는 패왕금강력(霸王金罡力)은 천하일품의 무공이라 할 수 있었다.

창왕(槍王).

소림의 곤법과 개방의 봉법, 그리고 아미의 창법은 예로부터 유명한 절기였다. 특히 아미파의 창법은 불가의 무공답지 않게 격렬하고 괴이해서, 강호 무림인들에게는 대적하기 힘든 무공으로 널리 알려져 있다.

그 아미파의 창법을 배운 속가제자 중에서 창왕이라는 칭호를 얻은 자가 있었으니, 백리제일(百里齊一)이라는 자가 그였다.

그는 열세 살 때 아마파의 속가제자로 입문, 스물일곱에 일가를 이루었으며, 서른한 살에 창왕이라는 칭호를 얻었다. 그리고 올해 쉰둘의 나이. 또한 이십 년 전의 대전 때 참가했던 백팔 명 중의 한 명이었으며 살아남은 서른여섯 명 중의 하나였다.

우내십팔천에 오른 인물들 중에서 가장 나이가 어리면서 또한 가장 활발한 활동을 펼치고 있는 이가 바로 창왕 백리제일이었다.

도왕(刀王).

무림에서 가장 많이 사용하는 무기가 바로 칼인만큼, 그에 걸맞게 도법 또한 그 수가 수천을 넘었다. 하지만 이자는 일도참(一刀斬)과 일도양단(一刀兩斷)이라는 가장 기본적이고 단순한 수법만으로 명예로운 도왕의 칭호를 얻었으니, 도왕 천야종(千野踪)이 그였다.

백정의 아들로 태어나 칼을 잡은 그가 무림인이 되었을 때, 세상 모든 이들이 그를 비웃었다. 하지만 그는 싸우고 또 싸우면서 자신의 이름을 알리기 시작했고, 무려 삼백여 차례의 패배와 천여 번의 승리 끝에 도왕이라는 칭호를 얻게 된 것이다.

검왕(劍王).

타고난 신분으로 치차면 도왕 천야종과 극을 달리하는 이
가 검왕 남궁학(南宮鶴)였다.

저 명문가 남궁세가의 자식으로 태어나 어렸을 적부터 검
에 대한 기초를 닦고, 무당파(武當派)의 속가제자가 되어 검의
이(理)와 도(道)를 배웠으며, 남해검파와 북해검궁, 그리고 검
막(劍幕) 등 검의 성지를 찾아다니며 검의 완성을 보려 했던
자.

하지만 절대 유일의 검객인 검신(劍神)에게 패한 후 남궁세
가로 돌아가 은거하디시피 지내는 불운의 검객.

그가 검왕 남궁학이었다.

권왕(拳王).

오직 두 주먹만으로 천하의 뭇 영웅들과 어깨를 나란히 한
유일한 자, 권왕 진립앙(陳立仰).

가전 무공인 천불권(千佛拳)을 바탕으로 소림의 은혜를 입어
익힌 여섯 가지의 권법을 하나로 묶어 창안한 불권십이단(佛拳
十二段)은 역사상 최고의 권법이라는 평을 받는다.

삼성(三聖).

그 존재만으로 천하가 경배하는 이들이 셋이니……

마성(魔聖).

　마도(魔道)의 인물 중에서 유일하게 성(聖)의 칭호를 얻은 자. 이십 년 전의 혈사 때 마도의 세력을 이끌고 참가했던 자. 마도의 구심점이자 그들의 아버지로 추앙받는 자.

　마야(魔爺)가 바로 그였다.

　도성(道聖)과 불성(佛聖).

　강호를 논하고 무림을 이야기할 때 빠질 수 없는 곳이 구파 일방이라면 그 정점은 소림과 무당이었다. '군림하되 지배하지 않는다' 라는 말은 바로 소림과 무당을 위해 만들어진 말이었다.

　무림의 태산북두는 소림과 무당이었으며 그러한 까닭에 세인들은 기꺼이 삼성 중 두 자리를 그들에게 내주었으니, 불성과 도성이 그것이었다.

　소림사의 장문인과 무당파의 역대 장문인을 가리키는 불성과 도성은, 그들이 지닌 실력을 논하지 않고서라도 그 존재만으로 추앙받았다.

　이기(二奇).

　기인이사(奇人異士) 중에서도 기인이고 이사이니…….

　광도(狂道).

　광도는 말 그대로 무공에 미친 도인(道人)이다. 그는 무공을

배우기 위해서 도인이 되었고 무공을 익히기 위해서 환속(還
俗)도 했다가 마흔 나이에 불문의 무공을 익히고자 소림사의
문을 두드리기도 했다.

그렇게 무공을 탐하고 익히던 그는 이십여 년 전 마침내 깨
달음을 얻게 되었으니, 저 유명한 '무(武)를 도(道)라 부를 수
는 있지만, 도를 무라 할 수는 없다' 라는 명언을 남기고 다시
도인이 되어 심산유곡에 은거했다.

이후 그는 지금껏 단 한 번도 세상에 모습을 드러낸 적이
없다. 그런 까닭에 몇몇 사람들은 그가 이미 우화등선했을 것
이라고 말한다. 어쨌든 세상 사람들은 그를 가리켜 광도라 부
르며, 기꺼이 이기 중 한자리를 주었다.

취불(醉佛).

불과 스물의 나이에 소림사의 이십칠 종 무공을 익히고 유
불신(儒佛仙)의 학문을 두루 헤아려, 소림의 차기 장문인 후보
로 내정되었던 인물. 유명한 법승(法僧)들이 가르침을 받고
유림학사(儒林學士)들이 찾아와 해석을 구하고 도인들과 더불
어 도를 논하던 인물.

하지만 서른의 나이에 '껍데기는 가라!' 라는 유명한 일갈
을 남기고 파계의 길로 접어든 인물.

이후 천하를 주유하며 온갖 기행을 일삼아 이기 중의 한자
리를 얻게 되고, 이십 년 전의 대전을 마지막으로 자취를 감

춘 인물.

바로 취불이 그였다.

일신(一神).

강호를 지배하는 또 하나의 손, 또 하나의 검…….

세상에 절대(絶對)라는 단어는 존재할 수 없고 불변하지 않는 것 또한 없다. 모든 진리는 시간과 관점에 따라 변하게 된다. 절대고수라 불린 이는 새로운 강자에 의해 패했고, 절대 무너지지 않을 것만 같던 무가(武家)도 백 년 세월을 채우지 못했다.

그러나 이 시대에 유일하게 절대적인 것이 존재했으니, 바로 검신 한담(邯覃)이었다. 소림사와 무당파가 군림하되 지배하지 않는다면, 오직 검 한 자루로 무림을 지배하고 다스리는 인물.

이십여 년 전 신검가(神劍家)를 세우고 제자에게 모든 것을 물려준 후 은거했지만, 그래도 검신 한담은 아직 이 시대의 절대자였다.

3

흑선은 식은땀까지 흘리며 중얼거렸다. 황당하고 이해할

수 없다는 표정이 그의 얼굴에 떠올랐다.

"오행마군에 음양노군, 그리고 칠절신군까지…… 도대체 무슨 일이야? 그리고 저 늙은 중은 도대체……."

누구인가.

누구이기에 칠절신군과 오행마군, 음양노군이 깍듯하게 존대를 하는 것인가.

흑선은 고개를 흔들었다.

나정이 자신의 사부를 우내십팔천 중의 한 명이라고 말한 이후, 흑선은 주도면밀하게 노승을 관찰하고 살펴보았다.

사실 저런 추레한 몰골의 노승이 우내십팔천 중의 한 명이라는 걸 어느 누가 믿을 수 있겠는가. 게다가 노승의 어딜 봐도 절정고수의 풍모가 느껴지지 않았고, 또한 그런 기도도 풍겨 나오지 않았다.

그럼에도 불구하고 흑선은 일부러 그의 근처에서 인기척도 내보고 약간의 살기도 드러냈다. 하지만 그에 내한 노승의 반응은 전혀 보이지 않았다.

'뭐야, 이거.'

흑선은 긴장했던 자신이 한심스러웠다. 그런 까닭에 흑선은 지금껏 나정의 말을 믿지 않고 있었던 것이다.

'진짜 나정이 말한 대로 우내십팔천 중의 한 명이란 말인가.'

그때 흑선의 설명을 들은 나정은 '에이' 하면서 믿을 수 없다는 듯이 말했다.

"하지만 말이에요. 그런 대단한 인물들이 무엇 때문에 우리 노스님을 찾아오겠어요?"

"그러니까 말이다."

무심결에 고개를 끄덕이며 대꾸하던 흑선이 화들짝 놀란 얼굴로 나정을 돌아보았다.

"아니, 노스님이 우내십팔천 중의 한 분이라고 네가 말하지 않았더냐?"

나정은 아차 했다. 그는 황급히 웃으며,

"그러니까 이미 속세를 떠난 지 오래인 노스님을 왜 찾아왔느냐는 말이죠, 제 말은."

라고 변명했다. 그의 등골에 식은땀이 흘렀다.

'휴우, 역시 거짓말을 하는 건 좋지 않아. 내 두 번 다시 거짓말을 하나 봐라.'

"흠."

흑선은 턱을 매만지며 나정의 얼굴을 살폈다. 그렇게 나정이 곤혹스러워할 때였다. 안채 쪽에서 노승의 카랑카랑한 목소리가 들려왔다.

"손님 가신다."

나정은 잘됐다 싶어, '네, 갑니다!' 하고 큰 소리로 대답하고는 후다닥 뛰어갔다.

노승은 방문 앞에 서 있었고, 두 명의 노인과 한 명의 청년

은 마당에 나와 있었다. 무슨 대화를 나누었는지는 모르지만,
노승만 제외하고는 다들 싱글벙글 웃는 얼굴들이었다.

나정은 고개를 숙인 채 손님들의 얼굴을 훔쳐보았다.

'저 인자하게 생긴 노인이 칠절신군이고, 무뚝뚝한 얼굴의
매부리코 노인이 오행마군, 그리고 저 잘생긴 사람이 음양노
군?'

믿을 수가 없었다.

두 노인이야 그렇다 치더라도, 음양노군은 이미 육십대의
노인이 아니던가. 이제 갓 약관이 지난 듯 젊고 잘생긴 청년
을 보고 음양노군을 떠올린다는 건 아무래도 무리였다.

"산문(山門)까지 배웅해 드리거라."

노승은 그렇게 말하고 방으로 들어갔다. 두 노인과 청년은
닫힌 문을 향해 고개를 숙였다.

"그럼 기다리고 있겠소이다."

칠절신군이라고 흑선이 말해준 노인이 점잖게 말했다. 방
안에서는 아무런 소리도 들리지 않았다. 그러나 칠절신군은
대답을 기대하지 않았다는 듯 이내 고개를 돌려 나정을 바라
보며 말했다.

"네가 나정이더냐?"

"네."

나정은 재빨리 고개를 숙였다. 칠절신군은 그의 아래위를
훑어보더니 탄식하듯 말했다.

"많이 컸구나. 정말 세월이 빠르기도 하지."

하고는 나정의 맥문을 쥐었다. 나정은 깜짝 놀라 손을 뿌리칠까 했지만 상대가 다름 아닌 노스님의 손님이라는 사실을 깨닫고는 그저 가만히 서 있었다. 맥문을 쥔 채 뭔가 곰곰이 생각하던 칠절신군은 고개를 끄덕이며 혼잣말처럼 중얼거렸다.

"흐음, 약속대로 무공을 가르치지……."

할 때, 안채에서 노승이 벼락처럼 소리쳤다.

"허어, 쓸데없는 소리 하지 말고 어서 내려가시라!"

칠절신군은 입을 다물었다. 그리고 피식 웃으며 안채를 흘 끗 바라보고는 고개를 설레설레 흔들었다.

"여하튼 옹고집은 여전하다니까."

칠절신군은 그렇게 중얼거리다가 다시 나정을 바라보며 말했다.

"무공을 배우고 싶느냐?"

나정은 귀가 솔깃해졌다.

상대는 흑선의 말을 빌자면 신주오괴의 사부 격이라는 오 행마군보다 한 수 위인 칠절신군이었다. 그런 절정고수가 마 치 언제든지 무공을 가르쳐 주겠다는 듯이 말하고 있는 것이 다.

나정은 냉큼 '네, 배우고 싶습니다!' 라고 대답하려 했다. 하지만,

"그딴 무공 배워서 어디다 쓰게! 그런 거 배울 시간이 있으면 가서 불경이나 한 줄 더 외우거라!"

노승의 고함이 그의 입을 닫게 만들었다. 나정은 입술을 삐죽거렸고, 칠절신군은 빙긋 웃었다. 그리고 나정을 향해 속삭이듯 말했다.

"허허, 네 사부의 말이 옳다. 무공을 배우는 것보다는 불경 한 자락을 외우는 것이 더 훌륭하고 올바른 일이지. 그러니 앞으로 무공을 익히겠다는 생각은 버리도록 하거라. 괜한 욕심이 네 목숨까지……."

"이보게, 칠절. 그동안 혼자 지냈다고 하더니 말할 상대가 부족했나 보군그래. 어린아이 붙잡고 괜한 이야기를 다 하네그려."

음양노군이 웃으며 칠절신군의 말을 잘랐다. 그제야 칠절신군도 입을 다물고 싱긋 웃어 보였다.

나정은 도대체 무슨 말인지 의아해서 물어보려 했지만, 그들은 더 이상 나정에게 관심을 두지 않고 성큼성큼 걸어나갔다. 나정이 얼른 앞으로 나가 그들을 안내하려는 순간, 누군가 그의 손을 잡았다. 나정이 깜짝 놀라 뒤돌아보니 바로 음침한 인상의 매부리코노인이었다.

나정은 심장이 덜컥 내려앉는 듯했다.

'오행마군!'

매부리코노인은 나정의 손목을 잡은 채로 그의 눈을 쏘아보았다. 섬광처럼 번쩍이고 불길처럼 타오르는 듯한 눈길에 나정은 옴짝달싹할 수가 없었다. 말 그대로 나정의 속마음까지 꿰뚫어 보는 것처럼 강렬한 눈빛이었다.

"흠……."

매부리코노인은 뭔가 마땅치 않다는 얼굴이었다.

"흠……."

노인은 아무 말 없이 그저 나정의 얼굴만 들여다보았다. 그런데도 나정은 오줌을 찔끔 흘릴 정도로 겁에 질렸다. 만약 앞서 걸어가던 칠절신군이 한마디 거들지 않았더라면, 나정은 자신도 모르게 '네, 신주오괴가 어디 있는지 알고 있어요'라고 실토할 뻔했다.

"이곳이 이조암이라는 걸 잊지 말게, 오행."

그 한마디에 매부리코노인은 나정의 손을 놓았다. 햇살처럼 강렬하던 눈빛도 어느새 무정한 시선으로 바뀌었다. 하지만 노인은 나정을 스쳐 지나가면서 한마디 던지는 걸 잊지 않았다.

"그들에게 말해주렴. 내가 아직 잊지 않았다고 말이다."

"네, 네?"

나정은 벌벌 떨면서 말했다.

지금 자기가 무슨 말을 하는지도 몰랐고, 또 노승이 그들을 산문까지 안내하라고 했던 말도 잊었다. 마치 한없이 뜨거운 탕 속에 들어갔다가 또 한없이 차가운 얼음 속에 처박힌 듯한 느낌이었다.

이게 오행마군의 위력이라면, 저 음양노군이나 칠절신군의 진실된 능력은 또 얼마나 대단할까. 그리고 그런 세 거물을 눈 아래로 두고 대하는 노승의 참모습은 또…….

1

세 사람의 손님이 이조암을 떠난 후, 흑선이 나정을 불렀다. 그리고 심각한 표정을 지으며 말했다.

"이제 얼추 약정된 석 달이 다 되어가는구나. 그동안 내가 네게 보여줄 것은 다 보여준 듯하다. 그에 대한 평가는 오직 네 자유다. 나는 그저 담담할 따름이다."

"히, 할아버지."

"이제 내년 봄에나 다시 만날 수 있겠구나. 그동안 내 다른 동료들과 함께 재미있게 지내거라."

"벌써 가시려구요?"

"그래. 시간이 되었으니 가야지."

흑선의 눈가에 잔주름이 잡혔다. 하지만 그는 곧 부드럽게 웃으면서 말했다.

"곤법 수련을 게을리 하지 말거라. 그래서 내년에 나를 깜짝 놀라게 하렴."

"할아버지……."

나정의 눈시울도 뜨거워졌다.

보통 석 달은 짧은 법이다. 사람의 속마음을 알기에도, 정을 나누기에도 말이다. 그러나 나정과 흑선이 함께 보낸 석 달은 서로를 알고 이해하기에 넘칠 정도로 충분한 세월이었다. 적어도 나정의 생각은 그러했다.

나정은 입술을 깨물어 울음을 삼켰다. 그리고 말했다.

"다른 분들을 겪어보지 못해서 장담은 할 수 없어요. 하지만 할아버지는 모든 면에서 신주오괴의 으뜸이 된다고 생각해요. 그러니까 할아버지, 힘내세요."

"고맙다."

흑선은 나정의 두 손을 꼭 쥐었다.

나정은 흑선의 가슴팍에 고개를 파묻었다. 흑선에게 눈물을 보이기 싫었던 것이리라. 흑선은 고개를 들어 하늘을 우러렀다. 나정에게 미소를 보이기 싫었던 것이리라.

그날 나정은 흑선 앞에서 자신의 수련이 어느 정도인지 마지막으로 펼쳐 보았다. 흑선이 이름 붙인 벽곤팔쇄라는 투로가 연속해서 이어졌다. 나정의 움직임은 원활하고 부드러워서 무공을 수련한 지 겨우 석 달밖에 되지 않았다는 것이 믿어지지 않을 정도였다.

그의 동작을 지켜보던 흑선도 아쉽다는 듯이 혀를 끌끌 차면서 속으로 중얼거렸다.

'정말 자질이 뛰어난 녀석이다. 어지간한 녀석이라면 한 삼 년 고생해야 할 것을 불과 석 달 만에 이뤄내다니……'

볼수록 탐나는 녀석이었다. 생각 같아서는 아예 기명제자로 삼아 자신의 모든 걸 가르쳐 주고 싶었다. 하지만 나정은 어디까지나 저 정체 모를 노승의 제자인 셈이다.

흑선은 안채 쪽을 힐끔 바라보며 중얼거렸다.

'도대체 무슨 생각인지 모르겠군. 이런 녀석에게 무공을 가르치지 않다니 말야.'

흑선이 그런저런 상념에 빠져 있을 무렵, 나정은 곤을 거두고 마무리 자세를 취했다. 그리고 길게 숨을 내쉬는 것이, 나정 또한 한 호흡에 여덟 가지 동작을 내리 아홉 번이나 펼쳐 보인 것이다.

"좋다."

흑선은 말했다.

"이대로 일 년간 꾸준히 노력하고 수련한다면, 다음에 만날 때는 나조차 너를 이기지 못할 것 같구나."

흑선의 칭찬에 나정은 멋쩍어하며 고개를 숙였다.

"과찬이십니다. 이제 겨우 걸음마인 셈인데요."

"그래그래."

흑선은 고개를 끄덕이며 말했다.

"네가 그런 마음가짐이라면 앞으로 얼마든지 성장할 것이야. 항상 그렇게 겸손하고 겸허한 마음을 잊지 말고."

"명심하겠습니다, 할아버지."

"흠, 그럼 이제 슬슬 내려가 볼까?"

"벌써요?"

나정은 아쉬운 듯 말했다.

"제가 저녁 식사를 차려 드리려고 했는데요. 오늘은 벌써 날이 저물어가니 내일 아침 떠나시는 게……."

"아니다."

흑선은 손을 내저었다.

"이별이 길어봤자 추해질 뿐이다. 지금이 제일 적당하구나."

하고는 나정의 어깨를 가볍게 두드리다가 문득 생각났다는 듯이 말을 이었다.

"나와 내 동료들이 네 몸속에 심어둔 오행지력은 용천혈(湧泉穴)에 잠시 봉인해 두었다. 원래는 오행지력 모두를 내공으로 태워 없앨까 생각했지만 그러기에는 너무 아까운 것인지라……. 어쨌든 훗날 네가 내공이라는 걸 배우게 된다면 그 오행지력은 적지 않은 힘이 될 것이야. 내가 네게 주는 마지막 선물이라고 생각하거라."

나정은 흑선의 가슴에 고개를 파묻은 채 눈물을 흘리지 않기 위해 노력했다. 마지막까지 자신을 생각해 주는 흑선의 따스한 마음이 고스란히 나정의 가슴까지 전달되었다.

흑선도 이때만큼은 진정으로 나정의 어깨를 두드려 주었다. 굳이 오행지력을 봉인해 둔 그의 속마음이 어떠한지는 알 수 없었지만, 나정과의 이별이 왠지 서운하고 가슴 아픈 것만은 사실이었다.

2

세 명의 손님이 노승을 찾아왔던 날 흑선도 이조암을 떠났다. 몇 번의 바람이 불기는 했지만 이조암의 일상은 달라지지 않았다. 여전히 노승은 늦잠을 잤고 나정은 바쁘게 생활했다.

그렇게 며칠이 지난 유월의 강렬한 햇살이 뜨겁게 내리쬐는 오후 무렵, 새로운 사람이 다시 이조암에 올라왔다. 최 대인의 총관이었다.

기산의 험한 산길을 올라오는 것이 매우 힘들었던지, 땀투성이의 총관은 안색까지 창백해져 있었다.

"내가 이런 곳까지 올라와야 하느냐구, 제에기랄!"

총관은 나정이 권한 냉수 한 사발을 꿀꺽꿀꺽 들이켜는 것으로 열기를 식힌 후 영 못마땅하다는 듯이 투덜거렸다.

"이런 심부름은 하인들에게나 시키는 게 정상이지. 안 그런가?"

나정은 냉수 그릇을 받아 들며 말했다.

"심부름, 누구 심부름인데요?"

"어허! 내가 누구 심부름으로 이딴 곳까지 올라왔을 거라고 생각하나? 당연히 최 대인 어르신이지!"

총관은 거들먹거리면서 말했고, 나정은 '아, 예' 하며 서둘러 노승에게로 안내했다.

"최 대인댁 총관께서 찾아오셨습니다."

"무슨 일이더냐?"

안채에서 졸린 목소리가 들려왔다.

"심부름……."

이라고 나정이 말할 때, 총관이 재빨리 말을 가로챘다.

"대인의 전언(傳言)을 가지고 왔습니다."

"흠, 잠깐만 기다리시게."

노승의 허락은 그로부터 약 반 각 후에나 떨어졌다. 하지만 나정과 총관이 들어갔을 때 그때까지도 방 안에는 술 향기가 은은하게 배어 있었다. 졸린 목소리가 아니라 취한 목소리였던 것이다.

그럼에도 불구하고 노승은 자신의 붉게 물든 얼굴을 전혀 쑥스러워하지 않았다. 외려 노승은 당당한 눈빛으로 총관을 바라보며 말했다, 물론 아직도 술 취한 음성으로.

"그래, 전언은?"

"여기……."

총관은 술 냄새가 영 못마땅한지 잔뜩 인상을 찡그린 채 조그마한 금갑을 건넸다. 노승은 '과연 무슨 선물일까?' 하는 얼굴로 금갑을 열었다. 그러나 금갑에는 딸랑 동전 한 닢이 들어 있었다. 노승의 얼굴에 실망한 기색이 역력하게 드러났다.

"허험. 잘 받았다고 전하시게."

노승은 별로 기쁘지 않다는 듯한 목소리로 다시 금갑을 닫으며 말했다. 그 짧은 순간 나정은 동전에 희미하게 각인된 글자를 읽을 수가 있었다.

'개(開)?'

나정은 속으로 중얼거렸다.

'열다니, 뭘 연다는 거지? 아, 그러고 보니까 일전에도 그런 글자가 새겨진 동전을 보았었지. 그게…….'

나정은 고개를 갸웃거리다가 '아!' 하고 고개를 끄덕였다.

'그래, 폐(閉)란 글자였어. 흠, 이건 뭔가 이상하군. 일전에는 '닫혔다'가 이번에는 '열린다'라…….?'

그렇게 나정이 동전에 새겨진 글자의 의미를 궁금해하고 있을 때, 총관은 노승을 향해 여전히 불퉁거리는 음성으로 말했다.

"뭔가 확답을 얻어가야 하오. 대인 어르신께서 꼭 받아오라고 하셨소이다."

"허어……."

노승이 콧잔등을 찌푸리며 미적거리자, 총관은 노승보다 인상을 더 찡그리면서 닦달했다.

"허어, 하고만 있을 때가 아니외다. 나는 이런 구질구질하고 냄새나는 곳에 오래 앉아 있을 시간이 없는 몸이외다. 총관이라는 직분이 그리 한가한 줄 아시오?"

총관은 발을 달달 떨면서 으스댔다. 그 꼴이 보기 싫었던지 노승은 한숨을 내쉬며 아무렇게나 고개를 끄덕였다.

"알았네, 알았네. 그리하겠다고 전해주시게."

"호오, 진작 그렇게 말하실 것이지……."

총관은 어깨를 으쓱거리고는 자리에서 일어났다. 한시라도 이곳에 있고 싶지 않다는 표정이 역력했다.

나정도 '당신과는 한시라도 같이 있고 싶지 않아!' 하는 얼굴로 그를 배웅했다. 그러나 무신경한 건지 아니면 나정의 표정이 제대로 그 의사 표현을 전달하지 못한 것인지 총관은 문득 걸음을 멈추더니 나정의 머리를 쓰다듬으며 말했다.

"알고 보니 너도 참 고생이 많구나. 저런 탐욕스럽고 늙은 땡중의 시중을 들다니 말야. 어떠냐. 내 밑에 와서 일해보는 것이……."

하는 순간 나정은 그의 손을 홱 뿌리치며 노려보았다. 총관이 깜짝 놀라는 얼굴이었다. 그 얼굴을 향해 나정은 쏘아

붙였다.

"알지도 못하면서 함부로 말씀하지 마세요! 우리 노스님은 절대 탐욕스러운 늙은 땡중이 아니시라구요!"

"뭐, 뭐냐?"

총관은 마치 개를 쓰다듬어 주다가 물릴 뻔한 사람처럼 손을 높이 들었다. 그리고는 이내 이맛살을 모으며 나정을 노려보았다.

"이봐, 그래도 나는 너를 생각해서 해준 말인데."

"그런 소리 필요없어요."

나정은 허리에 손을 얹으며 말했다.

"우리 노스님을 모욕하는 사람의 친절 따위, 내게 필요없어요. 그런 소리 하려면 두 번 다시 오지 마세요!"

"이놈!"

불같은 호령과 함께 나정의 눈에서 불똥이 튀었다. 어느새 다가왔는지 노승이 오단목으로 만든 선장으로 나정의 뒤통수를 후려친 것이다.

"아야야!"

나정은 비명을 질렀다.

노승은 머리를 감싸며 쭈그려 앉는 나정을 노려보다가, 총관을 향해 고개 숙이며 말했다.

"아직 어린 녀석이라 아무것도 모르고 무례를 저질렀네. 나이 많은 자네가 참아주시게."

"나도 이딴 곳, 두 번 다시 오기 싫소! 흥! 흥!"

총관은 분이 풀리지 않는 듯 코웃음을 치다가, '에잉!' 하며 바람 소리 세차게 몸을 돌려 산 아래로 내려갔다.

노승은 그 광경을 무심한 눈길로 바라보았다. 나정은 뒤통수에 난 혹을 만지며 자리에서 일어났다. 노승의 나직한 음성이 들려왔다.

"그 정도 일에 발끈하여 성질을 부린다는 건, 불제자로의 수양이 부족하다는 것이야."

나정은 고개를 숙였다.

"죄송합니다."

"주의하거라."

"네, 스님."

고개 숙인 나정을 뒤로하고 어슬렁거리며 안채로 돌아가던 노승이 혼잣말처럼 중얼거렸다.

"흠, 하지만 네가 날 응원해 준 건 고맙구나."

나직했지만 나정은 들을 수 있었다. 그리고 느낄 수 있었다, 그 중얼거리는 음성에 담긴 따스한 온기를. 또 그런 까닭이었다, 머리에 난 혹을 만지면서도 나정이 싱긋 웃을 수 있었던 것은.

3

다음날 나정을 불러 앉힌 후,

"남은 여생을 편안하게 지내려 했더니만 사람들이 전혀 안 도와주는구나."

라고 입을 뗀 노승은 닷새 후 여행을 떠날 터이니 이런저런 준비를 하라고 말했다.

나정은 가슴이 두근거렸다.

태어나 지금껏 이조암과 아랫마을만이 세상의 전부인 양 살아온 그다. 기산 주변 백 리 밖을 벗어나 본 적이 없는 그에게 노승이 말한 여행이란 실로 꿈같은 일이었다.

그는 들뜬 마음으로 여행 준비를 했고, 또 기산 중턱에 사는 화전민에게 장시간 비우게 될 이조암을 관리해 달라고 부탁했다. 그렇게 만반의 준비를 끝냈는데도 여행을 떠나려면 아직 나흘이나 남았다.

시간은 굼벵이처럼 흘렀다.

나정은 두근거리고 초조한 마음을 가라앉히기 위해 하루 종일 벽곤팔쇄를 수련했다. 어느 날인가 마당에 나온 노승이 그 광경을 물끄러미 바라보다가 한숨을 내쉬며 중얼거렸다.

"허어, 역시 씨는 어쩔 수 없는 걸까나……."

노승은 그렇게 알 수 없는 말을 흘리고는 다시 방 안으로 들어갔다. 노승이 자신을 지켜본 사실을 알 리 없는 나정은 오로지 곤을 휘두르는 데 전력을 기울였다.

그런 가운데 여행 날짜는 하루 이틀 다가왔으며, 이윽고 떠나기 전날이 되었다.

바람이 동북풍으로 바뀌더니 금세 하늘이 시커먼 먹장구름으로 뒤덮였다. 몇 번 번개가 내리치나 싶더니 이내 세찬 폭우가 내리기 시작했다. 손톱만큼 굵은 빗방울들이 대지를 강타했다. 빗방울이 만들어내는 뿌연 물보라가 마치 창밖으로 내다보는 것처럼 이조암의 전경을 흐릿하게 만들었다.

빗물이 지붕을 두드리는 소리가 콩 볶는 것처럼 요란했다. 나정은 툇마루에 앉아 장하게 쏟아지는 빗줄기를 가만히 지켜보았다. 그때였다.

"이런이런……. 다 젖었네, 그만."

하는 여인의 목소리가 나정의 등 뒤에서 들렸다.

나정은 깜짝 놀라 고개를 돌렸다. 가뜩이나 얇은 옷이 비에 흠뻑 젖어서 풍만한 육체가 고스란히 들여다보이는 여인이 나정의 얼굴에 닿을 듯이 가까이 서 있었다. 여인의 터질 듯한 젖무덤이 나정의 시야 가득 메웠다.

나정은 너무 놀라고 당황한 나머지 고개를 돌릴 생각도 하지 못했다.

"아이, 정말 싫다니까, 변덕스러운 날씨는."

여인은 천연덕스럽게 몸을 흔들었다. 마치 고양이나 강아지처럼 몸을 적신 빗물을 털어내려는 듯한 동작이었는데, 그 바람에 나정은 바로 코앞에서 흔들거리는 젖가슴을 봐야만 했다. 동자승의 얼굴이 시뻘겋게 달아올랐다.

그제야 비로소 여인은 부끄럽다는 듯이 손으로 가슴을 가리며 눈을 흘겼다.

"어머! 너, 엉큼하구나, 보기보다."

나정은 멍한 눈빛으로 여인의 얼굴을 쳐다보았다. 그녀는 바로 신주오괴의 두 번째 손님, 염화선자(艶華仙子)였다.

4

"생각해 봐. 오행마군을 속여 오행지력을 얻은 게 사십 년 전의 일이라고 했어. 그때 스무 살이었다고 해도 벌써 예순이야. 아무리 겉모습이 젊어 보인다고 해도 결국 내게 할머니뻘이라구. 그런데 도대체 무슨 생각을 하는 거야?"

나정은 제 머리를 콩콩 쥐어박으며 중얼거렸다.

사실 염화선자의 외모는 육십대로는 전혀 생각할 수 없을 정도로 젊고 아름다웠다. 아무리 늙게 봐도 그녀는 서른 후반에서 마흔 초반의 완숙미 넘치는 중년여인이었다.

게다가 몸매 또한 풍만하고 요염해서, 이제 열다섯 살 어린 나정의 가슴을 두근거리는 것은 당연한 일이었다.

나정은 그녀가 있는 자신의 방을 힐끔 돌아보았다. 괜히 얼굴이 발갛게 달아올랐다.

"그렇게 있으면 감기 걸려요. 젖은 옷은 벗고 이불 속에 들어가서 좀 쉬세요."

그렇게 말한 아까의 기억이 새로웠던 것이다. 과연 그녀는 지금 나정의 충고대로 옷을 홀딱 벗고 있을까. 과연 그녀의 발가벗은 몸은……

"아미타불, 아미타불!"

나정은 재빨리 눈을 감고 불호를 외웠다. 하지만 한번 흔들린 마음은 좀처럼 쉽게 가라앉지 않았고, 꽤 오랜 시간 동안 불호를 외우고 나서야 나정은 겨우 눈을 뜰 수 있었다.

"나정아, 오늘 저녁 공양은 왜 이리 늦는 게냐?"

빗소리를 뚫고 노승의 카랑카랑한 목소리가 들렸다. 나정은 '네! 곧 갑니다!' 하고 소리치며 자리에서 일어났다.

저녁 공양이 끝난 후 나정은 예불을 드렸다. 평소보다 더욱 경건하고 정성들여 예불을 마친 나정은 자신의 방으로 돌아와 방문 앞에서 몇 번의 잔기침을 한 후 문을 열었다.

방은 어둡고 조용했다. 나정은 조심스레 방으로 들어가 등잔에 불을 붙였다. 심지에 불이 붙자 연기와 함께 방 안이 환하게 밝아왔다. 염화선자는 침상에 누워 그대로 잠이 든 듯했다. 그녀의 풍성한 머리카락만이 이불 밖으로 나와 있었다.

나정은 그녀가 깰까 봐 조심스레 방 한구석에 자리를 잡은 다음 불을 끄고 누웠다.

여름이라고는 하지만 산속의 밤은 싸늘했다. 게다가 아직도 밖에는 폭우가 쏟아지고 있었다. 이불과 담요 없이 누운 바닥에서는 차가운 냉기가 스멀거리며 기어올라 왔다. 쉽게 잠이 올 상황이 아니었다.

나정은 눈을 감고 중얼거렸다.

'다른 누구보다도 이 할머니와 함께 지낼 석 달이 가장 힘들 것 같구나.'

두근거리는 심장 소리와 밖의 빗소리가 묘한 조화를 이루는 가운데 나정은 억지로 잠을 청했다.

얼마나 시간이 흘렀을까.

나정은 비몽사몽인 가운데 문득 몸 전체가 따스한 기분에 빙긋 미소를 지었다. 그것은 매우 좋은 느낌이었다. 기억에 남아 있지 않은 느낌, 그러니까 어머니의 품속이 절로 떠오르는 그런 기분이었다.

나정은 저도 모르게 그 따스함 속으로 파고들어 갔다. 고슴도치마냥 한없이 몸을 웅크리고 또 웅크려서, 자궁 속의 태아처럼 그 따스한 온기에 몸을 맡기고 나정은 행복해했다.

그러자 어머니의 그것처럼 부드럽고 온유하며 따사로운 손길이 나정의 이마를 쓰다듬기 시작했다. 그리고 그 손길은 그의 얼굴을 어루만지고 또다시 안마하듯 어깨를 매만졌다.

나긋나긋하면서도 흡착력이 강한, 그래서 포근하면서도 왠지 가슴 두근거리는 기분이 나정의 전신을 휘감았다.

"으음……"

기분이 좋아진 나정은 만족한 미소를 지으면서 몸을 비틀었다. 손길은 계속해서 나정의 몸을 더듬으며 아래로 내려왔다. 천천히 그 느낌을 즐기던 나정은 비몽사몽인 와중에도 문득 한 가지 생각이 떠올라 화들짝 눈을 떴다.

'이건……!'

나정의 눈이 휘둥그레졌다.

자신을 빤히 내려다보고 있는 한 쌍의 요염한 눈빛이 있었다. 염화선자였다.

나정은 아직 사태 파악이 안 된 듯 멀뚱멀뚱 눈을 뜬 채로 그녀를 쳐다보다가 시선을 내렸다. 그녀의 풍만한 가슴이 고스란히 눈에 들어왔다. 나정의 눈이 접시처럼 커졌다.

"아이구!"

하면서 나정은 눈을 감았다. 나정의 심장이 쿵쾅거렸다. 그리고 보니 자신도 벌거벗고 있는 게 아닌가. 또한 자신의 몸을 더듬고 있던 그 손길은 여전히 찰싹 달라붙어 있었다.

식은땀이 등골을 적셨다. 그제야 어찌 된 상황인지 파악한 것이다. 나정은 부들부들 떨면서 연신 불호를 외웠다.

"아미타불, 아미타불……."

뜨거운 입김이 불호를 외우는 나정의 귓가에 다가와 솜털을 농락하듯 건드렸다. 그리고 나긋하게 속살이는 그녀의 목소리가 들렸다.

"너 참 이상하구나. 가만히 자고 있는 내 품으로 파고들 때는 언제고."

나정은 그 정신없고 황망한 와중에도 반문하는 걸 잊지 않았다.

“제가 언제요?”

“언제라니?”

염화선자가 피식 웃으며 말했다.

“그럼 내가 잠자고 있는 널 안아다가 벗기고 희롱하는 거라 생각하니?”

나정의 동글동글한 정수리에 땀이 맺혔다.

“그, 그거야…….”

“이봐요, 꼬마 스님. 난 말이지, 오는 남자 막지 않고 가는 사내 붙잡지 않는 성격이지만 잠자고 있는 꼬마 스님을 몰래 강탈할 정도로 몰상식하지는 않다.”

정색을 한 그녀의 담담한 말에 나정은 헛기침만 연거푸 해야 했다. 그녀의 말이 사실인지 아닌지는 모르겠지만, 어쨌든 이 낯 뜨거운 장면은 빨리 벗어나야 했다.

나정은 그녀의 손을 밀어냈다. 그리고 엉거주춤 자리에서 일어났다. 그녀는 가만히 나정이 하는 대로 놔둔 채 바라만 보고 있었다.

나정은 침상에서 내려왔다. 그의 옷은 한쪽에 아무렇게나 뒹굴고 있었다. 주섬주섬 챙겨 입은 나정은 다시 한쪽 구석으로 도망치듯 달려가 쭈그리고 앉았다. 그리고 염화선자를 바라보며 떠듬떠듬 말했다.

“제가… 실수한 게 있다면… 용서하세요. 두 번 다시 그러지 않을 테니까.”

염화선자는 가만히 나정을 바라보았다. 이불 밖으로 삐져 나온 한쪽 어깨의 눈부신 속살이 더욱더 야릇한 느낌을 주는 바람에 나정은 얼른 고개를 숙였다.

염화선자가 부드럽게 웃으며 말했다.

“네가 실수한 게 어디 있겠니? 그저 엄마 품인 줄 알고 착각했던 거겠지.”

나정은 입술을 질끈 깨물었다. 안 그래도 그런 생각에 행복해했던 그다. 아주 잠깐이었지만.

염화선자는 조용히 말했다.

“괜찮아. 엄마 품이 그리우면 언제든지 와서 안기렴. 뭐, 그 정도는 이해하니까.”

나정은 대답하지 않았다. 그녀의 말이 비수처럼 나정의 폐부를 찌른 것이다.

‘어, 엄마⋯⋯.’

나정은 갑자기 가슴이 아파왔다.

태어나서 지금껏 단 한 번도 불러보지 못한 이름이다. 아예 나정의 기억 속에 존재하지 않는 이름이다. 노승의 말을 빌자면 갓난아이였을 때 이조암에 버려졌다고 했다. 그러니 아버지나 어머니의 얼굴이 떠오를 리가 없는 나정이다.

나정은 두 발을 모으고 얼굴을 파묻었다. 참으려고 이를 악물었다. 하지만 견딜 수 없는 슬픔에 젖은 눈물이 조금씩 흘러나왔다.

가슴이 뻥 뚫렸다. 뚫린 가슴으로 찬바람이 일었다. 멀리서 천둥치는 소리가 들렸다. 밖은 여전히 비가 쏟아지고 있었고, 그의 뚫린 가슴에도 비가 내리기 시작했다. 밤새도록 나정은 그 비를 맞아야 했다.

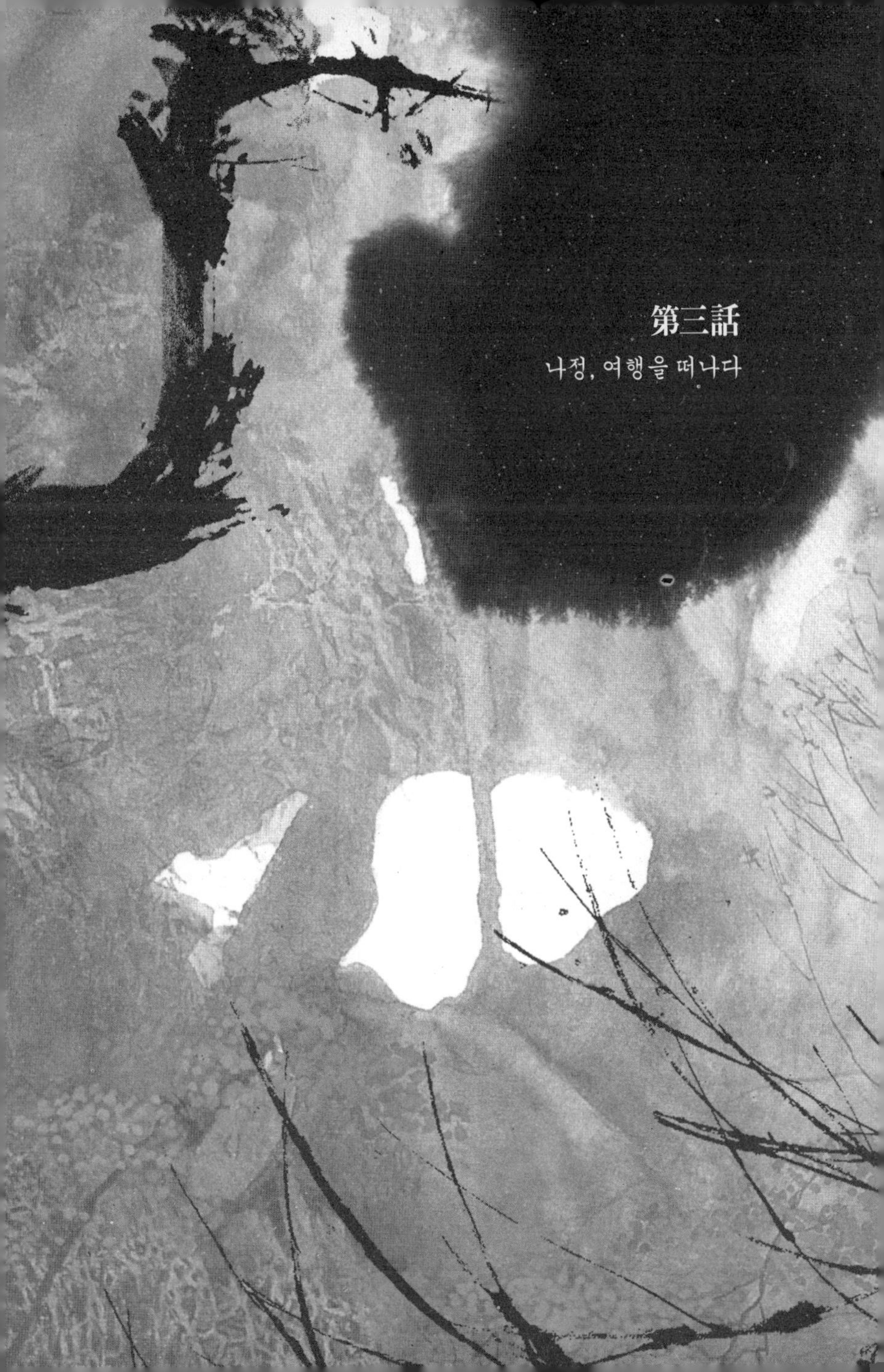

第三話
나정, 여행을 떠나다

1

언제 폭우가 쏟아졌다는 듯이 활짝 개인 다음날이었다.

밤새 잠을 이루지 못한 나정은 눈이 퉁퉁 부은 채로 염화선자에게 말했다.

"그래도 다행이네요. 오늘부터 전 노스님하고 여행을 떠나거든요. 그러니까 어제처럼 폐 끼치는 일은 없을 거예요."

염화선자는 기지개를 켜다 말고 고개를 갸웃거렸다.

"그게 무슨 소리지?"

"여행 간다구요. 그러니까 할머… 아니, 아주머니랑은 더 이상 부대낄 일이 없잖아요."

나정의 말에 염화선자는 몸을 돌려 그를 바라보았다.

그녀는 몸의 윤곽이 고스란히 드러나는 얇은 속옷만을 입고 있었다. 나정은 얼른 고개를 돌렸다. 눈이 부신 것도 아닌데, 죄지은 것도 아닌데, 그녀를 마주 볼 수가 없었다.

염화선자는,

"나랑 같이 있는 게 싫니?"

하고 물었다.

"그런 건 아니지만……."

나정은 말꼬리를 흐렸다.

같이 있는 게 싫은 건 아니었다. 하지만 한 방에서 같이 지낼 수는 없었다. 그건 당연한 일이었다.

염화선자는 잠시 나정을 바라보다가 자세를 고쳐 머리를 틀어 올리며 담담하게 말했다.

"싫으나 좋으나 석 달간은 함께 지내야 해. 그게 약속이니까. 그리고 네가 여행을 떠난다면 나도 같이 가지, 뭐."

"안 돼요!"

나정은 재빨리 소리쳤다.

"노스님이 아시는 날에는 야단난다구요!"

"흥, 늙다리 중이 안다고 야단날 게 뭐 있겠어?"

"저, 모르셔서 그런 말씀을 하시는 것 같은데……."

나정은 가슴을 내밀며 말했다.

"우리 노스님은 강호에서 유명한 우내십팔천 중의 한 명이라구요."

일순 염화선자가 휙 고개를 돌리며 나정을 뚫어지게 바라보았다. 그 강렬한 눈빛에 나정은 그녀의 젖가슴을 볼 생각도 하지 못한 채 얼어붙은 듯 움직이지 않았다.

"그게 사실이더냐?"

매서운 눈빛, 싸늘한 목소리.

나정은 더듬거리며 말했다.

"그, 그러니까… 흑선 할아버지께서 그렇게 말씀하셨어요."

"흑선… 할아버지?"

염화선자의 눈빛이 기묘하게 빛났다.

'흥, 그 여우 같은 늙은이가 벌써 이 꼬마의 마음을 단단히 쥐어놓았구나.'

잠시 생각하던 염화선자의 입꼬리가 반달처럼 휘어졌다. 그 부드러운 미소에 나정의 눈빛이 흔들렸다.

염화선자가 웃으며 말했다.

"네 노스님에게는 내가 직접 이야기하마."

"에엣?"

나정은 입을 다물지 못했다.

"걱정 마. 설마 노스님께서 날 때려죽이기야 하겠어?"

하면서 염화선자는 자리에서 일어났다.

"아, 아주머니!"

나정이 화들짝 놀라 그녀의 팔을 붙잡았다. 염화선자는 나정을 다독거리며 말했다.

"내 이름은 남예(南芮). 그러니까 앞으로는 아주머니라는 소리 대신 남예 누나라고 부르렴."

하고는 나정을 뒤로하고 방을 나서는 남예였다. 나정은 그녀를 붙잡을 생각도 하지 못한 채 멍하니 서 있다가 그녀를 쫓아가며 소리쳤다.

"아, 아주머니!"

"남예 누나라니까!"

멀리서 염화선자의 목소리가 들렸다. 어느새 안채 근처까지 간 모양이다.

나정은 눈썹이 휘날려라 뛰어갔다. 절대로 그녀와 노승이 만나게 해서는 안 되었다. 지금껏 해온 거짓말들이 한순간에 공염불이 되는 것이다. 하지만…….

염화선자는 안채의 문을 열며 방긋 웃었다.

"안녕하세요?"

2

노승은 떨떠름한 표정으로 염화선자와 나정을 둘러보았다. 염화선자는 입가에 담담한 미소를 머금은 채 다소곳하게 앉아 있었고, 나정은 그야말로 좌불안석, 어찌할 바를 모르는 얼굴이었다.

노승은 한동안 입맛을 다시다가 나정을 돌아보며 입을 열었다.

"흠, 그러니까 네가 그 승부의 심판이 되는 바람에 신주오괴와 석 달씩 함께 지내기로 했다는 것이냐?"

"네……."

나정은 고개를 푹 숙이고는 기어들어 가는 목소리로 대답했다.

"그리고 지난 석 달 동안 흑선노괴와 함께 지냈구?"

"네……."

"바로 이곳 이조암에서?"

"…네."

"나 모르게?"

"…네에."

갈수록 나정의 대답하는 목소리가 작아졌다. 거기에 비례하여 나정의 고개도 점점 아래로 숙여져서, 이윽고 제 어깨에 파묻혀 보이지 않을 지경에 이르렀다.

"흠, 흠."

그런 나정을 노려보던 노승은 팔짱을 끼며 고개를 외로 꼬더니 탄식하며 말했다.

"나정아, 나정아! 네가 신주오괴의 내기에 끼어든 것이 못마땅하다는 게 아니다. 네가 그들과 일 년을 함께 보내기로 약조했다는 것이 기분 나쁜 게 아니다. 이 이조암은 모든 사람에게 열린 곳이니 누가 기거하든 상관이 없다. 단지… 나는 네가 노납에게 거짓말을 했다는 것이 못마땅하고 기분 나쁘며 서글프다. 한 번 거짓말을 하면 그 거짓말을 덮기 위해서 또 다른 거짓말이 필요하고, 마침내 거짓말이 산처럼 쌓이게 되는 법이지. 그 업보가 슬플 따름이구나."

"죄, 죄송합니다, 노스님."

나정은 머리를 바닥에 박으며 말했다.

"안 그래도 느끼고 있었어요. 계속해서 하게 되는 거짓말이 무거운 짐처럼 제 어깨를 짓누르는데… 견딜 수가 없었습니다. 매일 예불 올리면서 죄를 사해달라고 빌었어요. 그리고 두 번 다시 거짓말은 하지 않겠다고 맹세했습니다."

"그래."

노승은 고개를 끄덕였다. 딱딱하게 굳어 있던 얼굴이 한결 풀어진 듯했다.

"깨달았다면 다행이구나. 그건 그렇고……."

노승의 시선이 염화선자에게로 향했다. 염화선자는 노승을 바라보고 있다가 눈빛이 마주치자 가볍게 눈웃음을 쳤다. 노승이 '커험!' 하며 헛기침을 하고 입을 열었다.

"여시주께서 처한 사정은 잘 알겠으나 이번 여행은……."

"잠깐만요."

염화선자가 중간에 끼어들었다.

"제 이름은 남예예요. 그리고 나정이 누나라고 부르는 처지이니까 노스님께서는 그냥 손녀 대하듯 남예라고 부르셔도 돼요."

"허어."

노승은 어이가 없다는 표정으로 그녀를 바라보며 말했다.

"노납이 여시주의 나이가 몇인 줄 모른다고 생각하시오?"

"나이가 뭔데요?"

염화선자는 당당하게 되물었다. 노승이 멈칫하자 그녀는 다시 말을 이어나갔다.

"나이는 살아온 시간에 불과하죠. 얼마나 제대로 살아왔는지, 혹은 엉망으로 살아왔는지와는 상관없이, 그저 그 사람이 지금껏 걸어온 길의 거리일 따름이죠. 그러니 나이는 결코 중요하지 않아요."

"허허, 하지만……."

"중요한 것은 그 사람이 걸어온 길의 거리가 아니라 과정이죠. 먼 길을 걸어왔지만 졸면서, 혹은 타성적으로 걸어온 사람이 있을 수도 있고, 짧은 거리를 걸으면서도 여러 사람과 교류를 나누고 주변 사물에 대한 진지한 사유를 통해 인격적으로 성숙한 사람이 있을 수가 있어요. 그러니 역시 사람이 걸어온 길의 거리, 즉 나이는 결코 중요하지 않지요."

"이, 이것 보시……."

"그래요. 난 나이가 많아요. 하지만 나이가 많다는 것만으로 다른 사람들에게 대접받을 이유가 없죠. 내 정신은 다른 누구보다도 건강하고 젊으니까요."

노승은 '끄응' 하면서 입을 다물었다.

파격적이기는 했지만 틀린 부분은 없는 말이다. 나이의 고하는 중요하지 않았다. 어차피 세월 가면 먹는 게 나이이니까. 중요한 건, 그 세월을 허투루 보냈는가 그렇지 않은가 하는 것이다. 또한 얼마나 젊고 건강한 정신을 가지고 있느냐 하는 것이다.

"뭐, 여하튼……."

노승은 말을 돌렸다.

"임자가 그렇다면 그건 됐고……. 하지만 이번 여행길을 동행하겠다는 건 말도 안 되는 게야."

"내가 여자라서요?"

염화선자가 도발적으로 물었다.

"꼭 그런 건 아니지만……."

노승이 웃으며 애매하게 말을 흘렸지만 염화선자는 놓치지 않았다.

"설마 스님께서는 아직도 남자와 여자의 성별에 구애받고 있는 건 아니시겠지요? 세상 모든 것이 불이(不二:둘이 아니다)라는 불가의 법론을 아직도 인정하지 못하는 건 아니겠지요?"

"어허!"

노승이 화를 벌컥 냈다.

"세상 사람들에게 살아 있는 부처라는 소리를 듣는 노납이네. 다른 건 몰라도 집착과 편견, 고정관념 따위는 이미 버린 지 오래되었네."

염화선자는 싱긋 웃으며 말했다.

"그렇다면 내가 여자라는 건 전혀 문제가 되지 않겠네요?"

"흠, 당연하지. 하지만……."

"또한 세상 일이 초연하고 모든 집착을 버리신 분이니만큼, 날 데리고 가면 안 된다는 집착 또한 없겠구요."

"그건 집착이 아니라……."

"인연은 하늘이 정해주는 법이라 했어요. 내가 나정과 인연을 맺은 것도, 그리고 지금 이 자리에 앉아서 스님과 이야기를 나누는 것도 모두 하늘의 뜻이죠. 인연은 물 흐르듯 흘러가게 놓아두라, 하는 격언처럼 우리의 인연 역시 흘러가는 대로 가만 놔두는 것이 가장 좋은 일이 아닐까요?"

염화선자의 말에 노승은 입을 다물었다. 그리고 노승은 몇 번인가 반박을 하려고 입을 들썩거리다가는 그만 '에잉!' 하면서 괜한 나정의 머리를 쥐어박았다.

"가서 얼른 짐을 꾸리거라. 이러다가 오늘 출발하지도 못하겠구나."

염화선자가 가만히 웃었다.

노승은 고개를 돌려 외면했다. 천적을 만났구나 하는 표정이 노승의 얼굴에 떠올랐다가 사라졌다. 그리고 대신 이대로 질 수 없다는 식의 오기나 집념 비슷한 표정이 노승의 굵은 주름 사이로 검버섯처럼 피어올랐다.

1

    때는 바야흐로 햇살은 뜨겁고 바람 한 점 없는 무더운 날씨
의 유월도 막바지에 이른 어느 날이었다.

    형양(衡陽) 땅에서 악양(岳陽)으로 이르는 관도 중간쯤에
마추산(馬墜山)이라는 이름의 산 하나가 낙타의 혹 모양으로
덩그러니 솟아 있었는데, 초라한 행색을 한 두 명의 스님[僧]
과 힌 명의 여인이 그 호젓한 산길을 걷고 있었다.

    그들은 바로 이틀 전 기산을 떠나온 나정과 노승, 염화선자
였다. 노승과 나정은 오단목으로 만든 선장과 곤을 지팡이 삼
아 천천히 산을 올랐다.

    염화선자는 그런 두 사람의 걸음걸이가 영 시원치 않다는

표정이었다. 안 되겠다 싶었던 그녀는 한달음에 그늘진 곳까지 달려가 그들이 헉헉거리며 걸어올 때까지 느긋하게 휴식을 취하는 일을 반복했다.

그들이 산 중턱에 이르렀을 때 어느덧 유월의 태양은 머리 위에 자리를 잡았다. 이때쯤 해서 요기를 해야겠다고 생각했던지, 그들은 솔향기가 물씬 풍기는 소나무 그늘 아래 자리를 잡았다.

나정은 등에 메고 있던 바랑을 풀었다. 그리고 그 안에서 한 개의 호리병과 잘 익은 오리 구이, 그리고 주먹만 한 왕만두 대여섯 개를 꺼내는 것이, 중들의 식사거리가 아닌 일반 유람객의 그것과 같아 보였다.

나이를 짐작할 수 없을 정도로 깊은 주름이 파인 얼굴의 노승은 다짜고짜 호리병을 잡고는 꿀꺽꿀꺽 들이마셨다. 목젖이 심하게 요동을 친 후에야 노승은 호리병을 내려놓았는데, 솔향기가 무색할 정도로 짙은 주향이 그의 입과 호리병 주둥이에서부터 흘러나왔다.

"끄윽, 역시 술은 행화촌(杏花村)의 죽엽청(竹葉靑)이 최고로구나."

노승은 땟국물이 묻어날 것만 같은 가사 자락으로 입을 훔치고는 감탄하듯 말했다.

산서(山西) 분양현에 위치한 행화촌은 드넓은 중원 땅에서도 으뜸가는 주향(酒鄕)이라 할 수 있었다. 그곳에서 만드는 죽엽청과 분주(汾酒)는 천하오대명주에 속하는 술이었다.

그 행화촌의 죽엽청은 분주를 저주(底酒:바탕이 되는 술)로 하여 거기에 죽엽을 담가서 만드는 것이 보통이다. 색깔은 황금색에 약간의 녹색이 섞여 있으며 투명하고 맑아서, 그 주액만 바라보고 있어도 매우 좋은 느낌이 드는 술이었다.

노승의 말에 마침 왕만두 하나를 조심스럽게 집어 들던 염화선자가 고개를 갸웃거리며 입을 열었다.

"하지만 노스님, 그 술은 행화촌의 죽엽청이 아닌데요? 그건 아까 산허리 밑의 조그만 주막에서 산……."

"바보 같으니!"

노승은 늙수그레한 겉모습과는 어울리지 않는 쩌렁쩌렁한 목소리로 염화선자를 나무랐다.

"행화촌의 술이 별것이겠느냐. 그저 이 술이 행화촌에서 담근 술이려니 하면 바로 행화촌의 술이 되는 것을!"

항상 이런 식이었다.

이틀 동안 여행을 하면서 노승은 염화선자가 하는 말의 꼬투리를 잡아 호통치기에 바빴다. 노승의 호통에 염화선자는 매번 반박하려 했지만, 기이하게도 노승의 질책에는 알 수 없는 현기(玄機)가 깃들어 있어서 쉽게 반박할 수가 없었다.

그런 까닭이었다, 노승의 호통에도 불구하고 염화선자가 아무 대꾸 없이 고개를 숙인 것은.

나정 또한 그 사실을 느꼈는지 왕만두를 입에 물고서 곰곰이 상념에 잠겼다. 의기양양한 얼굴로 염화선자를 바라보던 노승은 그런 나정의 모습에 다시 호리병을 입가에 가까이 대며 말을 이었다.

"나정아, 나정아, 그것은 네가 아무리 생각해도 깨달을 수 있는 도리가 아니다. 그러니 괜히 머리만 아프게 고민하지 말고 만두나 먹거라."

노승의 말에 나정은 빙그레 웃더니 이내 고개를 끄덕이고는 왕만두를 크게 한 입 베어 물었다. 염화선자도 깨작거리면서 만두를 먹었다. 간만에 시원한 바람이 한차례 불어왔다. 왠지 느긋해지는 기분이었다.

노승은 노릇노릇하게 구워진 오리 구이를 안주 삼아 호리병 하나를 통째로 비우고는, 슬그머니 취기가 피어오르는 듯 그 자리에 대자로 누웠다.

"한숨 잘 터이니 해지기 전에 깨워라."

"예, 노스님."

나정은 공손하게 대답하고는 노승의 낮잠에 방해될까 봐 한쪽 구석으로 물러나 앉아서 다시 한 개의 왕만두를 먹기 시작했다.

"그럼 나도 부탁해."

염화선자도 소나무에 몸을 기대어 팔베개를 하며 말했다.

"네. 좀 쉬세요."

나정은 그렇게 대답한 이후 다시 두 개의 왕만두를 먹었다.

그리고 남은 음식들을 주섬주섬 바랑에 담아서 한쪽에 조심스럽게 놓아두고는 소나무에 등을 기대며 고개를 들어 하늘을 쳐다보았다.

새파란 하늘에 반사되면서 새파랗게 물이 든 햇살이 나뭇가지 사이로 잘게 부서져 들어왔다. 간간이 불어오는 바람은 아름다운 미인이 곁에서 부채질을 하는 것처럼 여정(旅程)에 지친 심신을 달래주었다. 눈이 부실 정도로 아름다운 산속의 풍광이었다.

그렇게 유월의 하늘을 올려다보고 있던 나정은 몇 차례 눈을 끔뻑인다 싶더니 어느새 드르릉 코를 골면서 잠이 들었으며, 해가 지고 날이 어두워질 때까지 일어나지 않았다.

2

"이런 게으름뱅이 녀석! 해가 지기 전에 깨우라고 했더니, 지가 잠을 자고 있어?"

노승의 호된 꾸지람에 나정은 눈을 뜨며 자리에서 벌떡 일어났다. 어느 틈에 희미한 달빛이 산 중턱에 내려앉은 밤이었다. 그는 허둥거리며 바로 자신의 앞에 도끼눈을 하고 서 있는 노승을 향해서 허리를 꾸벅 숙였다.

"죄, 죄송합니다, 노스님. 하도 날이 좋아서 그만……."

노승은 그가 깨어나기를 기다렸다는 듯이 알밤을 한 대 먹이며 짜증을 부렸다.

"네가 게으름을 피운 바람에 꼼짝없이 산속에서 이슬을 맞게 생겼구나. 이 일을 어찌하면 좋단 말이냐? 이 늙은 몸은 원래 밤이슬과는 상극인지라, 밤새도록 이슬을 맞으면 녹이 슨 쇠처럼 삐걱거리고 제대로 운신(運身)하지도 못할 것이거늘, 설마하니 네놈이 나를 골탕 먹이려고 일부러 꾸민 짓은 아니렷다?"

나정은 더욱 허둥댔다.

그의 얼굴에는 식은땀까지 흘러내렸다. 그는 두 손을 내저으며 허겁지겁 변명을 늘어놓았다.

"언감생심(焉敢生心), 제가 감히 노스님을 골탕 먹일 생각을 하겠습니까? 단지 너무 날씨가 좋다 보니 저도 모르게 깜빡 잠이 들고 말았을 뿐……."

"아니다, 아냐."

노승은 입술을 삐쭉 내밀며 도리질을 했다.

"평소 네가 날 보는 눈빛이 심상치 않다 여겼다. 알고 보니 네 녀석은 나를 죽여 이조암의 주지가 되고 싶었던 것이구나. 그렇지 않고서야 이 불쌍하고 힘없는 늙은이에게 밤이슬을 맞게 하지는 못할 것이다."

노승의 거듭되는 타박에 나정은 어쩔 줄 몰라 하다가 마침내 체념했는지 고개를 숙이며 중얼거렸다.

"제가 못된 놈이에요. 감히 노스님께 불경한 마음을 품고 있었습니다.”

나정의 고백에 노승은 그것 보라는 듯이 의기양양해진 표정으로 거들먹거렸다.

“호호호, 내 그럴 줄 알았느니라. 다른 사람은 속일 수 있어도 살아 있는 부처라고 존경받는 날 속일 수는 없는 것이야. 노납에게 앉아서 천 리를 보고 서서는 만 리를 헤아리는 신통력이 있다는 것을 몰랐느냐?”

“네, 네. 하늘의 천기를 살피시고 땅을 굽어보시는 노스님의 법력(法力)을 미처 생각하지 못했습니다.”

나정이 계속해서 고개를 조아리자 노승은 한결 마음이 가라앉는지 인자한 미소를 입가에 머금으며 찬찬히 말했다.

“앞으로 명심하거라, 속이 훤히 내다보이는 그런 얄팍한 수로는 노납을 죽일 수 없다는 것을.”

“명심하겠습니다.”

“그러나저러나…….”

노승은 어둠이 안개처럼 내려앉은 주위를 둘러보면서 화제를 돌렸다.

“남예는 어디로 간 게냐?”

나정도 주위를 둘러보았다. 그러고 보니 바로 나정의 곁에서 자고 있던 염화선자가 보이지 않았다.

“그, 글쎄요.”

“흠, 별 볼일 없는 여행이라 생각하고 사라진 걸까?”

노승은 중얼거림에 나정은 고개를 갸웃거렸다.

'그렇게 간단히 포기할 일이 아니잖아, 신주오괴의 내기라는 게 말야. 으음, 내가 자고 있던 사이에 무슨 일이라도 있었던 걸까?

나정은 다시 한 번 주위를 살폈다.

아까와는 달리 뭔가 흔적이라도 발견할 양, 세심한 눈길로 이곳저곳을 살피던 그는 문득 한 가지 이상한 점을 발견했다. 노승과 염화선자가 잠자던 중간 지점에 조그만 구덩이가 파여 있었다. 잠들기까지는 없었던 구덩이다.

'이건……?

하고 나정이 의아해할 때, 노승이 말했다.

"뭐, 나름대로 이유가 있으니까 자취를 감춘 것이겠지. 지금 그게 중요한 게 아니다."

나정은 노승을 돌아보았다.

"이 어둠을 뚫고 산을 넘는 것은 그리 쉬운 일이 아닐 것 같구나. 그렇다고 이곳에서 밤이슬을 맞는 것은 더더욱 내키지 않는 일이고."

그렇게 중얼거리던 노승은 어쩔 수 없다는 듯이 고개를 한 번 주억거리고는 나정을 향해 말했다.

"할 수 없지. 절대로 밤이슬을 맞을 수는 없으니 산을 넘어갈 수밖에."

나정은 다시 노승의 눈빛이 매서워지자 얼른 허리를 숙이며 빌었다.

"그저 모든 것이 제 잘못입니다."

"됐다."

노승은 인자하게 말했다.

"잘못을 뉘우친다는 것은 잘못을 저지르지 않는 것보다 더 힘든 일이다. 그것만으로도 너는 내게 가르침을 받을 자격이 있느니라."

"고맙습니다, 노스님."

"자, 그럼 밤이슬이 이 늙은 몸뚱어리를 적시기 전에 어서 산을 넘자꾸나."

그렇게 대화를 마친 두 명의 늙고 어린 스님들은 서둘러 길을 재촉했다.

그러나 겨우 발 디딜 곳을 가늠할 수 있을 정도의 달빛이 내려앉는 산길을 서둘러 걷는 일은 그리 쉽지 않았다. 노승의 말대로라면, 잘못을 저지르지 않는 일보다 어렵다는 '잘못을 뉘우치는 일' 보다도 더욱 어려운 것이, 바로 밤 깊은 산길을 서둘러 걷는 일이었다.

안 되겠다 싶었는지 나정이 문득 솔 나뭇가지 하나를 꺾었다. 그리고 품을 뒤적여서 화섭자(火攝子)를 꺼낸 다음 불을 댕겼다. 화르륵, 화섭자에 불이 피어오르자 그는 조심스레 나뭇가지에 불을 붙였고, 나뭇가지는 이내 기름 먹인 횃불처럼 타올랐다.

그 과정을 물끄러미 바라보고 있던 노승이 끌끌 혀를 차면서 나정을 나무랐다.

"그렇게 허투루 화섭자를 쓰다가는 세상의 화섭자가 남아나지를 않겠구나. 너의 지금 모양새를 보건대, 암자의 살림이 항상 궁색한 까닭을 알 수 있겠다."

나정은 겸연쩍은 표정을 지으며 말했다.

"암자의 살림이 궁색한 건 제 씀씀이가 커서 그런 게 아니라 시주가 많이 들어오지 않아서……."

"허튼소리!"

노승이 빽! 소리쳤다.

"네 녀석이 그렇게 낭비를 하니까 살림이 궁색한 것이지 웬 딴소리가 그리도 많은 것이냐?"

노승이 다시 화를 내자 나정은 얼른 고개를 조아렸다.

"네, 네. 제 잘못이 큽니다."

"그래, 잘못을 뉘우치니 다행이다. 항상 노납이 말하는 것이지만, 잘못을 뉘우치는 것은 잘못을 저지르지 않는 일보다도 더욱 어렵고 힘든 법이니……."

그렇게 투덕거리면서 그들은 산길을 돌아 골짜기로 접어들었다.

며칠 전, 꽤 많은 양의 비가 내린 탓인지 골짜기에는 조그만 폭포가 제법 요란한 소리를 내면서 쏟아지고 있었다. 그리고 그 폭포수는 다시 계곡물로 변해 산 아래로 흘러내렸다.

나정은 횃불을 이리저리 휘둘러 건너편 개울을 확인하려 했다. 하지만 나뭇가지가 타오르는 불빛으로는 얼마나 개울이 넓은지 가늠할 수가 없었다. 잠시 개울의 너비를 확인하던 그는 이내 포기하고 개울가로 걸어갔다.

유월이라고는 하지만 한밤중의 산속 계곡물은 발이 얼 정도로 차가웠다. 그 차디찬 물살이 나정의 발목을 매섭게 때리며 흘러갔다.

"업히시죠, 노스님."

나정은 등에 메어져 있던 바랑을 한쪽 어깨로 고쳐 매고는 등을 노승에게 향한 채 허리를 숙였다. 노승은 동자승의 등에 업히는 게 당연하다는 듯이 올라타면서도 한마디 하는 것을 잊지 않았다.

"물살이 제법 차갑게 느껴지는구나. 넘어지지 않게 조심하거라."

"알겠습니다, 노스님."

나정은 조심스럽게 발길을 옮겼다.

발밑으로 느껴지는 자갈의 미끄러운 감촉이 그의 걸음을 너욱 조심스럽게 만들었다.

발이 시릴 정도로 차가웠지만 오히려 나정의 얼굴에는 송골송골 땀방울이 맺혔다. 아무리 노승의 체구가 깡마르고 조그맣다 하더라도 겨우 열다섯 살 먹은 소년이 업고 물을 건너기에는 쉬운 일이 아니었다.

개울은 갈수록 깊어졌다. 나정의 허벅지까지 물이 차오르자, 등에 업힌 노승이 화들짝 놀라며 소리쳤다.

"이런! 네가 지금 무릎걸음을 걷는 게 아니냐? 날 물에 빠뜨리기 위해서 말이다!"

"그럴 리가 있겠어요?"

"그렇지 않고서야 이 얕은 개울을 지나면서 어찌 내 발이 물에 닿는다는 말이냐?"

"물이 의외로 깊어요, 노스님."

"거짓말 말아라! 아까는 밤이슬로 나를 죽이려 하더니 이제는 개울에 빠뜨려서 날 죽이려 하는구나! 노납이 하해와 같은 도량으로 네 녀석의 잘못을 용서해 주었거늘, 네 녀석은 그 은공도 모르고 천인공노할 패륜(悖倫)을 저지르려 하느냐?"

"아닙니다, 노스님. 진짜 물이 깊다구요!"

나정의 거듭되는 부인에 노승은 얼굴이 시뻘게졌다. 그는 주먹을 불끈 쥐고 나정의 머리통을 후려쳤다.

"이 못된 놈의 자식! 그럼 노납의 생각이 틀렸다는 것이냐? 살아 있는 부처라고 추앙받는 노납의 말이 틀렸다는 것이더냐? 차라리 날 죽이려 드는 것은 용서할 수 있어도, 노납의 생각과 말이 틀렸다고 우기는 것은 도저히 용서할 수가 없구나!"

뼈만 앙상한 노인의 주먹이 오히려 더 아픈 법인지, 서너

차례 머리통을 얻어맞은 나정은 정신을 차릴 수가 없었다. 그는 아픔에 겨워 허둥대다가 그만 미끄러운 자갈을 헛디디며 그대로 물속으로 나동그라졌다.

풍덩!

"어푸! 어푸! 사람 살려! 이 빌어먹을 제자 놈이 사부를 죽이려 하는구나!"

노승은 겨우 허벅지에 차는 개울에 빠져 놓고서는 심해에 빠진 듯 허우적거리며 마구 비명을 질렀다. 나정은 정수리가 빠개지는 통증을 참으며 얼른 노승을 부축했다.

"정신 차리세요, 노스님. 겨우 허벅지밖에 차지 않습니다."

나정의 부축에 겨우 제대로 몸을 가눈 노승은 그제야 개울물이 허벅지밖에 차지 않는다는 사실을 확인하고는 방금 전에 난리를 피웠던 것이 아무래도 무안했던지 입을 다물었다.

하지만 곧 그는 나정의 머리통을 한 대 쥐어 갈기며 버럭 소리쳤다.

"방금 전에 네가 생각보다 물이 깊다고 하지 않았더냐? 허어, 이제는 사부를 속이기까지 하다니, 노납이 네놈의 말을 신정으로 믿은 것이 잘못이구나!"

말도 안 되는 트집이고 억지였지만, 나정은 진심으로 고개를 숙이며 잘못을 빌었다.

"노스님의 혜안을 흐리게 한 죄가 큽니다."

노승은 실눈을 뜨면서 그를 흘겨보았다.

“네 죄를 인정한다는 말이렷다?”

“제가 허튼소리로 노스님의 심기를 흩뜨려 놓지 않았다면, 어찌 노스님께서 이 개울의 물이 깊지 않다는 것을 모르셨겠어요? 모두 제 잘못이에요.”

“흐흠, 알면 됐다.”

노승은 손을 흔들며 말했다.

“자, 자, 어서 이 개울을 빠져나가기나 하자꾸나. 벌써부터 몸이 으슬으슬한 것이 아무래도 고뿔에 걸릴 것만 같구나.”

그들은 서둘러 물을 빠져나왔다. 다행히 개울은 더 깊어지지 않았으며 폭 또한 생각보다 넓지 않았다. 그러나 개울을 건넌 그들의 모습은 흡사 물에 빠진 생쥐 꼴 그대로였다.

“에, 에취!”

노승이 기침을 하며 코를 훌쩍거렸다.

“제기랄! 밤이슬을 피하려다 개울에 빠지고 말다니……. 나정아, 오늘의 이 경험을 통해서 우리는 무엇을 배울 수 있겠느냐?”

갑작스런 그의 질문에 어린 나정은 고개를 숙이고 생각에 잠겼다. 푸르스름한 달빛이 고요히 내려앉은 동자승의 반들반들한 머리 위로 노승의 숙연한 음성이 안개처럼 흘렀다.

“모름지기 사람의 일은 하늘이 정해주는 법, 아무리 인간이 발버둥 쳐도 그 하늘의 뜻을 거스를 수가 없는 것이다. 지금만 해도 그렇다. 내 가난한 육신이 물에 젖는 것이 두려워

애써 밤이슬을 피하고자 했으나 하늘의 뜻은 나를 저 개울에 빠지게 만들었다. 결국 운명이라는 것은 피하고자 해서 피할 수 있는 게 아니라는 의미이니라."

노승의 말에 나정은 불현듯 반장을 하면서 공손하게 물었다.

"그럼 운명에 순응하고 따르라는 말씀인가요?"

노승은 말했다.

"노를 저을 필요가 없다는 말이다. 물이 흘러가는 대로 따라가다 보면 네 목적한 곳이 나올 것이다. 구태여 노를 저어서 빨리 가려 할 이유도 없고, 구태여 노를 저어서 역행할 까닭도 없다는 뜻이다."

"그러나 만약 제가 가고자 하는 곳이 상류라면 어찌하나요? 그때도 노를 젓지 않아야 하나요?"

동자승의 예리한 질문에 노승의 근엄한 얼굴이 일그러졌다. 하지만 마침 나정은 고개를 숙이고 있었던 터라 그의 변화된 얼굴을 확인할 수는 없었다.

노승은 나정의 뒤통수를 뚫어져라 노려보다가 문득 장탄식을 하면서 말을 바꾸었다.

"아아! 어떤 이들은 하나를 가르치면 열을 아는 제자를 두었다고 자랑하건만, 이 박복한 늙은이는 열을 가르쳐도 하나도 깨닫지 못하는 제자만 있으니……."

그의 탄식에 고개 숙인 나정의 얼굴이 붉어졌다. 그는 황송

하다는 듯이 입을 열었다.

"자질이 미천한지라 노스님의 사유 깊은 법어(法語)를 제대로 깨우칠 수가 없습니다. 모쪼록 그저 노스님께서 넓은 아량으로 이해해 주세요."

"그만하자."

노승은 장삼 자락을 휘휘 저으며 말했다.

"벌써 꽤 밤이 깊었다. 바람도 차갑고 물에 젖은 육신도 차갑다. 이렇게 허투루 시간을 보내다가는 고뿔 걸리기에 딱 알맞은 게야."

그렇게 말한 노승은 앞서 걸어나갔다. 그 모양새가 어찌 보면 마치 나정이 계속해서 질문을 던져 오는 게 두려운 듯한 모습처럼도 보였다. 사정이야 어찌 되었든 나정은 서둘러 그의 앞으로 나아가 길을 열었다.

횃불은 개울을 건너다가 빠뜨렸고 화섭자는 물에 젖어서 사용할 수가 없게 된 터였다. 그들은 그저 희미한 달빛을 길잡이 삼아서 밤길을 걸어야만 했다.

산길은 가파르게 내리막을 타고 있었다. 군데군데 움푹 파인 곳도 있었고, 나뭇가지와 나뭇가지가 얽혀서 길이 사라진 곳도 있었다. 하지만 나정은 망설이지 않고 산길을 내려갔다.

그의 거침없는 걸음걸이를 바라보면서 노승이 감탄하듯 말했다.

"네가 지난 몇 년간 산속에서 수행을 하더니 이제는 썩 산을 잘 타는구나.”

그 말에 나정의 등이 움찔하는 듯하더니 곧이어 제자리에 우뚝 섰다. 노승은 나정의 뒤에서 따라오느라 그의 얼굴을 볼 수 없었지만, 그는 꽤 낭패한 듯한 표정을 짓고 있었다.

그가 걸음을 멈추자 노승은 의아하다는 듯이 물었다.

“왜 멈추느냐? 앞에 장애물이라도 나타난 게냐?”

잠시 망설이던 나정은 들릴락 말락 한숨을 내쉬며 조그만 소리로 대답했다.

“저… 길을 잃었습니다.”

노승의 얼굴이 굳어졌다.

1

　"이런 산중에 노군묘(老君墓)가 있다는 것이 왠지 수상하지 않느냐? 혹 노납의 명성을 두려워하는 자들의 함정일 수도 있지 않겠느냐?"

　"하지만 편액의 금칠이 대부분 벗겨져 나가고 사당의 벽에 금이 간 것으로 보아 수십 년 전에 세워진 것 같아요. 설마하니 그 오래전에 어느 한 사람이 있어, 수십 년 후에 노스님이 이리로 지나갈 줄 알고서 사당을 세웠을 리는 없지 않겠어요?"

　"흠흠, 노납을 두려워하는 자의 심기가 저 옛날의 제갈무후(諸葛武侯)와 비견될 정도라면 충분히 가능성있는 이야기가 아니더냐? 뭐, 어쨌든 설사 수십 년 후의 일을 미리 알고 노납을 음해(陰害)할 계획을 세웠다 할지라도 전혀 겁은 나지 않는다. 그러니 네가 먼저 들어가거라.”

2

산바람은 매우 차갑다.

산의 밤공기 또한 이빨 부딪치는 소리가 따따닥! 하고 들릴 정도로 차갑다. 게다가 흠뻑 젖은 가사가 몸에 찰싹 붙어서 몸의 체온은 급격하게 떨어뜨리고 있었다.

노승은 그 추위를 견딜 수 없다는 듯이 새파랗게 질린 얼굴을 하고 있었다. 개울에 빠진 지 벌써 한 시진 이상이나 지났지만, 아직도 젖은 옷은 마르지 않았다.

다행히 도교(道敎)의 개산조사(開山祖師) 노자(老子)를 모시는 사당인 노군묘를 발견했으니, 그나마 추위와 밤이슬을 피할 수는 있을 듯했다.

얼마나 세게 알밤을 얻어맞았는지 빡빡 민 머리에 조그마한 혹이 생긴 니정은 조신스럽게 걸어가 노군묘 입구에 섰다. 문짝이 반쯤 떨어져 나간 채 기이한 소리를 내면서 바람이 부는 대로 흔들리고 있었다.

“이조암의 제자 나정이 미처 허락도 받지 못하고 결례를 끼치게 되었습니다. 너무 나무라지는 말아주십시오.”

그의 정중한 인사에 노승은 눈살을 찌푸리며 투덜거렸다.

"인사성 밝은 것이야 그리 문제가 아니지만, 그렇다고 저 거짓말쟁이 노군에게까지 깍듯할 필요는 없는 것이야."

하지만 그는 곧 나정을 따라 반쯤 떨어져 나간 사당의 문을 열고 안으로 들어갔다.

전전(前殿)의 제단 위에는 역시 금붙이가 대부분 떨어져 나간 세 신선의 상(像)이 모셔져 있었다.

한가운데의 태청도덕천존(太淸道德天尊:태상노군(太上老君). 노자를 일컫는 말)을 위시하여 좌측의 상은 남화진인(南華眞人:장자(莊子)), 우측의 상은 무상진인(無上眞人:윤희(尹喜))인 듯한데, 원래의 모습이 많이 훼손되어 그 진면모를 알 수가 없었다.

"아이구, 춥다! 어서 불을 지펴라."

노승이 오들오들 떨면서 이르자 나정은 곧장 후전(後殿)에서 마른 짚을 찾아와 자리를 깔았다. 그리고 밖으로 나가서 나뭇가지들을 주워와 얼기설기 모닥불을 피울 수 있는 모양으로 만든 다음 화섭자를 꺼내 들었다.

다행히 화섭자는 이미 마른 듯 팟! 하는 소리와 함께 불꽃이 일었다. 나정은 나뭇가지 밑에 깔아둔 짚에 불붙은 화섭자를 가져갔다. 순식간에 짚이 타오르고 나뭇가지에 불이 붙었다.

"어어, 좋구나. 여기에다가 행화촌의 명주만 있으면 금상

첨화일 텐데……."

주름투성이 손을 내밀고 불을 쬐던 노승은 한결 느긋하게 풀어진 목소리로 중얼거리며 입맛을 쩝쩝 다셨다. 나정은 잠자코 등의 바랑을 풀러 그 안에서 다시 한 병의 호리병과 오리 구이를 꺼냈다.

노승의 얼굴이 환하게 밝아왔다.

"또 한 병이 있었던 게냐?"

"산 아래 주막에서 두 병을 샀습니다. 아무래도 한 병으로는 노스님의 주량을 당해내지 못할 것 같아서요."

"허허, 이럴 때 보면 네가 세상 이치를 두루 꿰뚫고 있는 듯하구나."

노승은 오래간만에 나정을 칭찬하면서 그가 건네주는 호리병을 받아 고개를 뒤로 젖히고 꿀꺽꿀꺽 들이켰다.

"어, 좋구나! 이제야 좀 추위가 가시는 것 같다."

부르르 진저리를 치면서 노승이 말할 때, 갑자기 삐거덕 소리가 나면서 사당의 문이 열렸다. 그리고 담자(擔子)를 어깨에 멘 장사치 한 명이 안으로 들어섰다.

"어, 춥나. 어이구, 주인이 게셨구려."

사십대 후반으로 보이는 뚱뚱한 체구의 장사치는 손을 비비면서 들어서다 노승과 나정을 보고는 넉살 좋게 웃으며 말했다.

"아닙니다. 저희들 또한 노군의 허락을 받고 하룻밤 머무는 객(客)에 불과합니다."

나정이 겸손하게 말하자 뚱뚱보 장사치는 싱긋 미소를 지어 보이고는 한쪽 구석으로 걸어가며 말했다.

"그럼 나는 이쪽 자리를 차지하겠네."

"그럴 이유가 어디 있나요? 차가운 밤공기를 헤치고 예까지 오느라고 몸이 얼었을 텐데 와서 함께 불을 쬐세요."

"아아, 괜찮네. 원래 살집 좋은 사람이 추위를 덜 타는 법이니까. 그나저나 봄이 온 지가 언젠데 이렇게 추운 건지……."

뚱뚱보는 중얼거리면서 담자를 한쪽으로 내려놓았다. 그리고 꽤 힘들다는 듯이 어깨를 두드리며 자리에 주저앉았다.

식은 오리 구이를 안주 삼아 호리병의 술을 들이켜던 노승은 뚱뚱보의 담자 안에 들어 있는 내용물이 궁금한 듯 문득 고개를 내밀며 물었다.

"그 안의 것이 무엇이오?"

"아, 이것 말이오?"

장사치는 짧은 다리를 쭉 뻗고 살집 두툼한 손으로 다리를 두드리며 말했다. 뚱뚱한 겉모습과는 어울리지 않는 하얗고 매끄러운 손이었다.

"두 발 달린 양고기요. 한번 드셔보겠소?"

뚱뚱보의 말에 나정은 고개를 갸웃거리며 물었다.

"세상에 두 발 달린 양(羊)도 다 있나요?"

“쯧쯧, 아직 어린 스님이라서 천하일미 양각양(兩脚羊)을 다 모르는구려.”

뚱뚱보는 혀를 차면서 말했다.

“세상에 수많은 종류의 고기가 있지만, 그중의 바로 으뜸이 바로 이 양각양이라네. 이놈의 고기를 한번 맛보면 가슴이 두근거리고 정신이 혼미해지며 입 안이 달콤한 기분에 절대로 그 맛을 잊지 못하게 되지. 어떤 이들은 그 맛을 잊지 못해서 제 부모마저 잡아먹으려 든다네.”

나정은 묵묵히 뚱뚱보의 설명을 듣다가 다시 고개를 갸웃거리며 질문을 던졌다.

“대체 무슨 맛이기에 제 부모를 잡아먹으려 한답니까? 설마하니 사람 고기와 맛이 비슷한 것은 아니겠죠?”

“아직도 모르겠느냐?”

문득 노승이 입맛 떨어진다는 표정을 지으면서 그를 나무랐다. 나정의 고개가 노승에게로 향했다. 노승은 손에 들고 있던 오리고기를 아무렇게나 내던지며 말했다.

“양각양은 말 그대로 사람 고기를 이름이다. 두 발이 달린 양고기리는 말처럼 그 맛이 매우 특이하고 가별하여 한번 입에 댄 사람은 결코 끊지 못하게 된다고 한다. 그러니 한번 사람 고기에 맛들인 사람은 제 부모도 몰라보고 덤벼드는 게 당연하겠지.”

노승의 말에 나정의 눈이 휘둥그레졌다.

"아니, 그럼 두 발 달린 양고기라는 게 바로 인육(人肉)을 가리키는 것입니까?"

그는 고개를 돌려 뚱뚱보를 바라보며 설마하듯 되물었다.

"농담이시겠죠? 진짜로 인육을 파는 것은 아니겠죠?"

그러자 뚱뚱보 상인은 오히려 그가 놀라는 것이 의아하다는 표정을 지으며 고개를 저었다.

"내가 왜 처음 보는 스님께 거짓말을 하겠나? 확실히 이 담자 안에 들어 있는 것은 양각양이라네."

"아, 아미타불, 아미타불……."

뚱뚱보의 태연자약한 말에 놀란 나정은 말을 더듬으면서 연신 불호를 외웠다. 너무나 당황스럽고 가슴이 두근거리는 나머지 사람의 고기를 팔고 다니는 뚱뚱보에게 분노를 느낄 수조차 없었다.

"이런이런……. 이래서 세상 물정 모르는 젊은이들과는 상대하기가 어렵다니까."

뚱뚱보는 넋이 나간 듯한 표정으로 자신을 바라보며 불호를 외우는 나정을 보면서 고개를 설레설레 흔들었다. 그리고는 시선을 돌려 노승을 바라보며 다시 사람 좋은 미소를 지으며 말했다.

"노스님께서는 이 양각양의 기막힌 맛을 아실 것도 같으니…… 어떻소, 한 그릇 팔아주시는 것이."

"됐소."

노승은 짧게 말했다. 그리고는 영 마땅치 않다는 표정으로 뚱뚱보를 노려보며 말을 이었다.

"사람으로 태어나서 사람의 고기를 먹는다는 것은, 세상의 그 어떤 죄악과도 비교할 수 없는 커다란 죄악이오. 부처를 모시고 있는 몸으로 어찌 감당하려고 그런 죄악을 저지를 수 있겠소?"

"흥!"

노승이 한바탕 설교를 늘어놓을 때, 문득 같잖지도 않다는 듯한 코웃음이 사당 밖에서 들려왔다.

사람들의 시선이 그쪽으로 쏠렸다.

이내 허리가 구부정한 한 노파(老婆)가 용두괴장(龍頭拐杖)을 짚고서 안으로 들어왔다. 한 손으로 용두괴장을 짚고 힘겹게 걸음을 옮기는 노파의 다른 손에는 검은색의 조그마한 보자기가 들려 있었다.

노파는 사당 안으로 들어서자마자 비웃는 표정을 지으며 노승을 바라보았다. 그리고 냉랭한 어조로 그를 향해 말했다.

"부처를 모시는 몸이라고 하셨나?"

노승은 기이한 시선으로 노파를 바라보다가 천천히 고개를 끄덕였다.

"그렇소."

"개 방구 같은 소리!"

노파는 이죽거렸다.

"부처를 모시는 몸으로 술과 오리 구이를 먹는 것은 죄악이 아니던가? 오리나 사람이나 목숨을 지닌 동물이라는 것은 매한가지! 그런데도 사람이기 때문에 먹지 못하고 오리이기 때문에 먹을 수 있다는 것은 그저 눈 가리고 아웅 하겠다는 심보와 다를 게 뭐가 있겠느냐?"

"아니, 분명히 다르오."

노파의 말에 노승은 결연히 고개를 저으며 말했다.

지금 그의 표정에는 숙연한 기운까지 감돌고 있어서, 평소 그의 모습과는 영 딴판이었다. 그는 노파의 쭈글쭈글한 얼굴을 쳐다보면서 천천히 말을 이어나갔다.

"부처께서 이르시기를, '사람이 짐승을 죽이면 짐승은 죽어 사람이 되고 사람은 죽어 짐승이 된다' 고 하셨소. 그 말씀 중에서 어느 것이 인(因)이며 어느 것이 과(果)라 할 수 있겠소? 또 어느 것이 선(善)이고 어느 것이 악(惡)이겠소?"

그는 잠시 말을 멈추고 사람들을 둘러보았다.

갑작스런 그의 질문에 용두괴장의 노파는 물론 아무도 대답하지 못했다. 또 노승 또한 자신의 질문에 대한 답이 나오기를 기대하지도 않았다는 듯이 말을 이었다.

"빈승은 오리고기를 먹어 그 오리로 하여금 후생(後生)에서는 유정(有情)의 영예요 성불(成佛)의 관문인 인신(人身)을 받게 하고, 또 빈승 스스로는 죽어 오리가 되는 것이니 어찌 그 공덕(功德)이 적다 하겠소? 이것이야말로 '내가 지옥에 가지 않으면 누가 가겠느냐? 라는 살신성인(殺身成仁)의 도리라고 할 수 있소."

얼굴 가득 비웃음을 담고서 노승을 바라보던 노파의 얼굴이, 그의 이야기가 진행되어 갈수록 차츰 굳어지더니 마침내 노승의 말이 끝날 때쯤 되어서는 핼쑥하게 변해 있었다.

노승은 불호를 외우며 다시 말했다.

"그러나 사람은 다르오. 빈승이 사람 고기를 먹는다고 해서 죽은 사람이 다시 사람으로 태어나는 것도 아니고, 빈승 또한 후생에 사람으로 다시 태어나지도 않소. 외려 무간지옥(無間地獄)에 빠져서 간단(間斷)없는 고통을 받게 될 것이 분명하오. 그리고 비록 생사에 초연하고 세상 도리에 달관한 빈승이지만 결코 무간지옥에는 들어가기 싫소."

"으음……."

노파는 이대로 노승의 말을 인정하기 싫었는지 볼에 바람을 넣고 뭔가 한마디 하려고 했다. 하지만 결국 끄응, 하면서 고개를 돌려야만 했다. 아무리 생각해도 노승의 말에 반박할 말이 떠오르지 않았던 것이다.

바로 그때였다.

짝짝짝—

박수 소리와 함께 낭랑한 음성이 사당 밖에서 안으로 흘러 들어 왔다.

"대단하군. 흑대낭랑(黑袋娘娘)의 매서운 입을 다물게 만들다니, 근래에 보기 드문 연설이었습니다!"

동시에 청수(淸秀)한 기품의 중년 문사가 사당 안으로 걸어 들어왔다.

문사가 사당 안으로 들어서자 뚱뚱보 장사치와 흑대낭랑이라 불린 노파의 얼굴색이 살짝 변했다. 그 얼굴 표정으로 보아 장사치와 노파는 저 청수한 기품의 문사를 적잖이 어려워하는 듯 보였다.

그러나 문사는 그들을 거들떠보지도 않은 채 모닥불 앞에 볼품없는 자세로 앉아서 불을 쬐고 있는 노승을 향해 가볍게 인사하며 말했다.

"호북(湖北)의 진서문(陳瑞門)이 고승(高僧)께 삼가 인사드립니다."

노승은 아무 말 없이 눈을 끔뻑거리면서 진서문이라고 자신을 소개한 중년 문사를 가만히 쳐다보았다.

사실 지금 노승의 표정과 행동은 진서문이라는 문사의 입장에서 보았을 때 상당히 무례하다고도 볼 수가 있었지만, 진서문은 거리낌없이 미소 지으며 입을 열었다.

"불경에 이르기를, 불사선(不思善) 불사악(不思惡), 불사선(不捨善) 불사악(不捨惡)이라고 하더니, 그 화두(話頭)를 몸소 실천하시는 고승이 계실 줄은 미처 몰랐습니다."

나정의 눈이 휘둥그레졌다.

방금 그가 말한 내용은 천축(天竺)의 마가살법경(摩訶薩法

經)이라는 불경에 나오는 구절로, 어느 정도 수행을 했다고
자부하는 스님들조차 제대로 알지 못하는 내용이었다. 그러
한 구절을, 공맹(孔孟)의 사상에나 흠뻑 젖어 있을 듯한 저 중
년 문사가 아무렇지 않다는 듯이 읊어대다니…….

진서문의 그 말에 놀란 이는 나정뿐만이 아니었다. 노승 또
한 고개를 외로 꼬면서 새롭다는 시각으로 쳐다보았다. 그러
다가 문득 고개를 숙여 가사 자락을 훑어보며 중얼거렸다.

"대충 옷이 마른 듯하니 이제 일어설 때가 된 것 같구나.
괜히 까마귀들 노는 곳에 가까이 있다가는 무슨 봉변을 당할
지 모르니까."

노승의 중얼거림은 나지막했다.

하지만 흑대낭랑이라는 노파와 뚱뚱보 장사치는 매우 귀
가 밝은 듯 하나같이 인상을 찡그렸다. 그러나 진서문은 얼굴
색 하나 바뀌지 않고 웃으며 손을 내저었다.

"그러실 이유가 어디 있습니까? 아직 바깥바람은 차갑고
밤이슬이 사위를 적시고 있습니다. 연세 지긋한 노인이 돌아
다니기에는 제법 힘든 게 밤의 산길입니다. 그러니 우리는 상
관하지 마시고 편히 앉아 계시기 바랍니다."

"그래도 되겠소?"

노승은 처음으로 진서문을 향해 말을 건넸다. 진서문은 드
디어 대화를 나누게 되어서 기쁘다는 듯이 웃으며 대답했다.

"오히려 고인을 모시게 된 제가 기쁠 따름입니다."

"끄응, 그렇게까지 말하는 데야 어찌 자리에서 일어날 수 있겠나. 그럼 우리는 없다손 치고 마저 볼일들이나 보시오."

"볼일을 보기에는 아직 시간이 있습니다. 그러니 잠시 제게 세상 돌아가는 이치나 가르쳐 주시지요."

그렇게 말한 진서문은 아예 모닥불 가로 걸어오더니 노승의 옆자리에 털썩 주저앉았다. 보통 사람이라면 꽤 거칠어 보이는 행동이었겠지만 그의 모습을 보고 있으려니 왠지 행동 하나하나에 고귀한 품위가 넘쳐흐르는 듯싶었다.

그러나 노승은 전혀 반갑지 않다는 듯이 투덜거렸다.

"천하에 어느 누가 있어서 마유(魔儒) 진서문을 가르칠 수 있겠소? 이 늙은 중 또한 감히 그럴 자격은 없다오."

나정은 고개를 갸웃거렸다.

노승은 지금 평소의 성격으로 보아 전혀 어울리지 않는 말을 하고 있었다. 스스로 살아 있는 부처라고 자부하는 그가 가르칠 자격이 없다고 도리질을 하다니, 대체 저 마유 진서문이라는 자의 정체가 어떠하기에 그런 말을 스스럼없이 내뱉는 것일까.

노승의 말에 마유 진서문은 깜짝 놀라는 시늉을 했다. 그리고는 가만히 노승의 얼굴을 들여다보다가 문득 한숨을 내쉬며 절레절레 고개를 흔들었다.

"단 한 번도 저와 만난 적이 없으면서도 제 정체를 단번에 알아보다니, 역시 고인다운 대단한 안목을 지니셨군요."

“그야 시주의 동료들이 곁에 있으니까.”

노승은 다시 한숨을 쉬며 말을 이었다.

“강호의 일에 조금이나마 관련이 있는 자라면 사람의 고기를 파는 인육상(人肉商) 포단(包丹), 그리고 검은 주머니에다가 기름에 살짝 볶은 사람의 눈알과 혓바닥, 귀를 담아서 가지고 다니는 흑대낭랑을 모를 리 없을 것이오. 또 그들 귀문사마(鬼門四魔)의 우두머리가 청수한 인상의 중년 문사인 마유 진서문이라는 사실을 모를 사람도 없을 터이고.”

진서문은 즐겁다는 듯이 웃었다.

“하지만 사람들이 그러한 사실을 알고 있다 하더라도 제 앞에서는 감히 대놓고 제 별호와 이름을 말하지는 않습니다. 하지만 스님께서는 전혀 개의치 않고 제 이름을 부르셨으니, 그것만으로도 스님께서 남다르다는 사실을 증명하는 게 아니겠습니까?”

그의 거듭되는 칭찬에 노승의 얼굴에 자랑스러운 기색이 떠올랐다. 그것은 마치 태어나서 처음으로 똥오줌을 가린 덕분에 한껏 부모의 칭찬을 받게 된 다섯 살 꼬마의 의기양양한 모습과도 같아 보였다.

노승은 어깨를 으쓱거리며 거들먹거렸다.

“사실 말이 나왔으니 말이지, 세상에 그 무엇이 있어서 이 늙은 중을 망설이게 하고 두렵게 하겠소? 세상 사람들 모두 마유를 두려워하고 무서워하지만 이 늙은 중의 눈으로 보기에는 그대라는 사람은 아직 좀 더 세상을 배워야 하는 어린 친구에 불과하지.”

순간 진서문의 눈동자 깊은 곳에서 새파란 섬광(閃光)이 일렁거렸다. 그러나 그 섬광은 나타나자마자 사라졌기 때문에, 또한 마침 노승은 고개를 쳐들고 웃고 있었기 때문에 그 사실을 알 수가 없었다.

삐거덕.

문소리가 나면서 다시 한 사람이 들어왔다.

“아함, 졸려.”

이십대 중반으로 보이는 여인은 사당으로 들어서자마자 풍만한 육체를 한껏 비틀며 기지개를 폈다. 너무 일찍 일어나서, 혹은 아직도 잠을 자지 못하는 바람에 너무 졸린다는 표정이었다.

그녀가 몸을 비틀며 기지개를 펴자 풍만한 젖가슴과 탱탱한 둔부가 옷 밖으로 삐져나올 것만 같았다.

그녀가 들어올 때부터 멍한 표정으로 그녀의 아름다운 얼굴을 쳐다보고 있던 나정은 그녀의 뇌쇄적인 몸짓에 그만 얼굴을 붉히며 고개를 숙였다. 감히 그녀의 도발적인 자세를 계속해서 바라볼 배짱이 없었던 것이다.

‘여자들이란 다들 저런가? 염화선자도 그렇지만 이 여인은 더욱더……’

나정은 속으로 중얼거렸다.

염화선자도 아름다운 얼굴에 육감적인 몸매를 지녔지만, 방금 들어온 여인에 비하자면 외려 평범하다 할 수 있었다. 그녀는 말 그대로 꽃처럼 아름다웠다.

"흥, 나이는 똥구멍으로 처먹었나? 그 나이를 먹고서도 창피한 게 무엇인지 모르니 말야."

문득 흑대낭랑이 여인을 보며 가소롭다는 듯이 중얼거렸다. 비록 조그맣게 한 소리였지만, 젊은 여인은 흘려듣지 않은 듯 표독스러운 표정을 지으며 흑대낭랑을 향해 소리쳤다.

"넌 언니한테 그게 무슨 말버릇이니? 그리고 원래 여인이란 아름다움이 생명이야! 네 꼴을 좀 봐! 그런 모습을 하고 있는데 세상의 어느 사내가 네게 눈을 돌리겠니?"

"흥, 버러지만도 못한 사내들이 내게 눈을 돌린다는 것만 생각해도 소름 끼치우, 나는. 차라리 그놈들의 눈을 파서 기름에 볶는 게 낫지, 그들의 더럽고 추잡한 눈빛을 어떻게 그냥 둘 수 있겠수?"

흑대낭랑의 말에 여인은 어처구니가 없다는 눈빛으로 그녀의 쭈글쭈글한 얼굴을 바라보았다.

여인은 한숨을 쉬며 말했다.

"넌 네 얼굴도 보지 않고 사니? 그 얼굴을 하고 있는데 어느 사내가 미쳤다고 더럽고 추잡한 눈빛으로 너를 바라보겠니?"

흑대낭랑의 얼굴이 살짝 변했다.

　그녀 또한 자신의 몰골이 어떤지 알고 있었기에 무안한 듯 얼굴을 붉힌 것이다. 하지만 그녀는 곧 표정을 바꾸며 끝까지 우겼다.

　"어쨌든! 그깟 사내들의 눈에 잘 들기 위해서 그렇게 야한 치장을 한 언니가 한심스럽소!"

　"그만, 그만."

　그녀들의 다툼을 듣던 마유가 지겹다는 표정을 지으며 입을 열어 제지했다. 그러자 밤새도록 설전을 벌일 것만 같던 두 여인은 금세 입을 다물었다.

　흑대낭랑은 힐끔 여인을 노려보고는 인육상 포단에게서 그리 얼마 떨어지지 않은 제단의 바로 아래쪽에 자리를 잡고 앉았으며, 묘령의 여인은 흑대낭랑을 향해 입술을 삐죽 내밀어 보이고는 탱탱한 둔부를 살랑살랑 흔들며 진서문의 곁으로 다가왔다.

　"미안해요, 대가(大哥). 워낙 추(秋) 동생의 성격이 막돼먹어서 말이죠."

　그녀의 말에 흑대낭랑의 눈꼬리가 매섭게 휘어지는 동시 그녀의 입에서 투덜거리는 소리가 흘러나왔다.

　"그래도 네년처럼 후안무치(厚顏無恥)하지는 않다."

　그 소리는 제법 커서 나정 또한 똑똑하게 들을 수가 있었지만, 웬일인지 여인은 전혀 상관하지 않은 채 진서문의 곁에 바짝 달라붙어 앉으며 노승과 나정을 번갈아 바라보았다.

"웬 중놈들이죠? 설마 우리의 회합을 눈치채고 소림사에서 보낸 밀정(密偵)은 아니겠죠?"

진서문은 쓴웃음을 지으며 고개를 저었다.

"우리의 회합이 얼마나 거창한 일이라고 소림사에서 밀정까지 보내겠느냐?"

그렇게 여인의 의문을 일축한 그는 노승을 돌아보며 말을 이어나갔다.

"이 노스님은, 그러니까……."

그는 말꼬리를 흐리면서 노승을 바라보았다. 그 눈빛의 의미가 무엇인지 모를 노승이겠느냐만, 웬일인지 입을 다물고 딴청을 부렸다.

진서문은 들릴 듯 말 듯 한숨을 내쉬며 다시 말을 꺼냈다.

"이 노스님은 정체를 감춘 고인이시지. 그리고 이쪽 젊은 스님은 노스님의 제자인……."

진서문의 눈빛이 자신을 향하자 나정은 엉겁결에 자리에서 벌떡 일어났다. 그는 고개를 돌리고 딴청을 피웠던 노승과는 달리 반장을 취하며 순순히 자신의 법명을 밝혔다.

"나정이라고 합니다."

여인은 정체를 감춘 신비한 고인이라는 노승에게는 전혀 신경 쓰지 않고 나정의 얼굴만 쳐다보았다. 그녀의 아름다운 입가에 달콤한 미소가 매달렸다.

"어머, 나이보다 힘이 좋게 생긴 얼굴을 하고 있네."

나정은 그녀가 자신의 얼굴을 뚫어지게 쳐다보자 절로 얼굴이 빨갛게 물들었다.

그는 얼른 고개를 숙이며 말했다.

"예, 예전부터 힘이 좋다는 소리는 들었어요. 웬만한 장작더미는 한 손으로 옮기니까."

"바보!"

나정의 말에 여인은 가녀린 손을 들어 입을 막으며 까르르 웃음을 터뜨렸다. 옥(玉)으로 만든 구슬이 굴러가는 듯 맑고 낭랑한 웃음소리가 사당 안을 가득 메웠다.

"흥! 도대체가 나잇값을 못한다니까. 제 손자뻘도 안 되는 어린아이 앞에서 저렇게 오두방정을 떠는 꼴이라니."

흑대낭랑이 비웃었지만, 나정은 그녀의 말을 들을 수가 없었다. 이미 그는 묘령의 여인에게서 눈과 귀를 뗄 수가 없었던 것이다. 그녀의 일거수일투족이 그의 눈에 선명하게 박혔으며, 그녀의 음성과 웃음소리가 그의 귀를 점령했다.

이른 바 눈이 있어도 보지 못하고 귀가 있어도 듣지 못한다더니, 지금 나정이 그녀에게 혹해서 다른 사람들은 전혀 인식하지 못하는 모습이 바로 그러했다.

딱!

경쾌한 소리와 함께 나정의 두 눈에서 불똥이 튀었다. 보다 못한 노승이 그의 뒤통수에 알밤을 먹인 것이다.

"아야!"

두 손으로 황급히 머리를 감싸며 저도 모르게 크게 비명을 지른 나정은 그제야 자신의 추태를 깨닫고는 어쩔 줄 몰라 했다. 여인은 그런 나정의 모습을 배시시 미소를 머금은 채 지켜보며 말했다.

"난 아가(雅嘉)라고 해요, 어린 스님."

나정은 감히 그녀의 얼굴을 바라보지 못하고 고개를 숙인 채 그녀의 이름을 속으로 되뇌었다.

'아가, 아가라……. 정말 아름다운 이름이구나.'

노승은 그런 나정이 못마땅한 듯 혀를 차면서 말했다.

"자고로 색(色)의 관문이 그 무엇보다 무섭다 하더니, 네 모습을 보니 가히 짐작할 수 있겠다."

그는 고개 숙인 나정을 보며 나무랐다.

"불자(佛子)의 눈을 지니고서 여인의 얼굴을 바라보지 못한다는 것은 아직 네 수양이 부족하다는 뜻, 암자로 돌아가는 대로 면벽수련을 하거라."

"네, 노스님."

나정은 기어들어 가는 소리로 말했다.

그때 아가라고 자신을 소개한 여인이 노승을 바라보며 살포시 미소 지었다.

"말씀만 들어도 대단한 공력을 지니신 스님이라는 걸 알 수가 있겠네요."

노승은 어깨를 으쓱거렸다.

"대단할 것까지는 없겠지만, 그래도 노납이 살아 있는 부처라는 소리는 자주 듣는 편이라오."

"푸훗."

노승의 자화자찬에 아가는 어깨를 들썩거리며 웃었다. 그리고는 애교 넘치는 표정을 지으면서 노승의 얼굴 가로 자신의 얼굴을 들이밀었다.

"그렇게 대단한 스님이라면, 제 얼굴을 보고서도 다른 마음은 품지 않으시겠네요?"

"물론!"

노승은 당연하다는 듯이 짧게 끊어 말하면서 아가를 바라보았다. 그러나 바로 자신의 코앞에서 생글생글 미소 짓는 그녀의 얼굴을 보더니 아무래도 어색한지 헛기침을 하며 고개를 돌렸다.

"그렇게 빤히 쳐다보니까 무안하군그래."

그의 말에 갑자기 아가는 정색하며 말했다.

"무안하다는 것은 마음속에 부끄러운 감정이 담겨 있다는 뜻이겠죠. 그리고 부끄럽다는 것은 하늘을 우러러 스스로 광명정대하지 못하다는 뜻이겠구요."

그녀의 진지한 말투에 노승은 적지 않게 당황한 듯 다시 그녀를 바라보며 입을 열었다.

"무안하다는 것과 광명정대하지 못하다는 것은……."

"결코 다른 말이 아니죠. 한 점 부끄러움이 없다면 결코 무안해하지 않을 것이고, 무안하지 않으면 제 얼굴을 외면하지 않았을 테니까 말이에요. 안 그런가요?"

그녀는 노승의 코앞에서 그의 눈동자를 들여다보면서 방긋 웃었다.

노승은 그녀의 말이 뭔가 잘못되었다는 것을 알고 있었다. 하지만 쉽게 입을 열 수 없었다.

그것은 물론 그녀의 말에도 일리가 있기도 한데다가, 무엇보다 빤히 자신을 바라보는 그녀의 반짝이는 눈에서 도저히 시선을 뗄 수가 없었기 때문이다.

"허험."

그는 다시 헛기침을 하며 고개를 돌렸다.

'이것 참, 기껏 염화선자를 내쫓았더니 이번에는 이런 요물단지와 마주치네그려. 허허, 이 무슨 전생의 업보인지……'

내심 그렇게 투덜거리던 노승은 문득 애꿎은 나정을 바라보며 짜증을 부렸다.

"이 모든 것이 네 잘못이다. 네가 멍청하게 구는 바람에 노납까지 덩달아 멍청해지는 것 같구나. 아, 하기야 제자의 잘못은 스승이 잘못 가르친 탓이니 노납 또한 암자로 돌아가면 널 잘못 가르친 것에 대한 반성의 뜻으로 면벽수련을 해야겠다."

진서문이 웃으며 말했다.

"이것으로 왜 아가가 흑대낭랑의 언니인지 그 이유가 확실
해지는군."
　그 말에 아가는 보조개가 움푹 파이도록 미소를 짓고서 진
서문의 팔을 붙잡고 아양을 떨었으며, 흑대낭랑은 주름살 접
힌 얼굴을 찌푸리며 입술을 삐죽였다.

1

　"외인이 있는 자리에서 회합을 시작한다는 것은 오라버니다운 생각이 아니구려."

　흑대낭랑이 가뜩이나 못생긴 얼굴을 구기며 토를 달았다. 하지만 진서문은 조용히 웃으며 말했다.

　"서로 안면을 나누고 말을 섞었으니 굳이 외인이라고 할 것까지는 없다. 게다가 우리의 회합이라는 건 설사 외인이 듣는다 하더라도 문제될 것이 없지 않겠느냐?"

　"그건 대가의 말이 맞아요. 뭐 우리가 죽을죄를 진 것도 아니고 누구를 음해하려는 음모를 꾸미는 것도 아니니까요."

　아가의 말에 흑대낭랑은 살짝 눈살을 찌푸렸다. 콧잔등의 주름이 세로로 길게 잡혔다.

"그럼 막내부터 말해보거라."

진서문은 포단을 바라보며 말했다.

뚱뚱보 포단은 힐끔 노승과 나정을 돌아보고는 아무래도 외인이 있다는 게 어색한지 쑥스러운 표정을 지으며 입을 열었다.

"이번 달에는 하남의 조씨라는 부자의 다리 한쪽과 보양(補陽) 땅의 지주인 송씨 늙은이의 왼팔을 잘라서 탕(蕩)을 끓였소. 그 고기를 팔아 은자 오천삼백육십 냥의 이득을 챙겼으며, 그중 삼천이백칠십오 냥을 순이익으로 남겼소."

"제법 짭짤하군그래. 낭랑은?"

"개봉부(開封府)의 추관(推官) 사문군(史文君)의 눈알을 뽑아 기름에 튀겼으며 조영현(朝永縣)의 현령(縣令) 구(丘) 대감의 혀를 잘라내어서 볶았소. 그리고 그 요리를 팔아서 사천구백구십 냥을 벌었고 순이익으로 사천 냥을 남겼소."

진서문은 얼굴을 살짝 찡그리며 말했다.

"너무 이문을 과하게 남겼네. 그렇게 많이 남길 이유가 있었나?"

그의 안색이 찌푸려지자 흑대낭랑은 황급히 고개를 숙이며 대답했다.

"이문을 많이 남기려고 남긴 것이 아니오. 이번 행사를 도와준 사람들이 한사코 돈을 받지 않으려고 하는 바람에……."

"어쨌든 그렇게까지 이문을 많이 남기게 되면 사람들이 우리를 욕할 게 틀림없어. 가뜩이나 사대혈마(四大血魔)니 귀문사마니 해서 우리를 보는 눈들이 곱지 않은 마당에, 우리가 그런 폭리를 취하면 어떡하겠나?"

진서문의 나무람에 인육상 포단이 마땅치 않다는 표정을 지으며 반론을 펼쳤다.

"하지만 형님, 그놈들은 남의 속사정은 알지도 못하면서 그저 허투루 입방아만 찧는 녀석들이오. 그깟 녀석들이 욕 좀 한다고 해서 두려울 게 무어 있겠소? 언제부터 우리가 그런 녀석들의 입을 무서워했다는 말이오?"

진서문은 시선을 돌려 발끈하는 포단을 바라보며 타이르듯 천천히 말했다.

"자네의 말이 틀리다는 것이 아니야. 나는 단지 이왕 좋은 일을 하면서 칭찬은 듣지 못할망정 굳이 욕을 얻어먹을 이유가 없다는 뜻이네."

그러나 포단도 지지 않고 응수했다.

"형님, 옛말에 이르기를, '위선무근명(爲善无近名)하고 위악무근형(爲惡无近刑)하라' 했소. 애당초 우리가 칭찬을 받기 위해서 좋은 일을 하는 게 아닌 이상, 아무것도 알지 못하는 세인들의 칭찬이나 욕이 무슨 상관이 있다는 말이오?"

안 그래도 그들의 기이한 대화에 놀라 두 귀를 쫑긋 세우고

훔쳐 듣던 나정은 포단의 말에 저도 모르게 고개를 들어 그를
바라보았다.

저 사람 고기나 팔고 돈만 밝힐 것 같이 생긴 사내는 생김
새와는 전혀 다르게 박학다식한 듯, 남화진경(南華眞經:莊子)
에 나오는 한 구절을 인용해서 제 할 말을 하고 있었던 것이
다.

그가 인용한 구절은 '세상에서 착하다고 하는 일을 하더라
도 이름이 날 정도로는 하지 말고, 세상에서 나쁘다고 하는
일을 하더라도 벌받을 정도로는 하지 말라' 라는 의미였다.

자못 놀란 표정으로 잠시 포단의 얼굴을 훔쳐보던 남정은
이내 고개를 돌렸다. 그리고 제 옆에 금강좌(金剛坐:坐定)를
틀고 앉아 있던 노승을 향해 속삭이듯 물었다.

"대체 저들의 정체는 무엇인가요? 또 저들이 말하는 이야
기들은 대체 무엇이죠? 사람의 팔다리를 자르고 눈알을 파내
고 혀를 자르면서 착한 일이니 칭찬받을 일이니 하는 까닭이
어디에 있나요?"

그는 마음속에 담겨 있던 궁금증을 한꺼번에 털어놓았다.
사실 귀문사마가 누구인지도 모르는 그로서는 너무나도 당연
한 궁금증들이었다. 그러나 노승은 반개한 눈으로 고요히 모
닥불의 불꽃만을 응시할 뿐 아무런 대답도 하지 않았다.

의혹과 기대가 반반씩 섞인 눈길로 잠시 그의 얼굴을 들여
다보던 나정은 노승의 침묵에 답답했던지 다시 입을 열어 질

문을 던졌다.

"저어, 노스님, 주무십니까?"

순간 정좌한 허벅지 위에 가지런히 놓여 있던 노승의 손이 전광석화와 같은 빠르기로 움직였다. 동시에 딱! 하는 소리가 나정의 정수리에서 터져 나왔다. 또다시 알밤을 한 대 얻어맞은 것이다.

노승은 반쯤 감았던 눈을 크게 떠 부라리며 머리를 얼싸안고 아파하는 나정을 노려보았다.

"내가 네놈 때문에 되는 일이 없다, 없어!"

높은 숫자가 나오면 판돈을 긁는 주사위 놀음에서, 육육육(六六六)을 던져 놓고 환호하다가 마침 옆 사람이 재채기를 하는 바람에 주사위들이 뒤집어져 그만 일일일(一一一)이 되어 버린 광경을 바라보는 노름꾼의 표정을 지으면서 노승은 연신 나정에게 소리쳤다.

"노납은 지금 해탈에 이를 수 있는 무아지경(無我之境)에 빠져 있었던 게야. 어쩌면 오늘 바로 이 자리에서 노납이 부처가 되었을지도 모르는 일이지. 그런데 네놈이 자꾸만 말을 건네는 바람에 도로 나무아미타불이 되고 말았으니, 네놈은 무엇으로 그 죄를 감당할 것이더냐? 어찌 된 녀석이 허구한 날 스승의 다리를 잡아채지 못해서 안달이란 말이냐?"

노승의 따가운 질책에 나정은 자라목이 되었다. 사부의 해탈을 방해하다니, 그보다 중한 죄가 어디 있다는 말인가. 그것은 어떠한 변명으로도 용서받지 못할 일이었다.

나정은 생각하지도 않은 커다란 실수에 식은땀을 흘렸다.

하지만 그는 곧 속으로 고개를 갸웃거렸다. 분명 그는 노승이 코를 고는 소리를 들었기에 지금 주무시는 거냐고 물어본 것이다. 과연 잠을 자면서 해탈의 경지에 오를 수도 있는 일일까.

어찌 되었든 그는 눈물을 글썽이며 고개를 숙였다. 잘못을 비는 나정의 음성이 사뭇 떨렸다.

“죄송합니다. 제가 죽을죄를 졌습니다.”

그의 목소리와 표정이 얼마나 처연했던지 노승의 노기 가득한 얼굴이 슬그머니 풀어졌다.

노승은 아깝지만 할 수 없다는 듯한 표정을 지었다. 그리고 손을 들어 나정이 눈치채지 못하게 입가의 침을 닦으며 천천히 입을 열었다.

“그래, 죄를 뉘우친다니 됐다. 앞으로는 한마디를 하고자 할 때 두 번 생각하고 한 번 더 생각해서 입을 열도록 하거라. 알겠느냐?”

“명심하겠습니다.”

그들이 대화를 나누는 동안 어느새 귀문사마의 회합은 끝이 난 듯했다. 귀문사마는 잠시 낮은 목소리로 두런두런 이야기를 나누다가 자리에서 일어났다.

사당 밖으로 걸음을 옮기던 진서문이 문득 고개를 돌려 노승을 바라보며 입을 열었다.

"이렇게 만난 것도 인연이라 할 수 있는데, 스님의 법명도 모르고 헤어진다면 그야말로 안타까운 노릇이겠죠."

당신의 정체를 가르쳐 달라는 진서문의 말에 이번에도 노승은 눈을 감고 염주(念珠)를 굴리면서 딴소리를 했다.

"한갓 인연이라는 것에 집착한다면 세상 모든 일이 자신의 발목을 채우는 족쇄가 될 것이오. 그러니 집착을 버리시오. 인연을 버리시오."

그의 알 듯 모를 듯한 말에 아가라는 여인이 피식 웃으면서 참견했다.

"그럼 스님은 모든 집착을 버리셨나요?"

"물론이오."

"하지만 아닌 것 같네요, 제가 보기에는."

"그게 무슨 뜻이오?"

그녀의 비웃는 듯한 말투에 노승은 눈을 뜨며 그녀를 노려보았다. 그러나 그녀는 전혀 겁먹지 않고 계속 말을 이어나갔다.

"만약 스님께서 집착을 버리셨다면, 왜 대가의 질문에 답을 하지 않으시는 거죠? 그것은 스님의 법명을 가르쳐 주지 않겠다는 집착이 아니고 또 뭔가요? 집착을 버려라, 인연을 버려라 하는 것들 모두 스님의 정체를 가르쳐 주기 싫다는 집착에서 나온 말들에 불과하지 않나요?"

"그, 그건……."

노승은 말을 잇지 못했다.

이번에도 그녀의 말이 그의 정곡을 찌른 듯 노승은 마치 가래침을 뱉으려다가 그만 삼켜 버린 사람과도 같은 표정을 지은 채 노려볼 따름이었다.

그렇게 아가를 노려보던 노승은 길게 한숨을 쉬며 불호를 외웠다. 그리고는 갑자기 나정을 돌아보며 질문을 던졌다.

"세상에서 가장 상대하기 힘든 부류의 사람들이 누구인지 너는 아느냐?"

나정은 갑작스런 그의 질문에 눈을 동그랗게 뜨고 고개를 흔들며 대답했다.

"모릅니다, 노스님."

"자고로 여인과 말다툼을 벌여서 이길 사람 없고, 늙은이의 고집을 꺾을 사람이 없으며, 아이의 투정을 받아낼 사람이 없다고 했다. 한데 너는 왜 여인과 말다툼을 해서 이길 사람이 없다고 하는지 아느냐?"

"모릅니다."

"여인이란 이성적으로 대화를 나누는 것이 자신에게 불리하다고 여겨지면 갑자기 감정적으로 대응하고, 또 감정 싸움이 불리하다 여겨지면 이성적인 논리를 펼치는 법이다. 그 논리의 변화가 무쌍하고 어지러운 바, 아무리 노납이 살아 있는 부처라고 해도 어찌 여인과 입씨름을 벌여 이길 수가 있겠느냐?"

노승의 천연덕스러운 말에 아가는 발끈했다. 그러나 곧 배시시 웃으며 말했다.

"하아, 그럼 늙은 스님께서는 저와 논쟁을 벌여서 이길 수 없다는 것을 스스로 시인하시는 건가요?"

"아니, 논쟁이 되지 않는 것이야."

노승은 고개를 돌려 아가를 바라보며 대답했다. 어느새 그의 눈빛은 진지해졌다.

"논쟁이 되지 않는다니요?"

그녀의 눈이 휘둥그레 커졌다.

그녀의 말 한마디와 행동 하나, 표정 하나하나에는 사내의 가슴이 절로 두근거리고 심지어는 넋을 잃게 만들 정도의 유혹이 철철 넘쳤다. 하지만 이때의 노승은 한없이 위엄에 넘치는 표정을 짓고 있어서 어디에고 그녀의 유혹에 흔들리는 모습은 보이지 않았다.

노승은 말했다.

"만약 지금 빈승과 여시주가 논쟁을 한다고 하세. 여시주께서 빈승을 이기고 빈승이 여시주를 이기지 못했다면, 여시주의 말이 정말 옳고 빈승은 틀린 것인가? 또 빈승이 여시주를 이겼다면, 빈승이 정녕 옳은 것이고 여시주는 정녕 그른 것인가?"

노승의 질문에 아가는 대답하지 않았다. 아니, 대답할 수가 없었다. 노승의 또 다른 질문들이 아가의 멍한 표정을 뒤로하고 계속 이어지고 있었다.

"한쪽이 옳으면 다른 한쪽은 반드시 그른 것인가? 두 쪽이 다 옳거나 두 쪽이 다 그른 경우는 없겠는가? 당사자인 여시주도 빈승도 알 수가 없으니 다른 사람들은 더더욱 말할 나위가 없겠지. 그런데 어느 누구에게 물어서 옳고 그름을 가름할 수 있겠는가?"

노승의 말에 아가의 아름다운 눈동자는 더욱 커졌다. 그녀는 노승의 위엄 가득한 얼굴을 보면서 잠시 커다란 눈동자를 이리저리 굴리는 것이, 아마도 이번 노승의 이야기에 매우 당황한 듯싶었다.

그러다가 그녀는 문득 침착한 표정을 지으며 다시 입을 열려고 했다. 그러나 다음 순간 들려온 진서문의 낮은 목소리가 그녀의 입을 다물게 했다.

"이제 그만하라."

아가는 심통이 잔뜩 난 표정이었지만 감히 진서문의 말을 거역할 수는 없는 듯 붉은 입술을 삐쭉 내밀며 그를 쳐다보았다.

진서문의 얼굴은 의외로 굳어 있었다.

"불청객(不請客)들이 온 것 같다."

진서문의 말에 아가의 표정 또한 굳어졌다.

아가의 얼굴이 굳어졌다 그녀는 도톰한 입술을 잘강 깨물면서 고개를 돌려 주위를 살폈다. 그녀를 제외한 다른 귀문사마의 표정 또한 굳은 상태였다. 노승과 말다툼을 벌이느라고 그녀만 불청객들의 존재를 눈치채지 못한 것이었다.

"꽤 많이들 오셨군."

인육상 포단이 담자를 내려놓으면서 중얼거렸다.

아가는 정신을 집중하고 인기척을 살폈다. 그제야 그녀 또한 불청객들의 존재를 확인할 수 있었다. 어느새 사당 주위는 정체를 알 수 없는 자들의 호흡과 맥박으로 뒤덮여 있는 것이었다.

"서른 명은 족히 되는 것 같아."

흑대낭랑이 기쁘다는 표정을 지으며 쭈글쭈글한 입술을 핥았다. 아무래도 그녀는 자신의 검은 보자기 안에 들어갈 눈알과 혓바닥, 귀가 많아지는 것이 그저 즐거운 것만 같았다.

"관부(官府), 아니면 무림인?"

포단이 신중한 표정을 지으며 중얼거렸다.

"누가 미행당한 거지?"

아가가 짜증난다는 표정을 지으며 주위를 두리번거렸다.

"중요한 건 말이지, 한바탕 싸워야 한다는 거야."

흑대낭랑이 매우 기대된다는 듯이 말했다.

그렇게 귀문사마가 중구난방으로 대화를 나누고 있을 때, 문득 사당 밖에서 중후한 목소리가 들려왔다.

"이제 우리의 존재를 알아차린 것 같으니 어서들 나오시지, 귀문사마!"

그 목소리는 묘한 울림을 지니고 있어서 사당 안에 메아리 쳤다. 음성만으로도 지닌바 실력을 알 수 있을 정도로 우렁우 렁한 목소리는 곧바로 이어졌다.

"무기를 버리고 투항한다면 목숨은 살려줄 것이야!"

진서문이 피식 웃으며 중얼거렸다.

"아주 담대하기 그지없는 자로군. 어떻게 생긴 작자인지 얼굴을 확인하고 싶을 정도로군."

사당을 에워싼 많은 사람들이 결코 좋은 일로 모인 것은 아 니라는 사실 정도는 충분히 알 수 있는 일이었다.

어쩌면 귀문사마와 생사의 혈전을 벌이고자 찾아온 사람 들일 가능성이 높았다. 그럼에도 불구하고 진서문은 매우 침 착했다. 너무나 침착해서 오히려 투지가 없어 보일 정도로.

그는 깊게 가라앉은 눈빛으로 사당의 삐걱거리는 문을 응 시하다가 고개를 돌려 노승을 바라보며 조용히 말했다.

"사소한 일로 인해 스님의 참선이 방해하게 될까 두렵습니 다. 먼저 자리를 비우겠습니다."

노승은 반장을 하며 정중히 말했다.

"빈승은 신경 쓰지 말고 어서 볼일이나 보시게."

"그럼."

가볍게 고개를 까닥이는 것으로 인사를 대신한 진서문은 여유가 넘치는 걸음걸이로 문을 향해 걸어나갔다. 그 뒤를 귀문사마의 나머지 형제들이 따라 나갔다.

2

그들이 밖으로 나가자 노승은 길게 숨을 내쉬었다. 그리고는 몇 차례 불호를 외우며 마음을 진정시켰다. 약간의 시간이 흐른 후 노승은 고개를 설레설레 저으며 입을 열었다.

"화산의 용암이 녹이지 못하는 것이 있어도 몽요화(夢妖花)의 미소가 녹이지 못하는 것은 없다고 하더니, 하마터면 내 수십 년 수양도 그녀의 미소에 녹아버릴 뻔했구나."

그는 천만다행이라는 듯한 얼굴을 하고 있었다.

몽요화라면 세상에서 가장 아름다운 세 명의 여인 중 하나를 이르는 말로, 바로 아가라는 여인의 별호였다.

나정은 노승의 말에 비로소 한 가지 잊고 있었던 사실을 기억해 내고 얼른 입을 열었다.

"그런데 흑대낭랑이라는 할머니께서 저 아리따운 여시주의 동생이라니 도저히 믿지 못하겠습니다."

노승은 손에 들고 있던 염주를 굴리며 말했다.

"둘 중 한 사람이 나이를 속이고 있는 것이겠지."

"네?"

"몽요화가 주안술(朱顔術)을 익혀 늙음을 속이고 있거나, 흑대낭랑이 역용술(易容術)을 익혀 늙은 노파로 분장하고 있거나 둘 중 하나가 아니겠느냐?”

나정은 더욱 헷갈리는 듯 고개를 갸우뚱거렸다. 그때 노승의 나지막한 꾸지람이 떨어졌다.

“그들이 자리를 뜬 지가 언제인데 아직도 그들 생각에 정신을 팔고 있느냐? 이미 지나간 것은 지나간 것에 불과할 뿐, 그렇게 한눈팔 시간이 있으면 정진할 생각이나 하거라.”

나정은 얼굴을 붉히며 어깨를 움츠렸다. 노승의 질책이 평소와는 달리 상당히 매섭게 느껴진 까닭이었다.

한편, 문밖에는 대략 십여 명의 사람이 병장기를 꼬나쥐고 서 있었다. 누군가 진서문과 일행이 걸어나오는 것을 보고 길게 휘파람을 불었다.

삐익— 소리가 여운을 남기기도 전에 스무 명가량의 사람들이 어둠 속을 뚫고 여기저기에서 튀어나왔다. 아마도 귀문사마의 도주로를 차단하고 있던 사람들이리라.

진서문은 뒷짐을 진 채 우뚝 서서 한차례 사방을 훑어보았다. 그저 아무렇게나 훑어보는 듯한 눈빛이었지만, 한차례 사람들을 훑어보는 그 짧은 순간에 그는 자신들을 포위하고 있는 무리의 우두머리가 누구인지 확인하고 있었다.

‘호오, 제법 많이들 몰려왔군그래. 이화창(梨花槍) 장각(張覺)에다가 쇄비편(碎碑鞭) 막국충(莫國忠), 그리고 태행검파(太行劍派)의 궁씨(弓氏) 늙은이라…….’

강호에 명성을 날리고 있는 일류고수들의 얼굴을 일일이 확인하면서 진서문은 난감한 듯 그렇게 속으로 중얼거렸다. 하지만 그의 얼굴 표정은 전혀 변함이 없었다. 이 정도라면 충분히 대적할 수 있다는 자신감이 배어 있는 표정이었다.

그렇게 담담하게 사람들의 얼굴을 훑고 지나가던 그의 눈살이 문득 살짝 찌푸려졌다.

'이런, 무당의 인물이라니…….'

수십여 명의 고수 얼굴을 확인하면서 처음으로 그의 표정이 변한 것이었다.

사당의 문에서 약 사오 장가량 떨어진 곳.

일자건(一字巾)과 옥비녀로 머리를 단장하고 눈부시게 하얀 요대(腰帶)를 허리에 두르고 청색 도복을 단정하게 걸친 두 명의 젊은 도사가 호위하듯 양옆에 서 있고, 그 가운데 사십대 중반의 중후한 인상을 하고 있는 도사가 오연한 눈길로 귀문사마를 바라보고 있었다.

그저 서 있는 기세만으로도 타인을 압도하고 꾹 다문 입술은 그의 굳강한 성품을 말해주는 것이니, 한눈에도 범상치 않은 인물임을 알 수 있었다.

진서문이 그들 도사들과 생면부지임에도 불구하고 단숨에 그들이 무당파의 도사들이라는 것을 안 까닭은 바로 그들의 옷차림 때문이었다.

원래 푸른색은 오행(五行)에서 나무에 해당되며 방위(方位)로는 동쪽, 계절로는 봄에 해당된다. 별[星]로는 목성(木星)에 해당되며 오상(五常:오륜(五倫), 혹은 註仁義禮智信. 여기서는 인의예지신을 뜻함)에서는 인(仁)을 상징하고 오정(五情:사람의 다섯 가지 감정. 곧 喜怒愛樂慾을 이름)으로는 기쁨을 나타낸다.

곧 청색은 길상(吉祥)의 색깔이었던 바, 고대의 방위도(方位圖)에서 청룡(靑龍)은 동방을 지키는 수호신(守護神)이며, 풍수(風水)에서 좌청룡(左靑龍)은 무덤 주산(主山)의 왼쪽 줄기가 되어 오른쪽 줄기인 우백호(右白虎)와 더불어 명당의 필수 조건이기도 했다.

또 민속(民俗)에서는 빨간색과 함께 악귀를 물리치는 벽사(辟邪)의 색으로도 쓰였으니, 도사를 상징하는 색깔로는 매우 잘 어울리는 색이 바로 청색이라 할 수 있었다.

그리하여 도사들은 남색과 청색을 주로 입었고, 간간이 자색(紫色)과 황색(黃色) 등의 도복을 입고 다녔는데, 언제부터인가 무당파의 도사들은 그 여러 가지 색깔의 도복 중에서도 유독 청색 도복을 즐겨 입기 시작했다.

그리고 무당파의 명성이 다른 도파(道派)를 압도하게 되면서 차츰 세상 사람들은 청색 도복을 입은 도사를 보면 으레 무당파의 도사라고 생각하게 되었다. 그리고 마침내 무당파에서는 자신들을 다른 파(派)의 도사들과 구별하기 위해 흰색 요대에 청색 도복 차림을 지정하여 무당파의 공식 도복이라고 선언하게 되었다.

물론 그러한 무당파의 선언은 다른 도교의 사람들과의 여러 차례 충돌을 일으키게 만들었다. 하지만 수십 년이 흘러오면서 무당파가 마침내 중원제일의 도파로 자리 잡게 되자, 차츰 다른 도교의 사람들은 청색 도복과 백색(白色) 요대 차림의 복장을 회피하게 되었다.

그리고 작금에 와서는 청색 도복과 백색 요대 하면 무당파의 사람이라고 인정받게끔 된 것이다.

3

무당파의 중년 도사는 진서문이 자신을 바라보자 그와 똑바로 눈을 마주쳐 갔다. 그의 눈에서는 짙은 정광(精光)이 뿜어져 나왔는데 심력(心力)이 약한 사람이라면 감히 마주 볼 수가 없는 강렬한 눈빛이었다.

그러나 진서문은 여전히 담담한 시선으로 도사의 강렬한 눈길을 받아냈다. 이윽고 중년 도사는 진서문의 정력에 감탄하듯 고개를 한차례 끄떡이며 입을 열었다.

"마귀들의 무리에 그나마 인재가 있어, 그를 마유라 부른다 하더니… 역시 소문이 과장되지는 않았군그래."

그의 말에 진서문은 부드럽게 웃으며 말했다. 그 강렬한 눈빛만으로 저 도사의 신분을 알아낸 것이다.

"무당에는 하늘의 태양과 같은 눈빛을 지닌 이가 있어, 그를 천양 진인(天陽眞人)이라고 부른다 하더니 역시 그 눈빛이 매섭기 한이 없소이다."

이 진서문이라는 자는 남의 말을 흉내 내기를 무척이나 즐겨하는 듯, 이번에도 천양 진인이라는 도사의 말투를 그대로 따라 했다. 그 말투가 자신들을 비웃는다고 생각했을까. 천양 진인의 우측에 서 있던, 키가 작고 코가 큰 청년 도사가 발끈하며 소리쳤다.

"진서문, 네놈 같은 악당이 함부로 입에 담을 도호(道號)가 아니다!"

진서문은 시선을 돌려 그 청년 도사를 바라보며 조용히 물었다.

"귀하의 도호는?"

청년 도사는 어깨를 으쓱거리며 당당히 외쳤다.

"귀를 씻고 제대로 들어라! 네놈의 목을 딸 이 어르신의 도호가 바로 철검자(鐵劍子)이시다!"

철검자의 안하무인격인 외침에 천양 진인은 가볍게 미간을 모으며 속으로 중얼거렸다.

'쯧쯧, 사형이 너무 버릇없게 키웠어.'

철검자는 천양 진인의 대사형(大師兄)이자 당금 무당파의 장문인(掌門人)인 천우 진인(天雨眞人)이 늘그막에 얻는 막내

제자로, 그 기재는 출중했지만 워낙 천우 진인이 오냐오냐하
면서 대하는 바람에 성격이 오만하고 편협해졌다.

지금만 해도 그렇다.

철검자의 실력이 비록 무당파의 후기지수라고 하더라도,
감히 귀문사마를 상대하기에는 아직 모자란 바가 적지 않았
다. 그럼에도 그는 당장에라도 마유 진서문의 목을 벨 것처럼
기세등등하지 않은가.

'뭐, 한 번쯤 콧대가 꺾이는 것도 녀석을 위해서는 그리 나
쁘지 않겠지.'

천양 진인은 그렇게 생각하면서 다시 고개를 돌려 진서문
들을 바라보았다.

지난 몇 년간 강호를 떠들썩하게 만들고 있는 귀문사마답
게 저들은 수십 명의 고수를 앞에 두고서도 전혀 기죽지 않은
모습을 하고 있었다. 오히려 이 새벽녘의 난데없는 불청객들
을 반기는 듯한 얼굴들이었다.

'그러나……'

천양 진인은 '이번에야말로!' 하고 속으로 다짐했다.

이번에야말로 무림 공적(公敵) 귀문사마를 없애는 것이
다. 아무리 신출귀몰하는 귀문사마라고 하더라도 삼십 명에
이르는 일류 급 고수들의 포위망을 뚫고 도주할 수는 없었
다.

그렇게 자신만만한 그였지만, 한 가지 켕기는 기분이 드는

것은 어쩔 수가 없었다.

'두 사람이 더 있다.'

그의 눈길이 살짝 움직이더니 진서문 뒤쪽의 사당을 힐끔 바라보고는 다시 원상태로 복귀했다.

저 사당 안에서 두 사람의 기척이 흘러나오고 있다. 귀문사마와 함께 사당에 있던 자들. 과연 그들의 정체는 무엇이고 또 귀문사마와는 어떤 사이일까.

천양 진인의 뇌리가 복잡하게 돌아갔다.

'귀문사마와 함께 사당 안에 있었다면 결코 정파(正派)의 인물들은 아닐 것이다. 또한 마도의 길을 걷는 인물들이라 하더라도 실력이나 명성이 한참이나 아래인 자들과 함께 자리를 같이할 귀문사마도 아닐 것이다. 그렇다면 저 안에 있는 자들은 최소한 귀문사마와 비슷한 실력이나 명성을 지닌 자들이라는 이야기가 되는데……'

그것이 그의 기분을 께름칙하게 만들고 있는 것이다.

귀문사마와 엇비슷한 실력을 지닌 마도의 두 고수가 사당 안에 숨어 있는 것이라면…….

아무래도 부담이 가는 상황이었다.

그렇게 천양 진인이 고민하고 있을 때, 전혀 그러한 사실을 깨닫지 못한 철검자는 더욱 거만한 표정을 지으며 진서문을 향해 소리치고 있었다.

"이제 네놈들이 죽인 애꿎은 희생자들의 복수를 할 때가 되었다! 어서 무기를 버리고 용서를 빌어라! 그리하면 네놈들의 시체나마 온전하게 해줄 터이니, 구천을 떠도는 원귀(冤鬼)가 되기 싫다면 어서 무릎을 끓고 목을 내밀어라!"

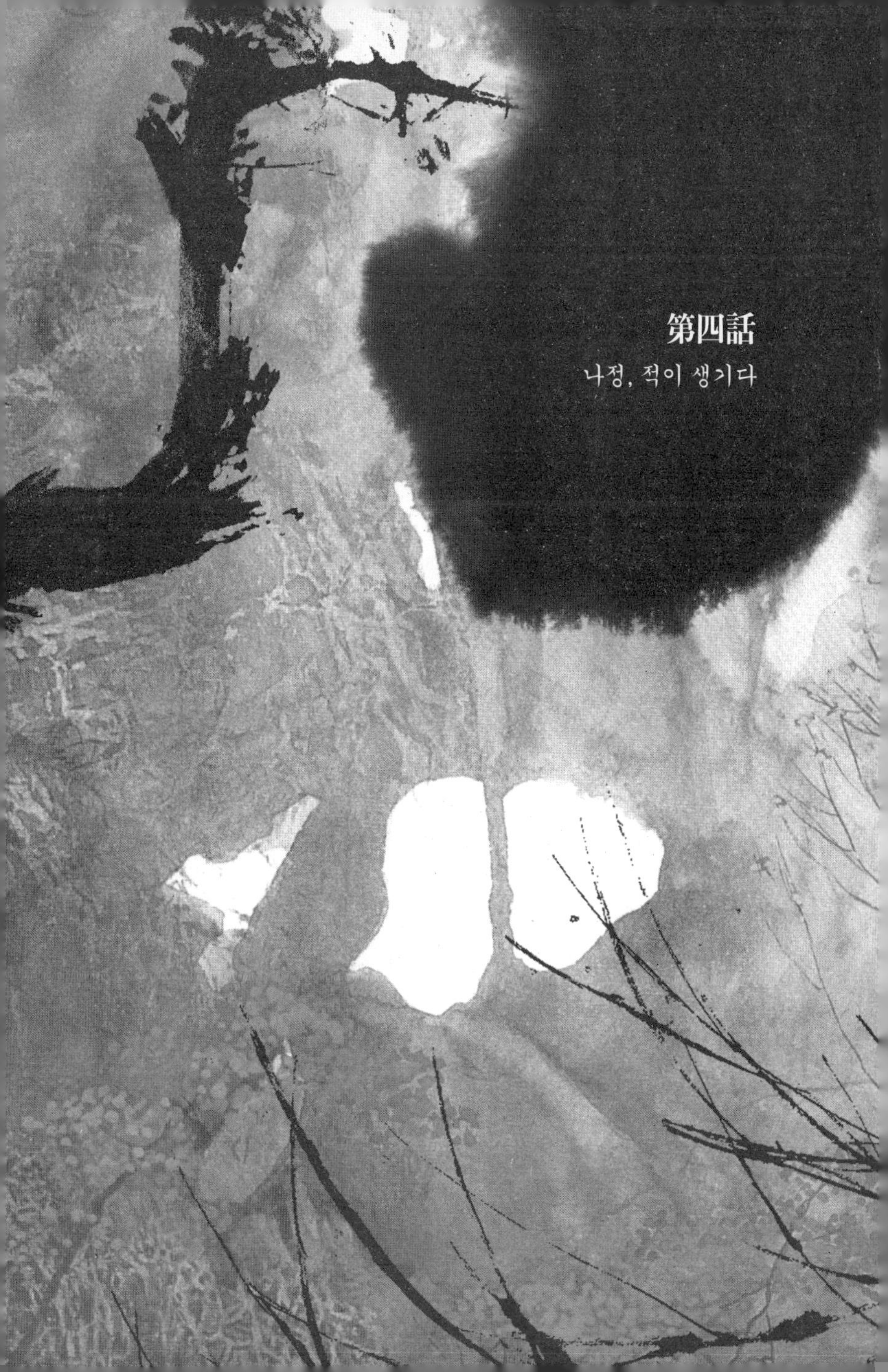
第四話
나정, 적이 생기다

1

"쯧쯧쯧……."

노승은 눈을 지그시 감은 채 깊은 상념에 젖어 있다가, 문
득 사당 안으로 흘러들어 오는 젊은이의 고함 소리에 그만 혀
를 차며 눈을 떴다.

그 젊은이의 음성은 꽤 먼 곳에서 들려오는 것 같았다. 그
리니 이곳 사당 안까지 또렷하게 들리는 것으로 미루어 결코
청년의 내공이 얕지 않음을 말해주고 있었다.

노승은 반쯤 떨어져 나간 사당 문 쪽으로 고개를 돌리며 중
얼거렸다.

"세상에 죄를 짓지 않는 자가 어디 있겠느냐? 비록 그 죄의

경중이 다를 뿐, 죄를 짓는다는 건 사람으로 태어난 이상 어쩔 수 없는 업보라 할 수 있거늘……."

여전히 사당 밖에서는 청년이 외치는 소리가 들려오고 있었다. 무당의 철검자라고 했던가. 혈기 방장한 한창때의 젊은 이답게 그의 목소리는 의기(義氣)가 넘치고 패기만만했다.

경건한 자세로 무릎을 꿇은 채 노승의 혼잣말을 경청하고 있던 나정이 문득 질문을 던졌다.

"하지만 귀문사마라는 시주들은 애꿎은 사람들을 죽였다고 합니다. 만약 노스님 말씀대로 인간의 죄를 인간이 징벌하지 못한다면, 그들에게 죽임을 당한 희생자들의 원한은 어찌해야 합니까?"

"원한이라는 것은 살아남은 자들의 집착에 불과하다. 귀문사마에게 죽은 자들이 원한을 품고 죽었는지 아니면 고마워하면서 죽었는지 살아 있는 자들이 어찌 알겠느냐?"

"그, 그건……."

"단지 그럴 것이라고 생각하는 것에 불과할 따름이다. 다시 말해서 죽은 자들을 위해서 복수를 하겠다는 것은, 살아 있는 자들이 죽은 자들의 심정을 추측하고 그 추측에 대한 자신들의 집착을 풀기 위한 행동에 불과한 것이다."

그렇게 말한 노승은 나정의 얼굴을 들여다보며 물었다.

"그리고 또 하나, 과연 귀문사마에게 죽임을 당한 자들은 과연 아무런 잘못도 저지르지 않았을까? 그들은 귀문사마, 혹

은 귀문사마와 인연이 닿은 자들에게 어떠한 잘못을 저지르
지는 않았을까?"

물론 그럴 수도 있다.

하지만 그렇지 않을 확률이 더욱 컸다. 귀문사마에게 죽은
자들이 마땅히 죽어야 할 사람들이었다면, 그들의 복수를 하
겠다고 이렇게 수많은 사람들이 무기를 꼬나 쥐고 귀문사마
의 뒤를 쫓지는 않았을 테니까.

나정은 그런 생각을 말로 표현했다.

그의 이야기를 들은 노승은 마땅치 않다는 표정을 짓고서
는 고개를 저으며 그를 나무랐다.

"아직도 생각이 깊지 않구나. 노납이 네 녀석에게 물어본
것은 그렇게 표피적인 답을 원했기 때문이 아니다. 좀 더 근
본적인 것을 생각하라는 것이다."

꾸중을 들은 나정은 고개를 숙였다. 모닥불의 불꽃에 의해
빛이 나는 그의 머리 위로 노승의 늙수그레한 음성이 물 흐르
듯 이어졌다.

"요컨대, 그 지은 죄를 따져서 단죄하거나 징벌하려고자
하면 끝이 없다는 말을 하려고 했던 것이야. 물론 귀문사마는
사람을 죽이는 중죄를 범했다. 속사정이야 어찌 되었든 간에
사람을 죽인다는 것보다 더 큰 잘못은 없으니까."

나정은 고개를 숙인 채 묵묵히 노승의 이야기를 들었다.

"하지만 그렇다고 귀문사마를 죽인다면, 그들을 죽인 이들

또한 사람을 죽이는 중죄를 범하게 되는 것이지. 하나의 죄를
응징하기 위해서 또 다른 죄를 짓겠다? 세상에 그런 막돼먹고
어리석은 일이 어디 있겠느냐?"

노승의 말에 나정은 다시 고개를 들며 입을 열었다. 그의
눈빛이 별빛처럼 반짝였다.

"그럼 노스님의 말씀은 귀문사마를 스스로 뉘우치게 해서
개과천선을 시키는 것이 바로 진정한 복수이자 그들의 죄에
대한 응징이라는 뜻입니까?"

"옳거니!"

노승은 오래간만에 미소를 머금었다.

주름진 그의 얼굴이 소년처럼 순수하게 보였다. 어찌 보면
짓궂은 악동의 미소처럼도 보였다.

"노납이 항상 말하지 않느냐? 죄를 범하는 것보다 죄를 뉘
우치는 일이 더욱 어려운 법이라고."

나정은 노승의 말에 고개를 끄덕였다.

오늘 따라 노승의 말이 그의 가슴에 깊이 새겨지는 것이었
다. 그는 노승의 말을 곰곰이 되씹어보다가 문득 고개를 돌려
사당 밖으로 시선을 향하며 중얼거렸다.

"그 깊은 도리를 저 밖의 시주들이 알지 못한다는 게 아쉬
울 따름입니다."

노승은 나정의 말에 공감한다는 표정을 지으며 한숨을 쉬
었다. 그리고는 눈을 지그시 감고 천천히 참회게(懺悔偈)를

외기 시작했다.

"내가 옛적에 지어온 바 모든 악업은, 비롯함이 없는 탐심, 진심, 치심으로 인하여 몸과 입과 뜻으로 생겨 나온 허물이니 내 이제 일체를 다 참회하나이다……."

我昔所造諸惡業
皆由無始貪瞋痴
從身口意之所生
一切我今皆懺悔.

2

노승이 참회게를 외는 동안 사당 밖은 일촉즉발의 상황으로 변해 있었다.

그것은 아가가 비아냥거리며 철검자의 말을 맞받아친 것 때문인데, 얼마나 그의 정곡을 찔렀던지 철검자는 얼굴이 붉으락푸르락하면서도 반격을 하지 못했다.

아가의 입심은 사당 안의 기이한 노승마저도 이겨내지 못할 정도로 강했다. 그런데 어찌 철검자 같은 혈기만 앞서고 심기가 모자란 젊은이가 감당할 수 있겠는가.

마침내 분을 참지 못한 철검자는 천양 진인이 미처 말리기도 전에 검을 뽑아 아가를 향해 덤벼들었으나, 그녀의 곁에서 있던 흑대낭랑이 휘두른 용두괴장에 그만 일격을 당하고 만 것이다.

다행히 중상을 입지는 않았지만, 그의 정신적인 충격은 실로 대단해서 한동안 자신에게 무슨 일이 벌어졌는지 이해하지 못할 정도였다.

흑대낭랑의 용두괴장은 겉으로 보기에는 그저 나무로 만든 것 같았지만, 알고 보면 쇠를 제련하여 만든 흉기였다.

그 무게만 해도 백 근이 넘었는데, 무겁기로 유명한 관운장(關雲長)의 청룡언월도(靑龍偃月刀)의 무게가 팔십일 근이었으니 그녀의 용두괴장 무게가 얼마나 대단한지 알 수 있었다.

게다가 흑대낭랑의 팔 힘은 실로 대단해서 그 무거운 용두괴장을 몽둥이처럼 휘두르는 데야 아무리 무당파의 후기지수라고 알려진 철검자라 하더라도 당해낼 수가 없었다. 그나마 최소한의 부상으로 그녀의 일격을 막아냈다는 것만으로도 철검자의 실력이 대단하다 할 수 있었다.

그러나 철검자는 자신의 일패도지(一敗塗地)했다는 사실이 도저히 믿어지지 않았다.

귀문사마니 사대혈마니 불려도 상대는 어디까지나 무공을 제대로 펼칠 줄 모르는 일반 백성들과 관부의 인물들만을 죽이는 살인마가 아니던가. 무도(武道)의 길을 추구하는 자신들과는 엄연히 격이 다른 부류의 인물들이었다.

그럼에도 불구하고 저 못나고 추레한 노파가 펼친 단 한 방에 나가떨어지다니.

수치는 곧바로 참을 수 없는 분노로 이어졌고, 그 분노는 다시 행동으로 직결되었다. 그의 얼굴이 새빨갛게 달아오르는 순간, 한 자루의 철검이 빠른 속도로 흑대낭랑의 목덜미를 향해 날아갔다.

"받아라!"

그가 내지른 검의 속도가 얼마나 빨랐던지 검을 휘두르기 전에 외쳤던 소리가 검을 휘두르고 나서야 사방에 울려 퍼졌다.

태산이 무너져도 꿈쩍하지 않을 듯 보이던 흑대낭랑의 얼굴이 가는 경련을 일으켰다.

'암향표(暗香飄)에다가 장홍경천(長虹驚天)!'

철검자가 단걸음에 이 장여의 거리를 좁히고 다가서는 신법(身法)은 무당의 절기 중 하나인 암향표였고, 검이 그어지는 검선(劍線)에서 한줄기 무지개가 솟는 듯한 착각을 일으키게 만드는 저 초식은 분명 장홍경천이라는 절기였다.

암향표와 장홍경천이라는 두 가지 절기가 모여 만드는 절묘한 배합!

용두괴장을 휘두를 시간적 여유가 없었다. 할 수 있는 것이라고는 그저 오른쪽으로 몸을 비틀며 왼손을 내뻗어 철검자의 가슴을 공격하는 것뿐.

철검은 아슬아슬하게 흑대낭랑의 오른팔을 스치고 지나갔
다. 팟! 하고 옷이 찢어지고 살이 갈라졌다. 그 갈라진 살결
사이로 피가 튀었다. 그러나 아픔을 느낄 새도 없었다.

그녀는 입술을 질끈 물며 막 내뻗은 왼손에 내공을 실었다.
거센 광풍과 같은 기운이 직선으로 뻗어나갔다.

철검자는 한 발자국 옆으로 피하며 자신의 철검을 비스듬
히 내려쳤다. 검신(劍身)을 타고 흐르는 한줄기 반탄력이 사
납게 부딪쳐 오는 장풍(掌風)을 뿌리쳤다.

콰앙!

졸지에 방향을 바꾸게 된 장풍이 땅바닥을 후려갈겼다. 거
센 폭음과 함께 뿌연 흙먼지가 사방을 뒤덮었다.

흑대낭랑이 기세를 타고 용두괴장을 휘둘렀다. 그녀의 성
명절기(盛名絶技)인 폭풍참벽(暴風斬霹)의 초식이 용두괴장의
끝자락을 타고 피어올랐다. 하지만 다음 순간,

'아차!'

철검을 후려쳐 가던 흑대낭랑의 눈빛이 서늘하게 빛났다.
방금 전 철검자의 일검에 상처를 입은 탓에 오른팔이 생각처
럼 움직여 주지 않는 것이다. 그녀의 움직임에 미세한 균열이
일었다.

그 틈을 놓칠 철검자가 아니었다.

그는 세류표(細柳飄)의 신법으로 처음보다 둔해진 흑대낭
랑의 용두괴장을 피하면서 철검을 내질렀다. 용두괴장을 크

게 휘두를 때 필연적으로 생기는 오른쪽 옆구리의 허점이 철검자의 시야 가득 들어왔다.

피하기에는 너무 가깝다. 그렇다고 저 애송이의 검이 옆구리에 꽂히는 광경을 두고 볼 수만은 없는 일. 흑대낭랑은 이를 악물며 손목을 비틀어 용두괴장의 방향을 바꾸었다.

무려 백 근이 넘는 지팡이였다. 한 번 휘두르기도 힘든 무게의 지팡이를 허공에서 선회하며 방향을 바꾼다는 것은 결코 쉬운 일이 아니다. 하지만 그녀는 힘과 내공을 바탕으로 그 불가능에 가까운 일을 가능하게 만들었으니, 철검의 옆구리에 꽂히려는 순간 지팡이의 방향을 바꿔 가까스로 그 검을 쳐낼 수가 있었다.

'다행이다!'

흑대낭랑이 속으로 안도의 한숨을 쉬는 순간, 문득 철검자의 얼굴에 가느다란 미소가 걸렸다.

'음?'

흑대낭랑은 그 미소를 눈치챈 순간, 가슴이 바스러지는 듯한 둔중한 충격에 그만 균형을 잃고 비틀거리며 두어 걸음을 물러서야 했다. 용두괴장으로 철검을 뿌리칠 때, 철검자의 왼손이 대라산수(大羅散手)의 수법으로 그녀의 가슴에 일격을 가한 것이었다.

눈 깜짝할 사이에 연달아 두 번의 부상을 당한 흑대낭랑의 눈빛이 곤두선 핏발로 붉게 물들기 시작했다.

“하하, 이것으로 처음의 빚은 대충 갚은 것 같은데… 이제 이자를 돌려주는 일만 남았군.”

철검자는 두 번의 득수(得手)에 만족한 듯 공격을 멈추고 껄껄껄 웃었다. 그동안 흑대낭랑은 재빨리 자세를 바로 하고 호흡을 가다듬으며 진탕된 내기(內氣)를 가라앉혔다.

한껏 일었던 흙먼지가 그제야 차츰 가라앉고 있었다.

사방을 뒤덮은 흙먼지로 인해서 두 사람의 대결에 대한 결과를 제대로 파악할 수 없었던 군웅들은 비로소 누가 우세를 쥐게 되었는지 알아차리고 환호했다.

“무당의 후지기수라더니 역시 대단하군그래!”

“그게 아니라 흑대낭랑의 실력이 생각 외로 형편없는 거 아냐? 뭐, 하기야 전문적으로 상인들만을 죽이는 도살자의 무공이 얼마나 대단하겠어?”

“이거 우리가 너무 귀문사마를 과대평가한 게 아닐까?”

군웅들은 웃으며 제각기 떠들어댔다.

하지만 그렇다고 진심으로 귀문사마의 실력을 경시하는 것은 아니었다. 상대로 하여금 이성을 잃게 하고 평상심이 무너지게 하려는 격장지계.

고수와 고수의 싸움일수록 마음의 평정을 먼저 잃는 자가 불리하게 마련이다. 군웅들이 흑대낭랑을 비웃는 까닭은 조금이라도 철검자를 유리하게 만들어주려는 계산에서였다.

이곳에 모인 군웅들치고 고수 아닌 자가 없었으며, 백전노

장이 아닌 자 또한 없었다. 다시 말해서 한차례의 드잡이로 상대의 실력을 섣불리 평가하는 그런 어리석은 자들이 이 자리에는 없다는 뜻이었다.

그러나 철검자는 진심으로 흑대낭랑을 비웃었다. 그는 자신의 실력을 믿었으며 무당파의 무공을 믿었다. 무당파의 절기를 익힌 자신이 하류잡배에게 질 리가 없는 것이다.

"지금이라도 그 무겁기만 하고 쓸모라고는 전혀 없는 지팡이를 내던지고 무릎을 꿇는다면 시체만은 온전히 보존해 주마!"

그는 손가락을 들어 언월도를 가리키며 안하무인격으로 떠들었다.

그러나 그는 아직 모르고 있었다. 흑대낭랑은 결코 하류잡배가 아니었다. 지난 몇 년간 강호에 공포의 대명사로 각인된 이름이 바로 귀문사마요, 흑대낭랑이었다. 하류잡배의 실력으로는 결코 있을 수 없는 일이었다.

시뻘겋게 물든 흑대낭랑의 눈빛이 활활 타오르기 시작했다. 하지만 그녀의 마음은 정반대로 차갑게 얼어붙고 있었다.

그녀 또한 비정한 강호의 밥을 먹으며 생사의 간극을 넘나들던 몸. 이럴 때 자칫 흥분하여 이성을 잃게 되면 곧바로 죽음과 연결된다는 것 정도는 익히 몸에 배어 있다.

그녀의 왼발이 앞으로 나왔다. 동시에 그녀의 몸이 비스듬한 사선을 그었다.

어깨를 들썩이며 웃던 철검자의 안색이 급변했다. 새빨간 혈광이 흑대낭랑의 눈에서 뻗어나오는 순간, 그는 자신이 핏물 속에 빠져 있는 듯한 기분을 느끼면서 몸을 움찔거렸다.

비록 찰나의 느낌이었고 순간적인 움찔거림이었지만, 흑대낭랑은 그 짧은 순간을 이용해 지면을 박차고 비호같은 움직임으로 그에게 다가섰다.

철검자를 사정거리 안에 둔 흑대낭랑은 크게 소리치며 용두괴장을 횡으로 휘둘렀다.

"추풍낙화(秋風洛花)!"

용두괴장이 세찬 바람을 일으켰다. 사방의 흙먼지가 용두괴장을 따라 거세게 불어닥쳤다. 어느덧 어스름해가 뜨는 미명의 시각, 불현듯 용두괴장에서 한줄기 강맹한 빛이 이는 듯했다.

철검자는 이내 자신의 실책을 깨달으며 세류표의 신법을 펼치려 했다. 그러나 흑대낭랑의 지팡이는 어느새 지척에 다다랐다. 피할 수는 없다. 그렇다면 막는 것뿐!

철검자는 입술이 피가 나도록 깨물며 철검을 들었다.

카캉!

쇠끼리 강하게 부딪치는 소리가 났다.

용두괴장의 파괴력은 생각보다 강했다. 단숨에 철검이 두 동강이가 나고, 용두괴장은 그 여세를 몰고 정확하게 철검자의 목을 노리고 베어갔다.

그 한 수의 공격은 실로 빠르고 강하기 그지없었다. 철검자는 가슴이 철렁 내려앉았다. 한 치의 양보도 없이 파고드는 거대한 지팡이의 그림자가 눈앞에 어른거렸다.

'이대로⋯⋯.'

철검자는 질끈 눈을 감았다.

3

고수들 간의 대결은 순간의 판단 착오와 방심, 혹은 한순간의 여유로 인해서 승패가 엇갈리게 된다.

맨 처음 철검자가 흑대낭랑의 용두괴장에 상처를 입었던 것은 그가 그녀의 존재를 업신여겼기 때문이며, 흑대낭랑이 그에게 두 번이나 연거푸 얻어맞은 까닭 또한 그녀가 철검자를 무시했기 때문이다.

그리고 지금 철검자는 흑대낭랑의 실력을 경시하는 바람에 제 목숨을 잃을 위기에 처한 것이다.

고수라 하더라도 인간인 이상 약간의 승기(勝機)를 잡게 되면 의기양양해진다. 금세 시합을 승리로 이끌기 위해 무리하게 된다. 그 의기양양과 무리라는 두 가지 마음의 방심을 타고 마(魔)가 스며든다. 패배는 그 마에서 비롯된다.

아무리 고수라도 끝없는 평상심을 유지하기가 어렵다. 그래서 고수가 될수록 무술의 연마보다는 정신의 연마에 신경을 쓰고 언제나 평정과 이성을 유지하도록 힘쓰는 법이다.
　철검자의 수련은 확실히 무당의 후기지수라는 소리를 들을 정도로 높은 경지에 이른 상태였다. 그러나 그의 정신 수양은 아직 햇병아리에 불과했다. 결국 날이 잘 드는 보검을 지닌 어린아이라고나 할까.

1

'죽었구나!'

철검자의 뇌리에는 온통 그 생각뿐이었다.

용두괴장이 몰고 온 강풍이 그의 목덜미를 서늘하게 만들었다. 바로 그 순간,

"이제 그 정도면 못된 버릇은 고쳐진 듯하니 그만해 두시구려!"

한줄기 창노한 음성이 터져 나왔다.

'천양 사숙!'

이미 삶을 포기한 철검자의 안면에 새로운 희망의 빛이 떠올랐다.

아니나 다를까, 금방이라도 자신의 목을 벨 듯 퍼붓던 강맹한 바람이 거짓말처럼 뚝 그쳤다. 그리고 분을 참지 못하겠다는 듯이 버럭 외치는 흑대낭랑의 고함 소리가 그의 귓가에 카랑카랑하게 울렸다.

"명색이 무당의 장로라는 작자가 비겁하게 합격(合擊)을 하다니……!"

철검자는 눈을 떴다.

천양 진인을 상대하기 위해 몸을 돌린 흑대낭랑의 왜소한 등이 하나의 장벽처럼 그를 압도해 왔다.

하지만 철검자의 얼굴에는 사악한 미소가 떠올랐다. 지금이라면 부러진 철검을 사용하지 않아도 충분했다. 지금 저 늙은 노파는 모든 신경을 천양 사숙에게 집중하느라고 온통 허점투성이였다.

그의 손이 천천히 움직였다.

군웅들의 시선 또한 천양 진인과 흑대낭랑에게로 쏠려 있는 탓에 철검자가 손을 움직이는 모습을 보지 못했다. 귀문사마 또한 마찬가지였다.

이미 패한 철검자였다. 그런 그가 수치도 모르고 다시 일장을 날릴 것이라고 어느 누가 생각했겠는가.

무당의 유명한 면장(綿掌)이 그의 손에서 흘러나왔다. 아무런 소리도 나지 않고 아무런 기척도 없이 면면부절(綿綿不絶) 끊이지 않고 이어지는 진기의 흐름.

흑대낭랑은 도끼눈을 하고서 천양 진인을 노려보고 있었다. 비록 살상의 목적은 아니더라도 천양 진인 정도 되는 인물이 등 뒤에서 공격을 퍼부었다는 사실이 그녀를 분노하게 만든 것이다.

왠지 이상한 느낌이 든 것은 바로 그때였다.

등 뒤로 조용히 다가드는 한 가닥의 암류(暗流). 그는 자신도 모르게 '음?' 하는 의혹성을 내뱉으며 몸을 돌렸다.

그 순간 소리없이 다가온 암류가 그녀의 등에 가볍게 닿았다. 동시에 그 솜털처럼 부드럽고 가볍던 암류는 흑대낭랑의 등에 닿자마자 거대한 힘으로 폭발하는 것이었다.

콰앙!

"커억!"

그 충격을 견디지 못한 흑대낭랑은 입으로 피 화살을 터뜨리며 앞으로 날아갔다. 일견하기에도 엄중한 내상을 입은 것이 분명했다.

"애린(愛隣)!"

놀란 목소리가 새벽하늘에 진동했다.

한 마리 물 찬 제비가 눈에 보이지 않을 정도로 허공을 가로지르는 것처럼 그 음성의 주인공이 공간과 공간을 하나로 꿰뚫으며 날아갔다.

오륙 장의 거리를 단숨에 날아서 아무렇게나 떨어지는 흑대낭랑을 받아 든 아가는 이미 혼절한 그녀의 얼굴을 힐끔 바라본 다음, 악독한 눈빛으로 철검자를 노려보았다.

"더럽고 치사한 놈!"

그러나 철검자는 흑대낭랑을 후려친 손을 높이 쳐들며 의기양양하여 소리쳤다.

"하하하, 생사를 두고 싸우다가 등을 보이다니, 탓하려면 적을 두고 등을 돌린 그녀의 실수를 탓하라!"

그는 하늘이 무너져라 통쾌하게 웃었다. 하지만 그 웃음은 그리 오래가지 못했다. 왠지 자신을 둘러싸고 있는 주변의 공기가 싸늘하다는 사실을 느낀 까닭이었다.

철검자는 주춤 웃음을 멈추고 주위를 둘러보았다. 자신을 바라보는, 혹은 애써 외면하는 군웅들의 얼굴은 차갑기 그지 없었다.

"왜……?"

철검자는 이해할 수 없었다.

왜 자신을 바라보는 동료들의 눈빛이 곱지 않은 것일까.

단 일격으로 무림의 공적 폭풍마도 흑대낭랑을 물리친 자신의 신위(神威)에 감탄하고 환호하지는 못할망정, 마치 술 마시고 제 부모를 팬 패륜아를 보는 것처럼 무정한 눈빛으로 자신을 바라보는 까닭이 무엇인가.

2

"멍청하고 어리석은 놈!"

갑작스런 노갈(怒喝)에 깜짝 놀란 철검자는 황급히 시선을 돌렸다. 천양 진인의 수염이 바르르 떨리고 있다. 무엇이 그를 그토록 분노하게 만들었는가.

"정말이지, 형편없는 녀석이로구나! 네 성정(性情)이 맑고 깨끗하지 못하다는 것은 내 미리 알고 있었지만, 이토록 경망스럽고 후안무치한 녀석인 줄은 몰랐다!"

"사, 사숙······."

"말하지 말거라! 그리고 곧장 발길을 돌려 산으로 올라가서 벌을 기다리도록 하라!"

"사, 사숙!"

철검자는 억울하다는 듯이 항변했다.

아직도 그는 자신이 무엇을 잘못했는지 알지 못하는 듯 두 눈에는 승복할 수 없다는 오기의 빛까지 담겨 있었다.

"왜 제가 벌을 받아야 합니까? 상대는 어디까지나 무림 공적입니다! 무림 공적을 상대하면서 암수 좀 썼기로서니 그게 무슨 대수입니까?"

"히어······."

천양 진인은 기가 찬다는 표정을 지었다. 철검자의 항변이 계속 이어졌다.

"또 제 암수가 그토록 잘못된 것이라면, 사숙이 펼친 암수는 합당한 것이란 말입니까?"

"네 이놈!"

천양 진인이 버럭 소리쳤다.

철검자의 항변은 도가 지나쳐서 사문(師門)의 존장(尊長)에 대한 예의를 저버린 것이다.

천양 진인의 눈에서 항거할 수 없는 빛이 햇살처럼 뻗어나 왔다.

"내가 암수를 쓴 것이 옳다고 할 수는 없겠지만, 최소한 상 대의 목숨을 해하고자 하지는 않았다. 단지 네 목숨을 구하고 자 무리를 한 것이니, 잘못이 있다면 네 녀석의 하잘것없는 목숨을 구하기 위해 내 스스로의 자존심을 버린 것이리라."

그의 음성은 산기슭 저편까지 쩌렁쩌렁 울렸다. 파다닥, 날 갯짓 소리와 함께 십여 마리의 새가 놀라 날아갔다.

"하지만 네 녀석은 아니다! 이미 패배를 하고 상대에게 목 숨을 구걸받은 이상, 더 이상 너는 무공을 펼치는 것이 아니 었다. 게다가 등 뒤에서의 면장이라니, 그런 비열한 암수를 펼치는 녀석은 우리 무당의 제자가 아니다!"

서슬이 시퍼런 천양 진인의 호통에 철검자의 안색이 새파 랗게 질렸다. 지금 그의 말은 파문에 가까웠다. 무당의 제자 가 아니라니, 어찌 그런 말을 할 수 있다는 말인가.

그렇게 철검자가 부들부들 떨고 있을 때, 군웅들은 하나같 이 천양 진인의 기개와 엄정(嚴正)한 의지에 고개를 끄덕이며 감탄했다. 소림사와 더불어 무림의 태산북두로 알려진 무당은 역시 달라도 뭔가 다르다는 생각이 들었다.

그러나 이대로 철검자를 곤란한 지경에 두는 것은 좋지 않다는 것 또한 그들의 생각이었다.

비록 철검자가 정파의 인물로서는 도저히 있을 수 없는 행동을 취했지만, 그렇다고 귀문사마를 앞에 두고 이렇게 내분의 상태에 빠져 있을 수만은 없는 노릇이었다.

고색창연한 청강검(靑剛劍)을 손에 쥐고 있던 한 늙은 노인이 문득 앞으로 한 걸음 나서며 천양 진인의 진노를 가라앉히려 했다.

"진인의 추상같은 의기는 추앙받아 마땅하오. 하지만 지금의 상황이 상황이니만큼 화를 가라앉히고 다음 사태에 대처하는 것이 현명할 듯싶소이다."

천양 진인의 눈이 노인에게로 향했다.

키가 작고 주름살 가득한 노인의 눈빛은 담담하기만 했다. 눈빛만으로 고수의 여부를 판가름할 수 있는 자라면, 결코 노인의 외모만으로 그 지닌바 실력을 평가하지는 않으리라.

잠시 노인을 바라보던 천양 진인은 가볍게 숨을 토하며 살짝 허리를 굽혔다.

"궁 노선배의 질책에 몸 둘 바를 모르겠습니다."

태행검파의 장로 궁모잠(弓毛蠶)은 두 손을 맞잡으며 황급히 말했다.

"감당할 수 없소. 내 어찌 진인께 질책하겠소이까? 그저 하릴없이 나이만 먹은 늙은이의 주책이라고 생각하시오.”

설령 궁모잠의 나이가 천양 진인의 두 배가 된다 하더라도 어디까지나 천양 진인은 대무당파의 장로였다. 그가 궁모잠과 평대를 한다 해도 말릴 사람이 없는 처지였지만, 그는 깍듯이 선배 대접을 하고 있었다.

“후배는 사질(師姪)의 부끄러운 행동으로 인해 감히 앞으로 나설 염치가 없는 바, 이제 노선배의 가르침에 따르겠습니다. 앞으로 이곳의 일은 노선배께서 맡아 해결해 주십시오.”

그의 말은 겸양했지만 그의 자세는 위풍을 잃지 않고 당당했다.

철검자의 암습으로 인해 천양 진인은 더 이상 이 군웅의 지휘를 맡을 수가 없다고 생각했다. 일리가 있는 생각이었고 또 웬만큼 정신이 올바로 박힌 사람이라면 충분히 할 수 있는 생각이었다.

그러나 그런 생각을 곧바로 행동으로 옮기는 사람은 드물었다. 게다가 스스로 허리를 굽혀 타인의 지휘 아래로 들어가겠다는 것은 천양 진인 정도의 명성을 지닌 자라면 그리 쉽게 결정할 수 없는 일이다.

궁모잠은 내심 감탄하며 고개를 끄덕였다.

“진인께서 그렇게까지 말씀하시니 노부가 궂은일을 떠맡겠소.”

그는 몸을 돌려 군웅들을 둘러보았다. 그들의 얼굴에서 이

의가 없다는 표정을 확인한 그는 다시 시선을 바꿔 마유 진서
문을 바라보며 입을 열었다.

"우리는 그대들처럼 악독하지도 않고 경우를 모르지도 않
소. 만약 그대가 이번 사태에 대해 불만이 있다면, 흑대낭랑
의 부상이 나을 때까지 결전의 시기를 늦추고자 하오. 어떻소
이까?"

실로 광명정대한 말이었다.

비록 무림의 공적이며 극악무도한 살인귀들이었지만, 또
꽤 오랫동안 각고의 노력과 시간을 들여서 겨우 저들의 꼬리
를 잡을 수 있었지만, 그리고 흑대낭랑이 엄중한 부상을 입은
덕분에 보다 쉽게 귀문사마를 상대할 수 있었지만, 그 모든
것을 과감히 포기하고 훗날을 기약하겠다는 것이다.

이곳에 모인 군웅들 중 그의 말에 불만을 느끼지 않는 사람
이 없는 것은 아니었다.

쇄비편 막국충 같은 이는 가래침을 뱉으며 불만을 표시했
다. 하지만 그 또한 다른 이들처럼 '분하지만 어쩔 수 있겠는
가? 지금 우리가 저들과 싸운다면 저들과 다를 바가 하나도
없다' 라는 표정을 지으면서 애써 불만을 가라앉히고 있었다.

그런데 정작 상황을 이토록 힘들게 만든 본인인 철검자는
궁모잠의 말에 그게 무슨 소리냐는 듯이 버럭 소리쳤다.

"말도 안 되오! 우리가 어떻게 해서 겨우 저 작자들의 꼬리
를 잡게 되었는데, 그간의 수고와 노력은 어찌하고 물러서겠

다는 말이오?”

“네 이놈!”

고함치는 천양 진인의 수염이 파르르 떨렸다. 그는 핏대를 올리며 철검자를 꾸짖었다.

“아직도 그곳에 있는 게냐? 네 녀석에게는 이 사숙의 말이 허튼소리로 들리는 것이냐? 분명 산으로 돌아가라고 했거늘, 여태 그곳에서 무얼 하고 있는 게냐?”

“사숙!”

이번에는 철검자도 지지 않았다. 그는 억울하다는 듯이 소리쳤다.

“상대는 죽어 마땅한 살인귀들입니다. 그들이 어떤 짓을 했는지는 사숙도 여러 차례 봐왔지 않습니까? 그런데 그 죽어 마땅한 살인귀들에게 한 차례의 암습을 가했다고 해서 우리 스스로 물러나겠다니요? 그럼 저들에게 죽어간, 또 우리가 저들을 놓아줌으로써 죽게 될 수많은 사람들은 어떡합니까? 우리가 정파니 명예니 궁지니 하는 것을 따질 때, 저들은 속으로 우리를 비웃으며 무고한 사람을 계속해서 죽일 것입니다!”

그가 목이 터져라 토해내는 열변에 차츰 군웅들의 표정이 미묘하게 변했다. 가뜩이나 불만스러운 표정을 지었던 막국충과 몇몇의 무림인들은 고개를 끄덕이며 철검자의 말에 동의했다.

사실 지금 철검자가 하는 말 중 틀린 곳이 하나도 없었다. 상대는 살인귀였으며 살인귀를 상대로 자비를 베풀 필요는 없었다. 그들에게 베풀어진 자비는 또 다른 무고한 사람들의 죽음으로 되돌아올 것이 뻔한 일이었다.

그런데도 자신들의 명예와 만족을 위해서 저 살인귀들을 놓아주어야 할 것인가.

바로 그때였다.

"흥!"

아가가 코웃음을 치며 한 걸음 앞으로 나섰다.

그들이 다투고 있는 와중에도 날은 차츰 밝아서 어느새 주위가 환해졌다.

그러나 아침 산새의 울음소리는 들려오지 않았다. 작은 짐승들의 모습도 보이지 않았다. 아마도 사당 주변에 감돌고 있는 지독한 살기를 느끼고는 입을 다물고 몸을 움직이지 않는 것이리라.

한편 아가가 앞으로 나서자 군웅들은 자신들의 시야가 확 밝아오는 듯했다. 그것은 아름다운 여인을 보았을 때 일반 사내들이 느끼는 감정 그대로였다.

이곳에 모인 군웅들은 아무리 그녀가 피에 젖은 살인귀라 하더라도, 또 아무리 지금 그녀가 원독(怨毒)에 가득 찬 눈빛을 하고 있다 하더라도 지금 순간만큼은 이 세상에서 가장 아름다운 여인과 마주친 숫총각의 얼굴을 할 따름이었다.

아가는 그 아름다운 얼굴과는 어울리지 않는 표독스런 시선으로 철검자를 노려보면서 말했다.

"말 한번 잘하는군! 그래, 나 또한 이대로 네놈이 물러서는 걸 원치 않아. 네놈이 사라지면 애린의 복수는 어떻게 하지?"

철검자는 멍한 눈빛으로 그녀를 바라보다가 그만 그녀가 무슨 말을 했는지 듣지 못하는 실수를 범하고 말았다. 그 또한 혈기 넘치는 사내였으며, 무릇 세상의 모든 사내가 아름다운 여인의 외모에 혹하듯이 그 역시 제정신을 차리지 못한 것이었다.

사실 그와 아가는 한차례 말다툼을 벌인 적이 있었으며, 그 말다툼으로 인해 흑대낭랑과의 싸움이 벌어졌다. 그러나 그때까지만 해도 해가 뜨지 않아 사위가 어두웠으며, 덕분에 철검자는 아가라는 여인이 얼마나 아름다운지 전혀 알 수가 없었다.

하지만 지금은 달랐다. 이미 해는 떠서 봄 햇살을 사방에 뿌리고 있었으며, 그 햇살을 받은 그녀의 모습은 그에게 가슴 두근거리는 찬란한 아름다움으로 다가왔다.

철검자는 자신을 향해 조그만 입을 벙긋거리는 그녀를 보고 더듬거리며 물었다.

"바, 방금 뭐라 했소이까, 소저(小姐)?"

그의 모습은 군웅들의 눈살을 찌푸리게 하기에 충분했다.

방금 전까지 무슨 일이 있더라도 귀문사마를 죽여야 한다고 외쳤던 그다. 그러나 지금 그는 귀문사마 중의 한 명인 아가의 미모에 현혹되어 정신을 차리지 못하는 것이다.

"네놈과 사생결단을 내겠다고 했어!"

아가는 이를 갈며 소리쳤다.

"하늘을 우러러 한 점 부끄럼이 없는 우리다! 아니, 우리는 천하를 위하여 선행을 베풀고 있어! 그런데 네놈들은 아무런 속사정도 모르고 우리를 핍박하니, 이것이야말로 스스로의 어리석음을 부끄러워해야 할 일이야!"

그녀가 뾰쪽한 고함을 외치자, 그제야 정신을 차린 듯 철검자가 피식 웃으며 말했다. 하지만 여전히 그는 아가의 미모에 마음이 동했는지 함부로 말을 하지는 않았다.

"지나가던 개가 웃을 일이오, 소저. 귀문사마가 천하를 위하여 선행을 베풀다니, 그게 말이나 되는 소리요? 애꿎은 사람을 죽이는 일이 선행이라면, 이 세상에 선행 아닌 일이 또 어디 있겠소이까?"

"흥!"

아가는 냉랭한 표정을 지으며 코웃음을 쳤다.

"그러니까 아무것도 모른다는 거야!"

그녀는 흑대낭랑을 품에 안은 채 철검자를 향해 걸어가면서 말을 이었다.

"우리가 죽인 자들은 모두 죽을 만한 짓을……."

"아가!"

문득 그녀의 말을 가로막는 한소리가 짧게 터져 나왔다. 군웅들의 시선이 온통 진서문에게로 쏠렸다. 그중 철검자만이 오직 아가의 얼굴에서 그 시선을 떼지 못하고 있었다.

진서문은 침착하게 말했다.

"우리가 한 일은 우리가 책임져야 하는 법! 만약 그대들이 우리에게 죽임을 당한 자들의 복수를 위해 왔다면 더 이상 망설이지 마시오. 나 또한 한순간의 위기를 모면하기 위해서 동료의 부상을 팔 정도로 파렴치하지는 않으니까."

그의 당당한 말에 천양 진인은 속으로 감탄했다.

비록 피에 젖은 살인귀였지만 그 말하는 투나 행동은 어느 협객의 그것과도 다를 바가 없었다.

'가만……'

새삼스런 눈빛으로 진서문을 바라보던 그의 뇌리에 문득 한 가지 사실이 스치고 지나갔다.

'하늘을 우러러 한 점 부끄럼이 없다고 했던가? 자신들은 천하를 위해서 선행을 하는 중이라고 했던가? 자신들이 죽인 자들은 모두 죽을 만한 짓을 했다고 했던가?

그는 머릿속으로 생각을 굴리며 아가를 바라보았다.

'설마하니 자신들의 살인 행각을 변호하기 위해서 그런 어리석은 말을 할 리는 없을 것이다. 그렇다면……'

또 그는 아직도 아가의 얼굴에서 시선을 떼지 못하고 멍하니 서 있는 철검자를 보았다.

한숨이 절로 흘러나왔다.

하지만 철없는 사질을 탓하기에는 지금 그의 머리가 너무나도 복잡했다.

아가라는 여인이 한 말이 목에 걸린 생선 가시처럼 계속 그의 신경을 건드렸다. 게다가 진서문의 당당한 행동과 말투 또한 그를 망설이게 했다.

'무언가 있는 것일까? 저들의 살인 행각 속에 우리가 모르는 비밀이라도 숨어 있는 것일까?'

그러나 천양 진인의 상념은 그리 오래가지 못했다. 궁모잠이 진서문의 도전장을 흔쾌히 받아들인 것이다.

"좋소! 정 그대가 원한다면 우리 또한 물러서지 않을 것이오!"

노익장을 자랑하는 카랑카랑한 목소리가 사당 주변에 울려 퍼졌다.

'잠깐……!'

천양 진인은 서둘러 소리치려 했다.

아무래도 께름칙한 기분을 떨쳐 버릴 수가 없었던 것이다. 이대로 서로 생사의 결투를 벌이다면, 어쩌면 훗날 두고두고 후회할 경우가 생길지도 모른다. 그런 생각이 그의 뇌리를 파고들었다.

하지만 그는 입을 열 수가 없었다.

어디까지나 이 무리의 지휘자는 궁모잠이었다. 그에게 모든 의사 결정권을 넘긴 이상, 가타부타 말할 처지가 아니라는 생각에 그는 잠시 망설였다.

　그리고 그가 잠시 망설이는 순간, 이미 죽음과 삶의 경계선 상 위에서 싸움이 시작되었다.

1

챙챙챙─! 카강!

요란한 소리가 사당 밖에서 들려왔다. 그리고 곧바로 '크 윽!', '혁!' 하는 비명 소리와 '타앗!', '받아라!' 하는 기합 소리가 한데 섞인 채로 쏟아졌다.

"쯧쯧쯧……."

노승이 허를 찼다.

비록 눈을 감고 깊은 참선에 빠진 듯한 모습이었지만, 실상 은 밖의 상황에 귀를 기울이고 있음이 틀림없었다.

나정 또한 마찬가지였다. 그는 아예 대놓고 밖의 상황에 관 심을 보였던 바, 사당의 벽이 허물어지면서 난 조그만 틈 사이로 얼굴을 들이밀고는 밖을 내다보고 있었다.

"어찌 되어가느냐?"

노승이 물었다.

그 한마디로 세상사 모든 일에 초연한 듯 진지한 자세로 좌정한 그의 겉모습과는 달리, 그동안 사당 밖에서 일어나고 있는 상황에 호기심을 기울이고 있었다는 것이 입증됐다.

그러나 나정은 그런저런 생각없이 눈에 보이는 대로 입을 열었다.

"귀문사마, 아니, 귀문삼마의 무공이 대단하군요! 서른 명이나 되는 고수들과 싸우면서 전혀 뒤로 밀리지가 않습니다! 외려 무림 고수들 측에서 잇달아 부상자가 속출하고 있는 실정입니다!"

약간은 흥분된 듯한 그의 설명에 노승은 미소를 띠면서 말했다.

"귀문사마의 무공이 강해서 그런 것이 아니다."

나정은 벽에 난 구멍에서 눈을 떼 노승을 바라보았다. 그의 얼굴에는 미심쩍다는 표정이 담겨 있었다.

노승의 말이 이어졌다.

"이미 상황이 그렇게 될 수밖에 없도록 전개된 것이다. 어쩌면 귀문사마가 그렇게 상황을 만든 것인지도 모르겠지만, 어쨌든 오늘의 결과는 귀문사마보다는 무림 군웅들에게 불리할 것이 분명하다."

나정은 노승의 말에 고개를 갸웃거리면서 생각했지만, 아무래도 모르겠다 싶었던지 무릎걸음으로 다가오며 입을 열었다.

"좀 자세히 설명해 주십시오. 대체 그렇게 될 수밖에 없는 상황이라니요?"

노승은 거드름을 피우며 말했다.

"이곳에 모인 군웅들은 정의를 추구하고 협을 숭앙하는 정도인(正道人)들이다. 그런데 철검자라는 애송이가 저지른 행동은 그들이 경시하고 적대시하는 사파의 인물과도 다름이 없는 것이었지. 그 비열하고 더러운 행동은 군웅들의 사기를 꺾었으며, 또한 자신들이 사파의 인물과는 다르다는 군웅들의 자존심에 먹칠을 한 것이야. 그렇게 정사(正邪)의 구별이 모호해진 상태에서 어찌 군웅들이 힘을 내겠느냐?"

그러했기 때문에 궁모잠은 스스로 물러날 생각을 했으며, 다른 군웅들 또한 그의 결정에 대해 불만을 감추지 못하면서도 반대하지 않았던 것이다.

노승의 말은 계속 이어졌다.

"그리고 둘째로는 명분이라는 것인데, 철검자가 비열한 암수를 펼치기 전까지만 하더라도 군웅들은 무림의 살인귀들을 없애겠다는 정의로운 명분과 사명감에 고취되어 있었다. 하지만 지금은 어떠냐? 외려 귀문사마가 암수에 당한 동료에 대한 복수를 하고 있는 꼴이 되지 않았더냐? 그것은 다시 말해

서, 지금 그들이 펼치고 있는 혈투에 대한 명분의 우위를 귀
문사마에게 빼앗겼다는 것이다.”

노승은 처절한 비명 소리가 연거푸 들려오는 사당 밖을 향
해 힐끔 시선을 돌리며 말을 이었다.

“군웅들은 이미 이 싸움에 관한 명분을 잃고 사명감마저
흔들리고 기세마저 꺾인 상태이다. 반대로 귀문사마는 동료
의 복수를 하기 위해 사기가 하늘을 찌르는 상태이지. 그것은
승패를 결정짓는 데 매우 중요한 일이라서, 아무리 군웅들의
숫자가 많고 실력이 뛰어나다 하더라도 쉽게 이길 수가 없게
된 것이다. 게다가…….”

노승은 잠시 말을 끊고는 길게 한숨을 내쉬었다. 아무래도
오랫동안 쉬지 않고 말을 이어 나가는 바람에 호흡하기가 곤
란했던 것 같았다. 문득 그는 나정을 째려보며 입술을 실룩였
다.

“대체 네 녀석의 머리는 장식품으로 달렸느냐. 이 늙은이
가 이런 세세한 것까지 일일이 설명해 주어야 한다는 말이
냐?”

나정은 머리를 조아리며 잘못을 빌었다.

“아직 노스님의 혜안을 따라가기에는 너무나 공부가 부족
합니다. 그러니 노스님께서 넓은 아량으로 용서해 주세요.”

노승은 나정의 사과가 흡족했던지 지그시 눈을 감으며 고
개를 끄덕였다.

"그래, 네가 노납의 혜안을 따라올 수야 없는 노릇이지. 허험, 어디까지 설명해 주었더라?"

"사기라는 것은 승패를 결정짓는 데 매우 중요한 일이라서, 아무리 군웅들의 숫자가 많고 실력이 뛰어나다 하더라도 쉽게 이길 수가 없게 된 것이다. 게다가, 라는 데까지 말씀하셨습니다."

"그래, 그렇군. 게다가 군웅들 중에서 가장 무공이 뛰어난 고수인 천양 진인이 제 실력을 발휘할 수 없다는 문제가 있는 게야."

"그건 또 무슨 말씀이십니까?"

"그는 자신의 사질이 엉뚱한 짓을 한 것에 대해 마음속으로 매우 분노하고 또 슬퍼하고 있지. 그런 연유로 이번 싸움에 대한 열정이 많이 사라진 것이야. 또 귀문사마에 대해 무의식적으로나마 미안하다는 감정을 지니게 되었고……. 그런 그가 어찌 제 실력을 온전히 발휘할 수 있겠느냐? 다만……."

"다만이라면……?"

"다만 제 사질이 죽기 직전이라면 모르겠다. 아무리 미워도 사질은 사질이니까 말이다."

나정은 잠시 고민하다가 말했다.

"그렇다면 귀문사마가 철검자를 공격하지 않는 이상 천양 진인은 이번 싸움에서 손을 뗄 가능성이 높겠군요."

“그렇겠지. 하지만 철검자는 흑대낭랑을 암습한 녀석이야.
귀문사마가 가만 놔둘 리가 없지 않겠느냐?”

2

노승의 말대로였다.

귀문사마는 자신들을 공격하는 군웅들은 아랑곳하지 않고
오로지 철검자를 죽이기 위해 필살의 공격을 퍼부었다. 물론
그들이 오로지 철검자를 노리고 공격하는 것은 군웅들의 손
속이 그리 매섭지 않은 탓도 있었다.

철검자는 금세 수세에 빠졌다.

부러진 철검을 휘둘러 아가의 공격을 막아내면 곧바로 인
육상 포단의 공격이 이어졌다. 무당파의 절기인 세류표와 암
향표를 번갈아 펼치면서 포단의 공격을 피할라 치면 그 뒤를
다시 아가가 따랐다.

다른 누구보다도 아가의 공격은 막아내기가 힘들었다. 이
미 철검자의 마음 깊은 구석에 그녀의 아리따운 영상이 자리
잡고 있는데야 아무래도 독한 마음을 먹고 손을 뻗기가 힘든
것이었다.

땀을 뻘뻘 흘리는 그를 보며 군웅들은 속으로 고소를 머금
었다. 그들의 마음속에는 ‘한번 큰 코를 다쳐 봐라’ 하는 식
의 생각이 공통적으로 담겨 있었다.

물론 그가 귀문사마에 의해 죽게 내버려 둘 수는 없었다. 그래서 급박한 위기가 닥치면 한 차례씩 무공을 펼쳐 그가 빠져나올 수 있도록 도와주었다. 또 철검자가 도저히 빠져나올 수 없는 궁지에 몰리지 않도록 그의 도주로는 언제나 확보해 두었다.

어느덧 이 싸움은 포단과 아기와 철검자 간의 이 대 일 싸움처럼 변모되었으며, 군웅들은 철검자의 훈수꾼으로 변해 있었다.

그런 지루한 싸움이 길어지려는 찰나, 문득 진서문의 얼굴이 굳어졌다.

그는 철검자와는 제법 거리가 떨어진 곳에 대여섯 명의 군웅에게 포위된 채 협공을 받고 있었다. 그러나 그를 공격하는 군웅 또한 그리 살기가 강렬하지 않아서 진서문은 생각보다 여유가 흘러 넘쳤다.

그는 강맹한 일권을 뿌려 고수들을 뒤로 물러나게 한 다음 얼른 주위를 둘러보며 정황을 살폈다.

'지금의 상황은 괜한 힘만 낭비하는 소모전에 불과하다. 저들은 많은 숫자의 인원으로 차륜(車輪)의 진(陣)을 펼치는 반면, 우리는 오로지 철검자를 잡는 데 혈안이 되어서 효과적으로 저들의 포위망을 뚫지 못하고 있다.'

단 한 번 주위를 살핀 후 내린 판단치고는 매우 정확한 형세 파악이었다. 왜 그가 마유라는 별호를 얻게 되었는지 알 수 있는 대목이었다. 그러나 지금의 상황에서 더 중요한 것은 이 상황을 어떻게 결말짓느냐 하는 것이었다.

그저 이곳을 탈출하는 쪽으로 해결하는 것은 그리 어려운 일이 아니었다. 우선 귀문사마 모두가 그 정도의 능력을 지니고 있었으며, 또 그들을 에워싸고 있는 군웅들의 포위망도 생각보다 느슨했다.

그러나 흑대낭랑이 당한 이상, 그의 복수를 하지 않고 떠난다는 것은 있을 수 없는 일이었다. 결론은 오직 하나였다.

'최대한 빠른 시간 안에 저 애송이 도사를 죽인다. 그리고 각자 이곳을 빠져나가는 것이다!'

그렇게 결론을 내린 진서문을 아가를 비롯한 귀문삼마에게 일일이 전음(傳音)을 보내 자신의 계획을 전달했다.

신주삼마의 눈빛이 달라졌다. 그들은 서로의 눈빛을 읽고 뜻을 확인한 다음, 곧바로 진서문의 계획을 실행에 옮겼다. 먼저 움직인 자는 포단이었다.

그는 최대한 위협적인 몸짓으로 철검자를 덮쳐 갔다. 이때 철검자는 아가의 집요한 공격에 쩔쩔매며 뒤로 후퇴하고 있는 중이었다.

철검자의 등 뒤에서 거센 광풍이 몰아닥쳤다.

'제기랄, 왜들 가만있는 거야?

철검자는 군웅들을 향해 분통을 터뜨렸다.

하지만 무자비한 적의 공세가 밀어닥치는데 마냥 화만 내고 있을 수는 없었다. 그는 재빨리 암향표의 신법으로 그 자리를 벗어났다. 그의 등 뒤로 쏟아지던 막강한 경력(勁力)이 애꿎은 허공을 격타했다. 철검자는 비스듬하게 몸을 돌리며 상대를 확인했다.

'포단!'

뚱뚱보 장사꾼은 철검자의 등을 노리던 자신의 일격이 수포로 돌아갔음에도 불구하고 전혀 분하다는 기색이 아니었다. 오히려 그는 더욱 몸을 빠르게 움직이며 크게 원을 그린 형태로 서 있는 군웅들을 향해 공격을 퍼붓기 시작했다. 갑작스런 그의 공격에 당황한 듯 군웅들의 대오(隊伍)가 흐트러졌다. 삽시간에 포위망이 넓혀졌다.

한편 철검자가 고개를 돌려 포단의 얼굴을 확인하는 순간, 이번에는 아가가 그를 덮쳐 갔다.

"죽어!"

그녀는 한 손으로 흑대낭랑을 안고서 허공에서 몸을 뒤집으며 선풍각(旋風脚)을 시전했다. 쭉 뻗은 그녀의 각선미가 눈이 부셨다. 철검자는 그녀를 제대로 쳐다보지도 못하고 뒤로 물러서기에 급급했다.

우연인지 필연인지 그가 물러나는 방향은 바로 마유 진서문이 서 있는 쪽이었다.

갑자기 아가는 방향을 바꾸어 오른쪽의 포위망을 뚫었다. 단 한 번도 군웅들과 손을 섞지 않고 오로지 철검자만을 죽어

라 쫓아다니던 아가였던지라, 그녀에게 공격당한 군웅들의
당황함은 실로 지대했다.

포위망이 더욱 넓어졌다.

"어……?"

철검자의 눈이 휘둥그레졌다.

지금껏 무섭게 그를 압박하던 공세가 씻은 듯이 사라진 것
이었다. 혼자 남아 어리둥절한 표정으로 사방을 두리번거리
는 철검자. 군웅들은 포단과 아가의 돌연한 기습에 놀라고 당
황한 나머지 그를 홀로 떨어뜨린 것이다.

갑작스런 상황이었다.

바로 그 순간, 진서문의 두 발이 지면을 박찼다. 그의 몸이
허공을 날았다.

그를 포위하고 있던 군웅들은 갑작스런 그의 행동에 놀라
무기를 휘둘렀다. 단 한 번의 채찍질로 천 근 바위를 부순다
는 쇄비편이 허공을 갈랐다. 하지만 이미 진서문의 신형은 그
곳에 없었다.

그가 노리고 날아간 방향에는 아직 무슨 영문인지 모르는
철검자가 우두커니 서 있었다.

3

"위험하다!"

한쪽에 멀찍이 떨어져서 장내의 상황을 살피던 천양 진인은 저도 모르게 소리쳤다. 그의 시야에 철검자의 머리 위로 독수리처럼 내리꽂히는 진서문의 모습이 가득 찼다.

"위험해!"

천양 진인의 곁에 서 있던 젊은 도사 또한 그 풍전등화의 상황을 보고 놀라 부르짖었다.

그가 소리치는 순간, 천양 진인의 신형이 그 자리에서 사라졌다. 쾌속하기로만 따지자면 무당의 다른 어떤 신법보다 빠르다는 육지비행(陸地飛行)의 수법이 펼쳐진 것이다.

四. 무당파의 신위

1

바로 자신의 머리 위로 순식간에 오륙 장의 거리를 좁히고
날아든 진서문이 내리꽂히고 있었지만, 아직도 철검자는 멍
한 시선으로 아가의 뒷모습을 바라보고 있었다.

"위험해!"

멀리서 귀에 익은 고함 소리가 들려왔다. 그의 사제이자 천
양 진인의 제자인 운검자(雲劍子)의 목소리였다.

"음?"

그는 고개를 돌려 운검자를 바라보려 했다.

순간, 한줄기 서늘한 감촉이 등줄기를 후벼 팠다. 모골이
송연하다는 말은 이를 두고 하는 말일까. 정체를 알 수 없는

기이한 기분이 전신을 휘감는 것을 느끼며 철검자는 문득 고개를 들어 하늘을 쳐다보았다.

시꺼먼 것이 하늘을 가리고 있다.

그 시커먼 것이 사람이라는 사실을, 그것도 마유 진서문이라는 사실을 깨닫는 순간, 이미 진서문의 쌍장(雙掌)이 기묘하게 곡선을 그으면서 그의 얼굴을 후려치고 있었다.

"아아……!"

비명을 지를 새도 없었다.

철검자는 신음도, 그렇다고 탄식도 아닌 말을 내뱉을 뿐, 움직이기조차 못했다. 거센 강풍이 그의 얼굴을 향해 몰아닥쳤다.

그는 눈을 질끈 감았다.

죽는구나!

오직 한 가지 생각이었다.

그런데 갑자기 그의 망막 위로 아가의 아리따운 얼굴이 떠오른 것은 무슨 연유일까.

콰앙!

고막이 터질 듯한 굉음이 그의 얼굴 앞에서 폭발했다. 그 충격에 얼굴 피부가 갈기갈기 찢겨지고 실핏줄이 터졌다. 끈적거리는 것이 그의 얼굴을 뒤덮었다.

고통은 느껴지지 않았다.

단지 정신이 아득해지는 것이 이대로 죽는 게로구나 하는 기분이었다. 그것은 실로 이상한 기분이었다. 꿈을 꾸고 있는 것처럼, 혹은 하늘을 날고 있는 것 같은 상태였다.

쿵!

마치 땅이 일어나서 자신의 등에 달라붙는 듯한 느낌이었다. 쿵! 소리가 날 정도로 심하게 나자빠졌지만, 그래도 아픔은 전혀 느껴지지 않았다.

기이한 느낌이었다. 철검자는 마치 꿈을 꾸고 있는 것처럼, 혹은 하늘을 날고 있는 것 같았다.

"저 아이가 죽으면 그대도 목숨을 잃게 될 것이야!"

누군가가 소리쳤다.

극도로 분노한 듯 목소리가 떨렸다. 철검자는 그 음성이 매우 귀에 익다는 생각을 했다. 그러나 누구의 음성인지 기억이 나지를 않았다.

누굴까…….

누구이기에 날더러 저 아이라고 할까.

그는 진지하게 고민했다. 그렇게 고민하면서 철검자는 정신을 잃었다.

2

아슬아슬했다.

한 발만 늦었더라도 진서문의 일장에 철검자의 얼굴이 수

박 빠개지듯 박살 날 것이 틀림없었다.

그러나 천양 진인의 육지비행은 실로 놀라울 정도로 빨랐다. 진서문보다 확실히 늦게 몸을 날렸지만, 거의 비슷한 시각에 철검자의 지근거리에 다다랐다.

천양 진인의 다급한 눈빛이 막 쌍장을 휘두르는 진서문에게 이르렀다. 철검자는 운검자를 바라보기 위해 고개를 돌리는 중이었다.

'흡!'

천양 진인은 호흡을 머금었다.

몸속에 산재되어 있던 내공이 하나로 뭉쳤다. 그의 손바닥이 연달아 세 번이나 허공을 격타했다.

삼양신장(三陽神掌)의 열화기공(熱火氣功)이 그의 손바닥을 떠나 파죽지세로 뻗어나갔다. 열화기공이 뻗어나간 주변의 공기가 그 뜨거운 열기에 견디지 못하고 화르르 타올랐다.

철검자의 머리 위에서 아래로 쏟아지는 진서문의 장공(掌功)과 그 장공을 겨냥하여 횡으로 뻗어나가는 천양 진인의 삼양신장. 고개를 든 철검자가 눈을 감는 바로 그 순간이었다.

두 기류는 철검자의 얼굴 근처에서 가공할 폭음을 동반한 채 허공에서 맞부딪쳤다.

콰앙!

견딜 수 없을 정도로 강력한 폭발! 마치 폭탄이라도 터진 듯한 강맹무비한 열폭풍이 일어났다. 철검자의 얼굴 피부가 쩍쩍 갈라졌다. 실핏줄이 터져 금세 그의 얼굴이 시뻘겋게 물들었다.

쿵!

철검자는 열폭풍의 무서운 위력에 그만 오륙 장이나 날아서 아무렇게나 나동그라졌다. 땅바닥에 곤두박질치는 모양새가 이미 죽은 시체의 그것 같았다.

자신의 사질이 휴지조각처럼 나동그라지는 모습에 천양 진인은 분노하여 표표히 지면에 착지하는 진서문을 향해 일갈을 터뜨렸다.

"저 아이가 죽으면 그대도 목숨을 잃게 될 것이야!"

천양 진인의 눈에 한쪽 구석에 떨어져 있던 운검자가 놀라 달려오는 모습이 보였다.

그는 운검자가 그를 부축하는 광경을 뒤로하고서 몸을 돌렸다. 그 앞에는 약간의 시간 차이로 철검자를 죽이지 못해서 아쉽다는 표정을 짓고 있는 진서문이 우뚝 서 있었다.

천양 진인이 검을 빼 들었다.

차—앙!

날카로운 햇살이 검날에 부딪치며 잘게 부서졌다. 마치 서릿발 같은 기세가 무지개처럼 피어올랐다.

"좋은 검이로군."

진서문이 감탄했다.

천양 진인이 얼마나 분노하고 화가 나 있는 상태인지 그는 개의치 않았다. 그저 한 사람의 무인으로 좋은 검을 본 것에 대해 기쁜 표정을 지을 따름이었다.

천양 진인은 뜨거운 햇살 같은 눈빛으로 진서문을 노려보았다. 눈빛 하나만으로 짚단에 불을 붙인다고 알려진 그인만큼, 천양 진인의 눈빛을 정면으로 받아낼 수 있는 자는 그리 많지 않았다.

하지만 진서문은 담담한 시선으로 그의 강렬한 눈빛을 마주했다. 조금의 꿀림도 없었다.

'좋은 눈빛!'

이번에는 천양 진인이 속으로 감탄했다.

저런 눈빛을 지닌 자치고 약한 자를 보지 못했다. 아마도 저 진서문이라는 인물은 강호에 알려진 것보다 더욱 강한 실력을 지니고 있을지도 모른다. 그의 가슴속에는 호승심이 뭉게구름처럼 피어났다.

문득 진서문의 고개가 뒤로 돌아갔다.

강적을 앞에 두고 태연자약하게 고개를 돌린다는 것은 그만큼 스스로 자신이 있다는 이야기일까, 아니면 천양 진인을 무시하는 것일까.

그러나 진서문의 그런 행동은 오직 자신의 아우들이 계획대로 포위망을 뚫고 도주했는지 확인하기 위한 수단이었지 다른 의미는 전혀 없었다.

'이런……'

문득 진서문의 얼굴색이 변했다.

확실히 포단과 아가는 군웅들이 전혀 예측하지 못한 공격으로 인해 포위망을 뚫는 데 성공했다. 하지만 그들은 도망치지 않았다. 진서문이 그곳에 있는데 어찌 자신들만 도주할 수 있느냐 하는 얼굴을 하고서 난투극을 벌이는 중이었다.

'멍청한 녀석들!'

진서문은 속으로 투덜거렸지만, 그의 얼굴에는 희미한 미소가 띠어 있었다. 그들의 마음이 어떠한지 알고 있는 이상, 어떻게 진심으로 화를 낼 수가 있겠는가.

"이제……."

천양 진인이 입을 열었다.

그는 자신을 앞에 두고 고개를 돌린 진서문에 대해 분노를 느끼고 있었다.

그렇다고 '좋다, 날 무시했다 이거지? 그럼 어디 한번 맛 좀 봐라!' 하는 식으로 진서문의 빈틈을 노리고 기습할 그도 아니었다. 암습은 철검자만으로 족했다. 그는 어디까지나 대무당파의 최연소 장로답게 정정당당한 대결을 벌일 요량이었다.

진서문의 고개가 돌아왔다. 그의 눈빛을 노려보면서 천양 진인이 말을 이었다.

"시작하지."

천양 진인이 검을 쥐고 나자 그에게서 뿜어 나오는 기세가 한결 두드러졌다. 당당함 속에 패기(覇氣)가 흘러넘치고, 왼발을 반보 앞으로 내민 자세에서는 천하를 굽어보는 장엄한 기운마저 서려 있었다.

'과연……'

진서문은 다시 한 번 감탄했다.

무당파의 검법은 무겁고 장중한 가운데 천의무봉(天衣無縫)에 가까운 변화가 숨어 있었다. 검법이 현란하고 변화가 많기로는 화산파의 검법을 으뜸으로 치지만, 무당파의 현기 어린 초식의 변화는 여느 다른 검파가 따를 바가 아니었다.

천양 진인의 자세는 일견하기에 태청검법(太淸劍法)의 기수식 같기도 하였으며, 소청검법(少淸劍法)의 그것 같기도 하였다.

검을 들지 않은 손을 넓게 벌리고 검을 쥔 손은 앞으로 내밀어 검봉(劍鋒)을 진서문으로 향하게 하며 가볍게 무릎을 구부린 채 왼발을 앞으로 살짝 내민 자세는 먹잇감을 본 호랑이가 날카로운 어금니를 드러내며 있는 힘껏 도약을 하기 직전의 자세와도 같았다.

전혀 빈틈이 엿보이지 않는 그의 자세에 진서문은 감히 경거망동할 수가 없는 듯, 허리춤에 꽂혀 있던 두 자루의 판관필(判官筆)을 들고 자세를 취했다.

'자, 어떻게 공격한다?'

진서문은 머리를 굴렸다.

상대의 자세가 아무리 완벽하다 하더라도 어쨌든 공격해야 했다. 공격을 하지 않고 상대를 죽일 수는 없었다. 주저하거나 머뭇거릴 시간이 있다면, 그 시간 동안 어떻게 상대를 요리할까 고민을 하는 것이 나았다.

진서문은 한동안 천 길 낭떠러지 한가운데 홀로 자리 잡은 낙락장송(落落長松)의 자태로 서 있는 천양 진인을 바라보다가 이윽고 계책이 마련되었는지 속으로 중얼거렸다.

'우선 흔들어보기로 할까?'

그는 성큼 앞으로 나섰다.

두 자루의 판관필을 들고 있는 그의 자세 또한 쉽게 허점이 드러나지 않았다. 만약 자세만으로 그 사람의 실력을 알 수 있는 누군가가 그들의 대결을 지켜본다면, 무릎을 치며 이렇게 소리칠 것이 분명했다.

"허어, 난형난제(難兄難弟)로고!"

그러나 지금 이 자리에는 그들의 싸움에 눈을 돌리는 사람은 아무도 없었다. 포단과 아가의 느닷없는 공격에 당황했던 군웅들은 어느새 전열을 가다듬고서 그들을 압박해 갔다.

아무리 날고 기는 귀문사마라 하더라도 상대는 삼십여 명의 저명한 무림 고수들이었다. 단 두 명이 상대하기에는 너무 벅찬 게 당연했다. 시간이 흐를수록 패색이 짙어가는 것은 당연했다.

그러나 진서문은 눈을 돌릴 수가 없었다.

아직 자세만 잡았을 뿐이기는 하지만, 이미 천양 진인과의 결투가 시작된 것이기 때문이다. 고수들 간의 싸움에서 중요한 것은 기선이었다. 어느 누가 기선을 제압하느냐 하는 것은 생사를 결정짓는 열쇠와 다름없다.

실력이 강한 자만 승리하는 것이 아니다. 실력이 떨어지는 자가 이기는 경우도 종종 있다. 그것은 한 점 차의 바둑 상대와 맞두어서 백전백승을 장담할 수 없는 경우와 비슷한 일이다.

요컨대 승부는 오직 실력만으로 결정지어지는 것이 아니라는 뜻이다.

날씨와 바람의 세기, 습도, 그날의 기분과 몸의 활력, 그 모든 주변의 것들이 지니고 있는 우연과 변수라는 놈에 의해 얼마든지 승부는 뒤집어질 수 있다.

진서문은 승리를 자신할 수 없었다. 그러나 질 생각도 없었다. 오직 이겨야 한다. 그러기 위해서는 기선을 빼앗겨서는 안 된다는 생각뿐이었다.

그의 기세가 점점 강렬해졌다.

3

“아무래도 안 되겠다. 정신 집중이 안 돼.”

노승을 혀를 차면서 눈을 떴다. 사방에서 들려오는 병장기 부딪치는 소리와 어지럽게 난무하는 비명 소리에 참선이 될 리가 없었다.

“상황이 어찌 되었느냐?”

그는 갈라진 벽 틈으로 밖의 상황을 내다보고 있던 나정에게 물었다. 나정은 고개를 떼지도 않고 대답했다.

“귀문사마가 매우 불리해졌습니다.”

노승은 호기심이 당긴다는 표정을 지으며 자리에서 일어나 나정에게로 다가갔다.

“천양이라는 애송이가 움직였느냐?”

“어찌 아십니까?”

“내가 말하지 않았더냐? 천양이 움직이기 전에 귀문사마가 도망가야 한다고. 그가 움직이면 더 이상 기회가 없어지니까 말이다. 저리 비켜라. 내가 봐야겠다.”

노승은 나정을 밀치며 틈바구니 사이로 눈을 들이댔다. 엉겁결에 옆으로 밀려난 나정은 매우 아쉬운 눈빛이었지만, 그렇다고 감히 입을 열어 불만을 토로하지는 않았다.

밖을 내다보고 있던 노승의 입이 헤벌쭉 벌어졌다.

“헤헤헤, 드디어 시작하는 게로구나!”

4

먼저 움직인 사람은 진서문이었다.

"조심하시오!"

한마디 경고를 보낸 그는 천양 진인의 좌측으로 몸을 날리며 판관필을 마구잡이로 휘둘렀다.

그것은 아직 검술에 익숙하지 않은 초보자가 처음 진검(眞劍)을 잡고 휘두르는 모양새와 같아서, 진서문과 같은 고수가 펼치는 동작이라고 하기에는 믿어지지 않을 정도였다.

그러나 천양 진인은 그 우스꽝스러운 공격에 그만 안색이 어두워졌다. 이마에 내 천(川) 자가 가로로 그어졌다.

마구잡이로 휘두르고 있는 진서문의 판관필에서 흘러나온 예기(銳氣)가 어느 틈에 빡빡한 그물 모양으로 천양 진인을 압박해 오고 있는 것이다. 그 그물에 걸리는 순간, 천양 진인의 몸뚱어리는 사분오열될 게 틀림없었다.

판관필은 붓이었다.

보통의 붓은 가는 대 위에 말총이나 돼지 털 따위를 꽂아서 만들지만, 무기로 사용되는 판관필은 쇠로 만든 막대에 가느다란 쇠강 침[鐵鋼針]이나 털을 꽂아서 사용한다.

원래 판관필이라는 무기가 점혈을 목표로 만들어진 병기이므로, 점혈을 하기 좋게 필단(筆端:붓의 뾰쪽한 끝)이 뾰쪽하게 굳어 있어야 했다. 그래서 특수한 약품 처리로 붓 머리를 단단하게 굳히거나, 혹은 극독을 필단에 발라두기도 했다.

지금 진서문이 휘두르는 판관필 또한 칙칙한 검은색의 필단이 날카롭게 세워져 있었다. 어쩌면 사대혈마라는 별명답게 그 판관필 끝에 독이 묻혀 있을 가능성도 농후했다.

절대로 그 필단이 몸에 닿게 해서는 안 된다.

하지만 그런 제약이 천양 진인의 몸놀림을 방해할 수는 없었다. 긴장을 늦추지 않고서 잠시 진서문의 필법(筆法)을 살펴보던 그는 이내 무당파의 절학인 태청검법을 펼치기 시작했다.

태청검법은 정중동의 무리(武理)에 근본을 둔, 매우 움직임이 적은 검법이다.

움직이지 않는 가운데 움직임이 있고, 움직이는 가운데 중심을 지킨다는 것이 이 검법의 묘용으로, 변화가 많은 초식을 사용하는 자를 상대하기에 이보다 더 좋은 검법이 없다.

더군다나 이미 천양 진인은 부드러움으로 강함을 제압하고 움직이지 않음으로 움직이는 것을 제압하는 경지에 다다라 있는 바, 그의 손에서 펼쳐진 태청검법은 진서문이 펼쳐놓은 그물의 눈을 잘라 버리면서 그의 전신을 검기 안에 가두고 핍박해 들어갔다.

단숨에 기선을 제압한 것이다. 이것이 바로 후발제선(後發制先)의 묘리였다.

진서문의 두 발이 빠르게 움직였다.

그의 손은 눈에 보이지 않을 정도였다. 한줄기 식은땀이 그의 이마를 타고 볼 아래로 떨어졌다. 천양 진인이 한차례 내지른 검을 막기 위해서 그는 열 번의 손짓이 필요했다.

천양 진인의 검이 직선으로 찔러왔다.

하지만 검봉이 좌우로 흔들리고 아래위로 움직이는 것이 방향을 종잡을 수가 없었다. 진서문이 한 걸음 뒤로 물러서면 천양 진인의 검은 두 치가 길어졌고, 진서문이 좌측으로 피하면 천양 진인의 검은 연검(軟劍)처럼 휘어져 그의 목을 휘감아왔다.

한번 선기를 빼앗기게 되자 계속해서 궁지에 몰리게 되었다. 그러나 진서문의 눈빛은 흔들리지 않았다. 그는 연신 도망가기에 급급한 와중에서도 집요한 눈길로 천양 진인의 검봉을 노려보았다.

때를 노리는 것이다.

스스로 허점을 만들어 곤경에 빠진 이상, 그 대가를 얻어야 했다. 그러기 위해서는 사소한 부상이나 약간의 상처는 무시하고, 오로지 천양 진인의 빈틈을 찾아내야만 했다.

그러나 천양 진인의 어디에서고 허점을 발견할 수가 없었다. 이미 천양 진인의 무공은 심오막측(深奧莫測)의 경지에 이르러 있는 듯 가볍게 내뻗고 휘젓는 일검 일검에는 궁극(窮極)의 묘(妙)가 담겨 있었다.

구파일방이 무림을 대표하는 까닭은 그들의 오랜 전통 속에서 갈고닦인 무공들이 다른 문파의 그것을 압도했기 때문이다. 또한 수백 년을 이어져 내려오면서 수많은 착오를 거듭하며 가장 훌륭한 수련 방법을 터득하게 된 그들이었기에, 다른 문파들보다 더욱 훌륭한 제자들을 키워낼 수가 있었던 것이다.

예를 들어, 아미파의 삼대제자는 타 군소 문파의 일대제자와 그 실력이 비슷하고, 화산파의 이대제자는 타 군소 방파의 장로와 비견될 실력을 지녔다.

똑같은 장로이면서, 또 나이로 치자면 두어 배분이 높은 궁모잠이 천양 진인에게 함부로 대할 수 없는 까닭이 바로 거기에 있었다.

궁모잠은 강호에서도 알아주는 태행검파의 장로였지만, 실력으로만 따지자면 철검자보다 뒤떨어지는 것이 현실이었다. 무림은 힘이 지배하는 법, 실력이 강한 자가 존경을 받고 실력이 떨어지는 자가 무시당하는 것이 상례였다.

무당파의 장로라는 신분은 실력이 동반되지 않고서는 절대로 얻을 수 없는 자리였다. 게다가 천양 진인은 무당 역사상 가장 어린 나이에 장로가 된 인물이었다.

그런 인물답게 지닌 실력은 이미 입신지경(入神之境)에 이르렀다 할 수 있는 바, 아무리 진서문이 눈을 부릅뜨고 노려보아도 쉽사리 허점이 발견되지 않는 것이다.

문득 검봉의 움직임이 바뀌었다.

꽤 오랫동안 초식을 나누었으면서도 아직 진서문을 요리하지 못한 것이 마음에 걸린 것인지 갑작스럽게 천양 진인의 검봉에 무시무시한 패기가 스며들었다.

막강한 내공을 바탕으로 중검(重劍)이 펼쳐졌다. 산을 가르고 바위를 부술 정도의 힘이 실려 있었다. 천양 진인의 검은 단숨에 진서문을 박살 낼 것처럼 거세게 압박해 들었다.

진서문의 발이 더욱 바삐 움직였다. 하지만 검을 피하기는 해도 검에서 흘러나오는 압력마저 피할 수는 없었다. 천양 진인의 검이 한 번 움직일 때마다 주변의 공기가 한껏 압축되었다가 폭발하는 것만 같았다. 그 충격에 귀가 멀고 머리가 떵해졌다.

진서문의 코에서 피가 흘러나온 것은 바로 그 시점에서였다.

5

"좋지 않아……."

노승의 말에 나정은 더욱 궁금해졌다.

그는 노승의 곁을 기웃거리면서 밖의 상황을 살펴보려 했지만 한번 자리를 빼앗은 노승은 두 번 다시 비켜줄 생각을 하지 않았다.

"뭐가 좋지 않습니까?"

나정이 묻자 노승은 고개를 흔들며 말했다.

"나중에 가르쳐 주마. 지금은 워낙 급박한 상황이라 정신을 분산시킬 수가 없구나."

"하지만 궁금합니다. 좋지 않다는 것은 귀문사마의 형세입니까, 아니면……?"

"이런, 나중에 말한다 하지 않았더냐?"

"좋지 않다는 것은 나쁘다는 것인데, 무엇이 나쁘다는 것입니까? 귀문사마의 얼굴색이 나쁘다는 것인지, 아니면 그들이 처한 형세가 나쁘다는 것인지……."

"정말!"

노승은 구멍에서 얼굴을 떼며 빽 소리쳤다.

나정은 자라목이 되었지만, 그렇다고 얼굴 가득 담겨 있는 궁금한 표정은 지우지 않았다. 한껏 노기 가득한 시선으로 나정을 노려보던 노승은 그 표정을 보고는 그만 한숨을 쉬고 말았다.

"휴우, 내가 졌다."

그렇게 입을 뗀 노승은 자세히 설명하기 시작했다.

"지금 내가 좋지 않다고 말한 것은 천양 애송이를 두고 한 말이다. 그는 꽤 오랫동안 검을 섞으면서도 마유를 어찌하지 못하자 내심 초조해진 것이야. 그래서 빠른 시간 안에 승부를 결정짓기로 마음을 먹고는 검법을 바꿔 중검의 수법으로 마유를 핍박하고 있단다."

나정은 모르겠다는 표정을 지으며 물었다.

"그런데 왜 좋지 않다는 것입니까?"

"천양 진인은 이미 승부에 욕심을 내기 시작했다. 승부에 욕심을 낸다는 것은 마음의 평정을 잃었다는 것이고, 그것은 곧 호흡의 균일함을 상실한다는 것이지. 상승 무공을 펼치면서 호흡이 일정하지 않다는 것은 제 위력이 담긴 무공을 펼칠 수가 없다는 것이니, 결국 천양 애송이는 스스로 승부를 서둘렀기 때문에 승부에서 지고 말 것이야."

"아!"

노승의 말에 감탄하듯 탄식을 내뱉은 나정은 문득 고개를 갸웃거리며 수상하다는 시선으로 노승을 바라보았다.

"그런데… 노스님은 무공도 모르시면서 어찌 그런 심오한 사실을 알고 계시죠?"

노승의 얼굴이 붉어졌다.

"내, 내가 왜 무공을 모른다는 것이냐?"

나정의 눈빛이 섬전처럼 반짝거렸다.

"그럼 무공을 알고 계셨단 말씀인가요?"

"이 세상에 노납이 모르고 있는 게 어디 있다는…… 아아, 그러니까… 그게……."

노승은 우쭐거리며 말하다가 문득 나정의 눈빛이 예사롭지 않다는 것을 뒤늦게야 알아차리고는 대충 얼버무리려 했다. 하지만 때는 이미 늦었다.

"그럼 무공을 알고 계셨으면서 지금껏 절 속이셨다는 말씀이신가요? 제가 그토록 무공을 가르쳐 달라고 애원했거늘, 어이해 절 속이셨어요?"

나정은 흥분하며 소리쳤다.

"불제자가 무공 따위 배워서 뭐 하냐고 하셨던 분이 노스님이셨잖아요! 무공이라는 건 일고의 배울 가치도 없다고 하셨던 분은 또 누구인가요?"

마치 소처럼 우직하고 양처럼 순하기만 하던 그가 이렇게 흥분하며 노승에게 대든 것은 실로 뜻밖의 일이었다.

그러나 노승은 그가 백팔십도로 달라진 까닭을 익히 알고 있는 듯 그를 나무랄 생각은 하지 않고 오히려 달래기에 급급했다.

"자, 자, 진정하려무나."

노승은 조용히 말했다.

"그래, 노납은 어렸을 적에 무공을 배우고 익혔다. 한때는 보다 강해지기 위해서 밤잠도 자지 않고 뼈를 깎는 수련을 하기도 했지. 하지만 말이다. 지난 세월을 살아오면서 무공 따위, 배우지 않느니만 못했다는 후회로 얼마나 많은 밤을 불면으로 지새웠는지 모른다. 불제자의 손에 들려 있어야 할 것은 무기가 아니라 염주라는 걸 절실히 깨달았던 게야. 그러했기 때문에 네가 무공을 배우겠다는 걸 만류한 것이야."

나정은 굳게 입을 다문 채 노승의 눈을 노려보았다. 그가 거짓말을 하고 있는지 사실을 말하는 것인지 판가름하고 있는 듯싶었다.

노승은 태연자약한 표정을 짓고 있었지만, 나정의 뜨거운 눈길을 견딜 수가 없었는지 고개를 외로 꼬았다.

'어쨌든 미안하구나. 하지만 넌 무공을 배우면 안 되는 처지란다. 내가 널 거두면서 세상 사람들에게 그렇게 약조했던 것이니…….'

내심 그렇게 중얼거리던 노승은 이내 헛기침을 하며 화제를 바꿔 말했다.

"어험, 이제 그만 노납은 밖으로 나가봐야겠다. 저 어리석은 중생들이 더 많은 피와 원한을 대지 위에 뿌리기 전에 말이다."

그는 서둘러 말하며 황급히 자리에서 일어났다.

"사실이십니까?"

그의 등에 대고 말하는 나정의 음성이 왠지 스산하게만 느껴졌다. 지금껏 단 한 번의 반항도 없던 그가 감히 노승을 향해 이렇게 음침한 목소리를 내뱉다니.

그러나 노승은 나정의 음성이 도가 지나칠 정도로 무례하다는 것을 인식하지 못한 듯 허겁지겁 사당을 벗어나며 아무렇게나 대답했다.

"설마 부처를 모시는 몸으로 거짓말을 하겠느냐?"

　나정은 아무 말 없이 반쯤 떨어져 나간 문을 열고 밖으로 사라지는 노승의 뒷모습을 노려보았다. 차갑게 쏘아지는 그의 눈빛에는 어딘지 모르게 귀기(鬼氣)마저 흐르는 듯했다.

『취불광도』 2권에 계속…

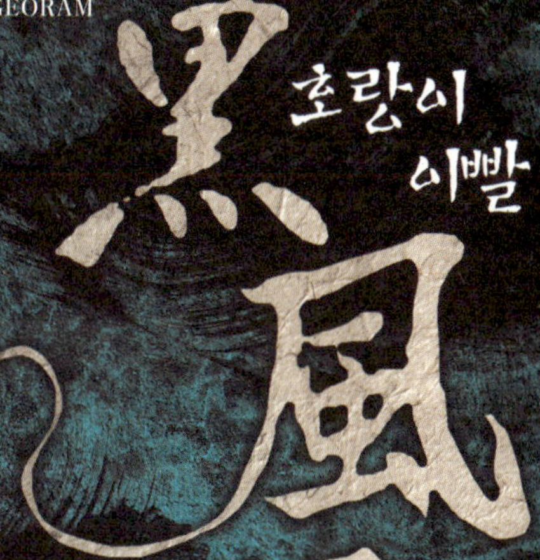

새로운 대륙, 새로운 강호에서
새로운 이야기가 시작된다.
검은 하늘에 빛나는 별처럼 찬란한 영웅들이 있고, 그들의 영혼을 탐내는 어둠이 있다.
그 혼돈의 시대에 태어나 불굴의 기백을 지니고 전장을 치달리던 장수 황보강.
그를 쫓는 〈악몽〉들, 그리고 운명이라는 이름으로 결정지어진 고난.
그것들은 결코 떼어놓을 수 없는 그의 분신이기도 하다.
어느 날 황보강은 선택의 기로에 선다.
운명에 굴복하고 나 또한 〈악몽〉이 될 것이냐 아니면 내 손으로 내 운명을 만들어 나가는
자가 될 것이냐……
전자의 길은 편하고 달콤할 것이며, 후자의 길은 가시밭길이 될 것이다.

〈악몽〉은 언제나 우리 곁에 있는 어둠이다. 우리들의 또 다른 모습이기도 한 것이다.
그래서 우리는 매 순간 황보강과 같은 선택의 기로에 서지 않던가.
그리고 무엇을 택하든 모든 운명은 〈무정하(無情河)〉에서 비로소 끝나리라.

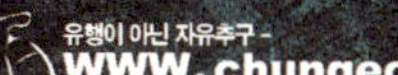

RELOAD

리로드

Book Publishing CHUNGEORAM
이수영 판타지 장편 소설

'Fly me to the moon' 의 작가 이수영!
'리로드Reload' 로 귀환하다!

—빈약한 운명 하나를 쥐어 그 자리에 넣었구려. 허나 그대가 되돌린 인간은 인간이라기엔 너무도 강한 운명을 가진 자요. 그자로 인하여 뒤틀릴 운명들은 어찌하려오?

운명의 여신이 준엄하게 물었다.

—나는 대가를 치렀소. 운명의 여신 베기르 라라여, 동의하시오?

전신(戰神) 카자르 엔더는 하나 남은 혈손을 위해 신력의 반을 희생했지만 그의 투기는 흔들리지 않았다. 그는 현존하는 전쟁의 신이고 대륙에서 가장 크게 숭앙받는 신이었다. 하위 신들과 비슷할 정도로 신력이 감소했어도 그의 영향력은 줄어들지 않았다.

—오만하구려, 카자르 엔더여.

베기르 라라가 냉소했다. 운명의 여신은 평소에는 조용했지만 뒤틀린 시간과 인과에 대해서는 엄격하였다. 그녀가 다스리는 운명의 굴레는 신들조차 벗어날 수 없는 것. 장대를 휘두르는 눈먼 여신을 신들도 두려워했다. 그러나 오만하고 교활한 전신(戰神)은 그녀를 외면하고 항의하는 다른 신들을 향해 미소 지었다.

—누누이 말하지만, 말로만 떠들지 말고 덤벼.

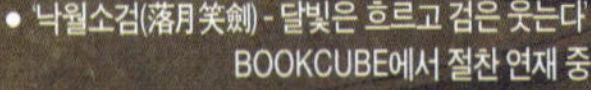

● 낙월소검(落月笑劍) - 달빛은 흐르고 검은 웃는다'
BOOKCUBE에서 절찬 연재 중.

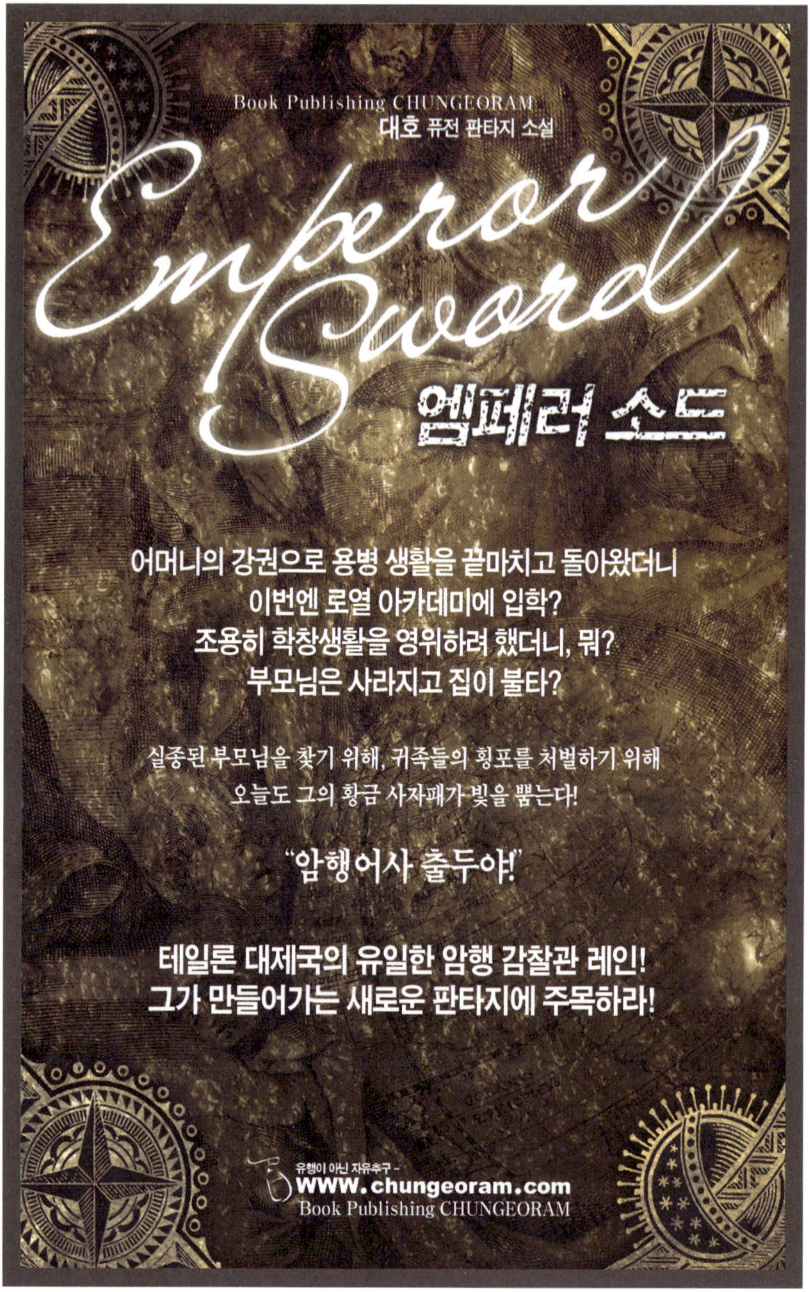